KB092533

# 내 아이가 분명해

## 2

# 내 아이가 분명해 2

ⓒ한민트 2023

| | |
|---|---|
| 1판 1쇄 인쇄 | 2023년 9월 1일 |
| 1판 1쇄 발행 | 2023년 9월 15일 |

| | |
|---|---|
| 지은이 | 한민트 |

| | |
|---|---|
| 펴낸이 | 박대일 |
| 교정 | 김미영 |
| 편집 | 이문영 · 박지해 · 임유리 · 이지영 · 김하랑 · 임지원 · 송새연 |
| 마케팅 | 임유미 · 백소연 |
| 디자인 | 디자인그룹 헌드레드 |

| | |
|---|---|
| 펴낸곳 | 파란미디어 |
| 출판등록 | 2004년 9월 14일 제313-2004-00214호 |

| | |
|---|---|
| 주소 | 03992 서울시 마포구 동교로23길 14 국제빌딩 6층 |
| 전화 | 02.3141.5589 영업부 070.4616.2012 편집부 |
| 팩스 | 02.6499.5589 |
| 전자우편 | paranbook@gmail.com |
| 카페 | http://cafe.naver.com/paranmedia |
| 인스타그램 | @paranmedia |

| | |
|---|---|
| ISBN | 979-11-92591-76-6(04810) |
| | 979-11-92591-72-8(전6권) |

# 내 아이가 분명해

한민트 장편소설

2

파란

contents

# 진정제

루이자는 그날 밤 무슨 일이 벌어졌는지 다 이해하지 못했다.

보안 요원들은 그녀를 내실로 끌어다 놓고 밖에서 문을 잠 갔다. 오래지 않아 하녀들이 들어왔지만, 루이자는 시중을 받 을 생각은 하지 않았다.

"나가! 다 나갓!"

쨍그랑!

집어 던진 화병이 산산조각 났다.

그녀는 물건을 집어 던지고 옷을 쥐어뜯으며 발광했다. 그 러나 평소처럼 주치의가 달려오는 일도, 하녀들이 그녀를 둘러 싸고 보살피는 일도 없었다. 마리아는 아예 얼굴도 내비치지 않았고, 몸종 니엘만이 마지막까지 남아 어찌할 바를 모르고 발을 굴렀다.

그러나 그녀가 시중을 받을 생각이 없다는 게 명백해지자

주춤거리다가 달아나듯 밖으로 나가 버렸다. 루이자는 혼자 남
았다.

"아악! 악!"

그녀는 발작적으로 소리를 질렀지만, 그것도 오래가지 못했
다. 그녀는 지쳐서 소파에 널브러졌다가 티아라를 빼서 아무렇
게나 바닥에 집어 던졌다. 얼굴을 씻고 옷을 갈아입으면 편할
테지만 그럴 마음도 들지 않았다.

"프란츠, 프란츠……."

그녀는 그 자리에 모로 누워 남편의 이름을 부르며 흐느꼈
지만, 돌봐 주는 이는 없었다.

억울해서 견딜 수가 없었다.

"마리아 때문이야. 마리아가 배신해서!"

그녀는 방 안을 빙빙 돌며 머리를 쥐어뜯었다. 이러고 있는
동안에도 파티장에서는 클레어가 수레국화 열쇠를 목에 걸고
에리히의 품에서 춤추고 있을 것이다. 루이자가 평생 자랑으로
여기던 것을 다 빼앗아 가지고서 행복하게 웃고 있으리라.

그럴 수는 없었다. 분하고 서러워서 눈물이 났다.

에리히는 지난 7년 동안 그녀의 것이었다. 함께 참석하는 모
임에서는 늘 그녀를 에스코트했다. 그전에도, 남편이 참석하지
않는 파티에서 늘 에리히의 옆자리는 자기 것이었다.

그녀는 클라우제너의 유일한 귀부인이었다.

"어떻게…… 어떻게 그래. 어떻게."

루이자는 하염없이 울었다. 에리히가 그런 식으로 자신이

아무것도 아닌 것처럼, 클라우제너에서 언제든지 잘라 낼 수 있는 사람처럼 대할 줄은 몰랐다. 마치 가신이나 고용인을 대하는 것처럼. 버리면 그만인 여자인 것처럼.

그리고, 후회도 했다.

"이럴 게 아니었는데. 이러려던 게 아니었어!"

그냥 그 얄미운 것을 쫓아내고 싶었던 것뿐이다. 에리히가 결혼하리라는 것을 몰랐던 것도 아니고, 진짜 제 것이라고 생각했던 것도 아니다.

그래도 자신이 인정할 수 있는 사람도 있지 않겠는가. 고귀한 혈통에 기품과 미모를 겸비한 여자라면 자신이 그렇게 분하지는 않았을 것이다.

아니다. 평범해도 괜찮았다. 이유가 확실하게 있는 가문 간의 결합이라면. 에리히가 그렇게 다르게 굴지 않았다면.

루이자는 울다가 불현듯 정신을 차렸다.

"아니야. 내가 이러면 안 돼. 이러다가 진짜로 미움받아."

에리히에게 미움받으면 살 수 없었다. 열쇠를 빼앗긴다든가 작호를 박탈당한다든가, 그런 것보다도 그게 루이자에게는 더 큰 일이었다.

그녀는 한참 울다가 침실로 기어들어 가 진정제를 찾아 입에 털어 넣었다. 그리고 기절하듯 까무룩 잠에 떨어졌다.

루이자가 잠에서 깨어난 것은 아침이 되어서의 일이다. 그녀는 퍼뜩 놀라 눈을 뜬 다음에야 거실 쪽의 인기척을 알아챘다. 자신이 잠들어 있었다는 것도.

달칵.

문 열리는 소리에 그녀는 정신이 들었다. 세숫대야를 들고 들어온 마리아가 그것을 내려놓고, 다시 밖으로 나갔다가 물병을 가지고 들어왔다. 그리고 루이자를 부축해 일으키며 말했다.

"한잠도 안 주무셨어요? 얼굴을 씻고 옷을 좀 갈아입으시는 게 좋겠어요."

"너……."

밤새 울부짖은 탓에 목소리가 잘 나오지 않았다. 긁힌 듯한 목소리로 간신히 입을 열자 마리아가 따뜻한 꿀물 잔을 건넸다. 이딴 건 필요 없다고 하고 싶었지만, 너무 지치고 갈증이 나서 루이자는 어쩔 수 없이 그걸 받아 마셨다.

그러고 나서 말했다.

"네가 무슨 낯짝으로 내 앞에 얼굴을 내밀어?"

"그러면, 계속 그런 얼굴로 계실 건가요? 델포드 남작님이 곧 오실 거예요."

루이자가 숨을 들이켰다. 반은 겁먹고, 반은 화가 난 채 그녀가 소리를 높였다.

"걔가 뭔데 또 나서? 에리히는? 에리히더러 오라고 해!"

"대부인."

"날 쫓아내려면 에리히가 와야지! 지가 뭔데 감히 나한테……!"

"그러시면 안 돼요, 대부인. 알고 계시잖아요."

마리아가 한숨을 내쉬었다. 눈알이 빠지도록 울었을 텐데, 루이자의 눈동자에 다시 방울방울 눈물이 맺혔다.

"어제 에리히가 날 그렇게…… 그렇게 대했는데, 걔가 또 할 말이 뭐가 있어서?"

"그게 문제가 아니에요. 어젯밤에 또 일이 더 생겼어요."

"뭔데?"

미처 마리아가 설명하기 전에, 거실 쪽에서 사람이 들어오는 소리가 들렸다.

루이자는 놀라서 몸을 일으켜 거실로 나갔다. 보안부 제복을 입은 여자 20여 명이 한꺼번에 쏟아져 들어와 루이자의 침실과 드레스룸, 기타 개인적으로 쓰는 공간을 장악하러 흩어졌다.

그리고 그 뒤를 따라 클레어가 느긋한 걸음으로 들어섰다.

"너……."

입은 열었으나 그 이상 말을 뱉지 못하고 루이자가 숨을 할딱였다. 억울하고 분하고 서러웠다. 그러나 이제 울고 소리쳐도 소용없다는 것은 알고 있었다.

"앉으세요."

클레어가 먼저 소파에 앉아 자리를 권했다. 마지막으로 들어온 막시밀리안이 그녀의 뒤에 섰다.

그건 클라우제너의 보안부, 오로지 공작의 명령만 듣는 가장 강력한 핵심 세력이 클레어의 지시를 따르기로 했다는 것을 의미했다.

"무슨 일이야?"

루이자는 지친 얼굴로 그녀를 바라보았다. 클레어는 깔끔한 데이 드레스에 머리를 묶은 단정한 모습을 하고 있었다.

그녀는 불현듯 자신이 어젯밤 입었던 화려한 파티 드레스 차림 그대로라는 걸 깨달았다. 공작새를 떠올리게 할 만큼 화려한 원단의 드레스였으나, 지금은 그 옷감도 치마도 모두 구깃구깃해져 오히려 더 형편없었다. 황금으로 만든 장식 체인도 떨어져 너덜거렸다. 마리아의 말이 옳았다. 적어도 세수를 하고 옷을 갈아입었다면 지금보다는 덜 비참한 기분이었을 것이다.

그러나 클레어는 루이자의 수치심 따위에는 관심도 없는 차분한 얼굴로 말했다.

"어제 대부인께서 축하주 잔에 탄 약이 무엇인지 찾고 있어요."

"……그게, 무슨 소리야?"

"진정제를 탄 술을 제게 먹일 계략을 짜셨잖아요. 에리히가 먼저 막는다고 막았지만, 축하주는 파티장으로 나왔어요. 그걸 에리히가 마셨어요."

클레어는 그렇게 말하면서 찬찬히 루이자의 안색을 살폈다. 루이자는 초조하고 불안해 보였다. 피로 탓인지 이해력도 좀 떨어진 듯 클레어의 말뜻을 단번에 이해하지 못하고 고개를 갸웃하면서 물었다.

"축하주 같은 건 안 보냈는데?"

"주류 관리실에 노라라고 하는 하녀가 와서, 대부인의 심부름이라면서 술을 따로 준비했다더군요."

이 일로 인해 집사부도 발칵 뒤집혔다. 공범도 찾아야 하지만, 설령 공범이 없다 한들 그 축하주를 그대로 내보내서는 안 되는 거였다.

클레어는 천천히, 또박또박 말했다.

"어제 파티장에서 대부인께서 제게 보낸 축하주를 본 사람이 한둘이 아니에요. 그리고 그걸 마시고 에리히가 쓰러져서 아직까지 의식을 찾지 못하고 있어요."

"에, 에리히가 쓰러져? 괜찮아?"

루이자가 눈을 깜박깜박하다가 다음 순간 경악해서 벌떡 일어섰다. 새파랗게 질린 간절한 얼굴을 클레어는 가만히 쳐다보았다. 정말로 몰랐던 것처럼 보였다.

"아직 혼수상태지만, 의사 말로는 고비는 넘겼다는군요."

그건 약간 과장된 표현이었지만, 완전히 틀린 말도 아니었다. 어젯밤 한순간은 정말로 큰일이 나는 줄 알았으니까.

에리히는 잠들었다기보다는 죽은 것처럼 보였다. 이만큼 흔들면 일주일간 밤을 새운 사람도 깨겠다 싶은 수준으로 흔들고 자극해도 무의식적인 움직임조차 보이지 않았다. 체온은 점차 하락했고, 심박수와 호흡도 천천히 떨어졌다. 클레어는 사람의 피부가 그렇게 차가워질 수 있다는 것을 처음 알았다. 시체를 만지면 이런 기분이 될까 싶었다.

원인을 모르니 치료도 불가능하고, 대증요법으로 처치한다고 해도 인공호흡기가 있는 것도 아니다. 클레어는 이쪽 세상에 태어나서 처음으로 전생에 왜 의사가 아니었는지를 한탄했다. 의사였다고 해도, 빈손으로 시대 수준을 넘어서서 의료 처치를 하지는 못했을 것이다. 그래도, 있는 약물 중에서 무엇을 써도 되는지는 알 수 있었을 것 아닌가.

아니, 적어도 무슨 일이 벌어지고 있는지는 이해할 수 있었을 것이다.

새벽이 되자 체온도, 호흡도 어느 정도 정상으로 돌아왔다. 뺨을 어루만지면 자연스러운 반응이 돌아왔다.

고비를 넘겼다. 하지만 그건 에리히의 강건한 체질이 스스로 버텨 낸 것이다.

자신은 아무것도 하지 못했다.

클레어가 시선을 들어 루이자를 바라보았다.

"무엇을 넣었는지 말씀하세요. 문제가 뭔지 알아야 의사도 뭐라도 조치를 할 수 있을 테니까요."

"나, 난 아냐."

"애초부터 에리히를 해치려던 건 아니었을 거잖아요."

"하아, 하, 하아! 그런 일 시킨 적 없어. 노라, 노라를 불러 줘! 난 아냐! 아냐!"

"유감이지만, 호프만 양을 부를 수는 없겠어요. 어제부터 행방불명이 되었거든요."

발작적으로 가슴을 쥐어뜯으며 호소하는 루이자에게 클레어가 차가운 목소리로 대꾸했을 때였다. 쾅쾅, 격한 노크 소리에 이어 다급히 문이 열렸다.

"노라 호프만의 시체가 발견되었습니다!"

달려온 보안 요원이 외쳤다.

＊

노라의 시신에는 흰 천이 덮여 있었다.

클레어는 입가를 손으로 가리고 한참이나 말없이 서 있었다. 부모님의 장례를 치렀으니, 사람의 죽음을 경험한 것이 처음은 아니다.

하지만 가족과의 이별이라는 슬픔 없이 직면한 시신의 모습은 너무 날것이라, 심장이 써늘해지는 것 같기도 하고 속에 칼날이 섞인 바람 같은 것이 가득 찬 것 같은 고통스러운 감각을 느꼈다.

클레어는 깊게 숨을 한 번 들이쉬었다. 죽음의 세포가 공기 중에 섞여 있을 것 같은 느낌이 들었지만, 그것도 받아들여야 하는 부분일 것이다.

"나가시지요. 보고는 밖에서 드리겠습니다."

막시밀리안이 권했다. 클레어는 아랫입술을 꾹 깨물고, 고개를 저었다.

"보고해 주세요."

"괜찮으시겠습니까?"

"괜찮아요."

막시밀리안이 그녀의 창백한 얼굴을 안쓰러운 눈으로 바라보았다. 그러나 그는 그런 감정을 겉으로 드러내지 않고 단정한 목소리로 보고했다.

"사망 원인은 자상입니다. 한 뼘 정도 길이의 단검으로 뒤에서 찔렀습니다. 단숨에 절명했을 겁니다."

"……다행이네요."

고통을 오래 받지 않아서.

저지른 짓이 무엇이든 간에, 이렇게 입막음으로 살해당하는 것은 부당한 일이었다.

"옷차림이 흐트러진 걸로 볼 때 아마 뭔가를 수색한 것으로 생각됩니다. 입 안에 은화가 하나 들어 있었고요. 발견된 곳은 자택에서 두 블럭쯤 떨어진 골목이었습니다."

"어제 호프만 양의 집에도 화재가 났다면서요?"

"예. 다행히 옆집으로 번지기 전에 진압했습니다. 노라 호프만은 혼자 살았기 때문에, 가족은 따로 없습니다."

"그러면 증거 인멸을 한 거겠네요."

시신은 골목에 있었고, 사람 없는 집에 불을 질렀으니까. 아마 노라가 집 안에 뭔가 증거가 될 만한 걸 남겨 두었을까 봐 그랬을 것이다.

"대부인은 확실히 아니군요."

클레어는 혼잣말처럼 중얼거렸다.

그럴 거라고 생각하긴 했다. 일부러 거실로 찾아가서 태도를 살핀 것도 그걸 확인하기 위해서였다. 루이자는 상황을 전혀 이해하지 못하고 있는 것처럼 보였다. 에리히가 쓰러졌다는 이야기를 듣고 경악하고 염려한 것도 아마 진심일 것이다.

막시밀리안이 조심스럽게 말했다.

"대부인께서는 거짓말을 능숙하게 하실 수 있는 분이 아닙니다. 그리고 다소…… 본분에 어긋나는 방식이기는 해도 클라우제너와 각하를 소중히 하시는 것도 사실이고요."

"네. 저도 의도하지 않은 사고거나 일이 꼬여서 생긴 일일 가능성이 있다고 생각했던 것뿐이에요."

루이자에게는 제일 먼저 의심을 받았다가 벗어나는 방식으로 용의자에서 빠져나오는 정교한 음모를 꾸밀 능력이 없다. 이렇게 하수인을 단숨에 살해해서 증거를 없앨 결단력도 없다. 무엇보다도, 그럴 의사가 생긴다 해도 대신 일을 처리해 줄 심복이 없었다.

그녀는 자기를 오래 모신 하녀의 이름도 대체로 기억하지 못했다. 클라우제너 공작 부인으로 10년 이상, 그리고 공작 대부인으로 7년을 살아왔는데도 하녀들의 충성조차 얻지 못했다.

그런데 남몰래 사람을 거두어 두었다가 이런 짓을 저지른다고? 그럴 능력이 있을 리 없었다.

'애초부터 대부인은 이렇게 큰일을 꾸미지 못해.'

사람은 악행도 자기 그릇대로 하는 법이다. 그런 의미에서 루이자가 자신을 남자와 엮어서 쫓아내려고 한 것은 아주 그럴듯했다.

인명을 귀하게 여기는 도덕심 때문이 아니다. 추상적이고 관념적으로만 느껴지는 죽음보다 남자와의 밀회로 붙는 추문이 루이자에게는 더 가까운 지옥인 것이다.

벨프 후작가도 크게 다르지 않았다. 그쪽에도 대신 손을 더럽힐 사람을 거둘 능력이 없는 건 마찬가지지만, 만일에 그런 사람이 있었다면 후작은 밤길에 자신을 습격하라고 지시했으리라.

'누군가가 이 계획을 알고, 거기에 숟가락을 얹은 거야. 내가 그 술을 마셨다면 대부인이 대신 뒤집어써 줄 테니.'

실제로도 지금 증언으로 나오는 건 모두 대부인의 명이었다는 이야기뿐이다. 아마 진범을 알고 있는 것은 노라 호프만뿐일 것이다.

'이 사람은 그늘에서 암약하는 종류의 사람인 거야.'

대체 누구일까?

원래 그것은 자신을 노리고 잔에 섞은 것이다.

에리히가 마신 건 대체 무엇일까? 목적이 무엇이었을까? 클라우제너 공작 부인 자리 때문인가? 아니면 위빙 상단 때문에? 혹은, 순수하게 클레어 델포드라는 개인을 노린 것인가?

그것도 아니면, 엘리엇 때문에?

클레어는 이를 악물며 주먹을 쥐었다. 새삼스럽게, 이런 세상에 태어났다는 사실을 실감한다.

이웃 마을을 침략해서 사람을 닥치는 대로 죽이는 세상까지는 아니라도, 입막음을 위해 평민 하녀 하나쯤은 손쉽게 살해하는 세상이다.

전생에도 누가 사고사로 위장해서 살해되었다거나 하는 이야기는 종종 있었다. 자살당했다는 표현도 있었다. 그러나 끔

찍하다고 말하면서도 언제나 남 일이었고, 확인되지 않은 음모론이었으며, 끝난 과거의 역사였다. 평범한 회사원과는 인연이 없는 일이었다.

하지만 이제는 아니었다. 한동안 잊고 있었던 사실을 클레어는 실감했다. 엘리사를 데리고 도망칠 때 시작된 일은 끝나지 않았다.

"마저 말해 주세요."

클레어는 나직한 목소리로 말했다. 죽음의 디테일까지 알 필요는 없을지도 모른다. 그러나 이 죽음이 자신과 연관되어 있다는 것을 기억하기 위해서라도 상흔을 만들어야 했다.

막시밀리안이 차분하게 말했다.

"범인은 퇴역 군인일 겁니다. 정식으로 훈련받은 솜씨인 데다가 망자에 대한 경의를 보였습니다. 신체에 다른 상해는 없고, 입 안에 은화가 들어 있었습니다."

"그렇군요."

클레어는 그의 말을 굳이 부정하지 않았다. 입 안에 은화를 넣는 것은 망자가 온전히 저승의 강을 건너가라고 하는 일이다. 부장품을 넣거나 망자를 위해 기도를 올릴 여유가 없는 전장에서 자주 치르는 약식 장례의 일종이라고 들었다. 살인자가 망자에게 경의를 표했다고 평가하는 것에는 거부감이 느껴지지만, 막시밀리안이 하는 말의 의미는 알고 있었다.

그리고 아마 그의 기준이 이 세상의 평균일 것이다.

'죽어 마땅한 자가 아니라는 걸 알면서도 죽일 만큼 가치 있

는 일에 헌신하고 있다고 생각하는 것일까?'

클레어는 한숨을 내쉬었다.

"수사 계획에 대해 듣고 싶어요."

"일단 가족을 찾고, 이웃들에게 탐문하면서 살인범을 찾을 예정입니다. 노라 호프만과 친했던 고용인들은 이미 심문에 들어갔습니다."

"경시청에서는 아무 말 않겠어요?"

"양해할 겁니다."

막시밀리안이 짧게 말했다. 하긴, 클라우제너 공작의 술에 독을 탄 하녀가 시체로 발견되었는데, 경찰이 나서서 보안부를 막을 배짱이 있을 것 같지 않았다.

"알았어요. 뭔가 새로운 게 밝혀지면 알려 주세요."

"예."

막시밀리안이 정중하게 대답했다.


클레어는 한심스러운 기분으로 저택으로 돌아왔다.

날씨가 더럽게 맑았다. 그녀는 일부러 정문 앞에서 내려서 정원을 걸어서 가로질렀다. 맑은 공기를 마시고 햇살이라도 쐬어야, 빙빙 돌다 갈린 뇌세포가 튀어 나가지 않을 것 같았다.

"남작님!"

막 분수대를 지났는데, 파벨이 미친 듯이 뛰어오며 소리를 질렀다. 클레어는 의아하게 고개를 들었다.

"깨어나셨습니다!"

"아!"

누구 이야기냐고 물을 필요는 없었다. 클레어는 치맛자락을 말아 쥐고 황급히 저택 안으로 달려 들어갔다.

그녀가 달려 들어가는 것에 따라 시종들이 문을 모조리 활짝 열어젖혔다. 평소 같으면 유난스러운 일이라고 생각했겠지만, 클레어는 그것을 인지하지도 못했다.

에리히는 침대에 쿠션을 여러 개 놓고 반쯤 눕듯 기대어 있었다. 클레어는 그것을 보고 성큼성큼 안으로 들어가다가 눈에 불을 켰다.

"에리히, 왜 앉아 있어요?"

"이게 왜 앉아 있는 거야?"

에리히가 살짝 미간을 찌푸리며 말했다. 말씨도, 표정도 완전히 정상이었다. 클레어는 안심하면서도 그에게 화를 냈다.

"어제 쓰러졌으면서!"

"잠든 거였지."

에리히가 태연하게 대꾸했다. 클레어는 그의 품에 뛰어들고 싶은 기분과 베개로 한 대 때리고 싶은 기분을 동시에 느꼈다.

"어젯밤에 큰일 날 뻔했다는 자각은 있는 거예요!?"

"이모, 아픈 사람한테 소리 지르면 안 돼."

클레어가 버럭 소리를 지르자마자 뒤에서 또랑또랑한 아이 목소리가 지적했다. 클레어는 깜짝 놀라 그쪽을 돌아보았다.

엘리엇이 다가와 클레어와 에리히 사이를 가로막고 팔짱을 끼고 섰다. 제가 직접 손을 씻었는지, 걷은 소맷자락에서 물이

뚝뚝 떨어졌다.

"아저씨 아픈데 화내면 안 돼!"

클레어는 어이가 없어서 입을 열었다가 닫았다. 그리고 에리히를 쳐다보았다. 에리히가 재미있다는 듯한 웃음을 머금고 있었다.

"엘리엇이 날 지켜 주기로 약속한 참이라서."

"아니."

클레어는 무엇부터 말해야 좋을지 몰라서 일단 운을 띄웠다. 그리고 어이없다는 듯이 물었다.

"누구한테서? 나한테서?"

"아저씨가 걱정했단 말이야. 아픈 건 자긴데 이모가 분명히 화낼 거라구. 내가 아닐 거라고 했는데. 근데 진짜 화냈어! 이모가 나빠!"

"아니."

클레어가 황당한 듯 다시 중얼거렸다. 엘리엇은 이번에는 에리히에게 말했다.

"아저씨도 잘못했다고 말하세요."

"내가 뭘?"

"아저씨 손 안 씻었죠? 감기 걸리면 이모가 걱정하는데."

에리히의 입가에서 웃음이 사라졌다.

"빨리 잘못했다고 하세요. 이모가 더 화내면 제가 못 막아 줘요."

이 세상의 누가 에리히 클라우제너에게 이렇게 사과를 요구하겠는가.

　주치의부터 비서, 시종, 보안 요원에 이르기까지 모든 사람이 입꼬리를 실룩거렸다. 웃음이 터질 것 같은데, 공작 앞에서 웃을 수는 없었다.

　웃을 뻔한 것은 에리히도 마찬가지였다. 그러나 그는 기민하게 판단했다. 여기서 웃으면 엘리엇은 토라진다. 모처럼 엘리엇이 자기편을 들어 주고 있는 귀중한 순간인데 놓칠 수 없었다.

　그는 진중한 얼굴로 말했다.

　"아픈 건 잘못이 아니야."

　"응. 그치만……."

　엘리엇이 심각한 얼굴로 웅얼거리다가 결심한 듯이 말했다.

　"알았어요. 아저씨 잘못 아니니까 이모가 화내면 내가 대신 싸워 줄게요."

　"잠깐, 아픈데 내가 왜 화를 낸다는 거야? 엘리엇, 내가 언제 너 아플 때 화냈어?"

　"화냈어. 저번에두 내가 배 아프댔는데 화내고."

　"그건 네가 손 안 씻고 쿠키 먹어서 그런 거잖아. 이모는 아픈 거에 화낸 게 아니라 손을 안 씻은 거에 화낸 거야."

　"아저씨 손 안 씻었어요?"

　엘리엇이 눈을 동그랗게 뜨고 에리히를 돌아보았다. 에리히가 손바닥으로 얼굴을 덮었다.

　"그러면 안 돼요. 병 걸려요. 그리고 아프면 침대에 잘 누워서 쉬어야 해요."

엘리엇이 눈썹을 치켜들고 에리히를 꾸짖었다. 그건 에리히의 버릇을 배운 것이었다. 아직 어린 도련님이 똑같은 얼굴로 에리히를 꾸짖는 통에 주위에 있던 사람들이 또다시 입꼬리를 실룩거렸다.

주치의 브란트는 어금니를 꽉 깨물었다. 방금까지 일어나서는 안 된다고 통하지도 않는 잔소리를 하던 중이라 속 시원하기도 하고 웃기기도 했다.

클레어만이 웃는 낯 하나도 없이 엘리엇에게 동조했다.

"다섯 살짜리도 날 걱정시키지 않으려고 애쓰는데."

"……."

"당신은 지금 일어나 앉아서 서류를 들고 있어요?"

"한 장짜리 보고서야."

에리히가 갈라진 목소리로 대꾸했다. 처음에는 웃음을 참았지만, 지금은 억울했다.

"한 장이든 열 장이든 보고서는 보고서지."

클레어가 침대 가로 다가가 손을 내밀었다. 에리히는 순순히 보고서를 클레어의 손에 넘겨주었다. 그녀는 흘끔, 보고서의 제목을 훑어보고 파벨을 돌아보았다.

"우리 똑똑한 엘리엇은 가서 겉옷을 벗고 오렴. 파벨 경, 엘리엇이 신을 수 있는 슬리퍼가 있을까요?"

"그럼요. 모든 게 준비되어 있습니다."

얼마나 귀한 도련님인데, 파벨이 준비를 하지 않았겠는가?

언제 놀러 오실지 모르니 갈아입을 옷부터 아이용 침구까지, 만반의 준비가 갖추어져 있었다. 클레어는 엘리엇의 등을 가볍게 밀었다. 엘리엇은 약간 걱정하는 얼굴이었지만, 순순히 파벨의 손을 잡고 나갔다.

에리히는 눈썹을 치켜든 채로 클레어를 올려다보았다. 클레어는 침대 곁에 놓인 의자에 앉아 그를 무시하고 브란트에게 물었다.

"어때요?"

"체온, 맥박, 호흡, 모두 정상이십니다."

"다른 건요? 뭐 판단력이 흐리다거나 신경 반응이 잘못되었다거나."

"멀쩡해."

에리히가 대답했다. 클레어는 그를 깨끗하게 무시했다. 브란트가 그의 눈치를 조금 보고 슬그머니 대답했다.

"시간을 두고 지켜봐야 합니다. 이제 검사도 해 봐야 하는데……."

"브란트 선생님한테 협조하세요."

"멀쩡하다니까."

"어젯밤에 자기 입으로 판단력 저하 중이라고 해 놓고 무슨 소리예요. 판단력이 저하되어서 멀쩡하다고 착각하고 있는 게 아니라는 보장을 누가 해요?"

대답할 말이 없어져서 에리히는 패배했다는 뜻으로 두 손을 들어 보였다.

"그러게 그걸 왜 마셔요? 내가 엎어 버리겠다고 했잖아요."

"내가 안이했어. 사과하지."

"……사과는 무슨. 내가 마신 것도 아닌데."

"걱정했어?"

클레어는 순순히 그렇다고 대답하는 대신에 손바닥으로 이마를 한 번 쓰다듬었다. 미간에 힘이 너무 들어가서 머리가 아플 지경이었다.

"가볍게 말하지 말아요. 대부인 말고도 술잔에 독을 탈 사람이 있다는 걸 생각했어야 했어요."

"비소가 아니라서 다행이었지."

"농담하지 말아요. 정체불명의 화합물이 더 무서우니까."

에리히가 손을 뻗어 클레어의 뺨에 얹었다. 클레어는 그 손바닥에 얼굴을 묻었다. 떨리는 숨이 그의 손바닥을 채웠다. 치솟는 감정을 꾹꾹 눌러 담으려 했지만, 속이 칼로 다져지는 것 같아서 좀처럼 감정이 통제되지 않았다.

에리히가 평소처럼 같이 언성을 높이는 대신 손가락을 부드럽게 움직여 클레어의 얼굴을 쓰다듬었다.

"걱정시켜서 미안하군."

"뻔히 알면서 마시고 말이에요."

클레어는 어이없는 웃음이 새어 나와 저도 모르게 웃음소리를 냈다. 거기서 왜 웃음이 새었는지 자신도 알 길이 없었다. 고개를 들 때까지도 얼굴에서 웃음은 사라지지 않았다. 안심한 탓인지도 모른다.

에리히가 그제야 말했다.

"웃는 게 훨씬 낫군."

"지금 남을 평가할 주제가 못 되세요, 공작님."

클레어가 그렇게 말했을 때였다. 파벨이 엘리엇을 안고 돌아왔다. 아이는 뽀송뽀송한 잠옷으로 갈아입은 상태였다.

"도련님이 졸리신 것 같아서요."

"나 안 졸려."

"엘리엇, 이모가 부탁 하나 해도 돼?"

"부탁?"

엘리엇이 잠이 반짝 깬 듯 고개를 들었다. 이모의 부탁이라니, 드문 일이었다.

"보나 마나 아저씨가 안 자고 일어나려고 할 거거든. 침대에 꼭 잡아 놓고 있어."

"왜?"

"아픈데 놀러 나가려고 할걸? 의사 선생님 말씀 잘 듣게 엘리엇이 꼭 지켜."

"아저씨 나쁜 아이였어?"

엘리엇이 그럴 줄 몰랐다는 듯이 충격받은 눈으로 에리히를 쳐다보았다. 몸을 일으키려던 에리히는 황당한 한숨을 내쉬고 클레어에게 말했다.

"알았어. 얌전히 잠이나 자고 있지."

"잘 생각했어요."

에리히는 어처구니없는 얼굴을 했지만, 엘리엇이 '아저씨 이제 코 자자.' 하면서 토닥이는 바람에 입 다물고 다시 누웠다.

멀쩡하다고 주장하더니, 역시 그렇지 않았다. 에리히는 몇 분 되지도 않아 곯아떨어졌다. 엘리엇은 자기가 어른을 재운 것이 신기했는지, 흥미진진한 얼굴로 클레어를 쳐다보았다가 에리히를 돌아보기를 몇 번이나 했다. 그리고 킥킥 웃다가 행여나 에리히가 잠이 깰세라 두 손으로 입을 막았다.

하는 꼴이 귀여워 입 다물고 보고 있자니, 에리히가 잠결에 손을 뻗어 엘리엇을 끌어당겨 토닥였다. 누가 누굴 재운 건지, 엘리엇이 금세 가물거리다 눈을 감았다.

나란히 잠든 얼굴이 똑 닮아 누가 봐도 부자지간 같았다.

'제 자식도 아닌데.'

클레어는 미묘한 마음 상태로 그 모습을 바라보았다. 에리히가 원래부터 아이를 그렇게 좋아했던가? 모르겠다.

제게는 태어날 때부터 키운 친조카지만, 에리히에게는 아니다. 제 자식이라고 착각했다가 아니라는 것을 알면 실망할 수도 있을 것 같은데, 이렇게 받아들여 주는 게 고맙고, 다소는 신기한 기분까지 들었다.

'그렇게까지는 기대하지 않았는데.'

어른으로서 당연한 정도의 친절과 형식상의 책임만 함께해 주어도 고맙게 여겼을 텐데……. 에리히가 이렇게까지 해 주니, 그 마음에 보답하지 않을 수가 없다.

이제 이게 자신이 지켜야 할 가족이었다.

조용히 침실 밖으로 나온 클레어는 복도에서 그레이가 기다리고 있는 것과 마주쳤다.

"벨프 후작가의 문제에 관해 서류를 꾸며 왔습니다."

"아, 고마워. 빠르네."

"……안색이 안 좋으십니다. 잠은 좀 주무셨습니까?"

그레이가 약간 느릿하게 물었다. 클레어는 한숨을 내쉬었다.

"그럴 상황이 아니었잖아. 너도 밤새웠지?"

"저는 일이니까요."

클레어가 희미하게 미소 지었다. 그레이는 무심결에 손을 뻗을 뻔했지만, 아슬아슬하게 손가락만 까닥하는 정도로 멈출 수 있었다. 오랫동안 동요한 일이 없었는데. 하지만 본디 한번 물꼬가 터진 제방은 수리하기 어려운 법이다. 가득 차 있다면 더욱더 말이다.

그는 마치 손가락 관절을 푸는 게 목적이었다는 듯이 까드득 주먹을 한 번 쥐었다가 평범하게 폈다. 그리고 단정하게 말했다.

"공작 각하는 강건한 분이시니, 금세 털고 일어나실 겁니다."

"고마워."

클레어가 애써 웃었다. 무엇이 고맙다는 것인지는 애매했다.

그녀는 에리히에게서 빼앗은 보고서를 우선 훑었다. 별것 아닌 것처럼 보였기에 빨리 처리해 버릴 작정이었다. 그건 지난 1년 동안 루이자가 주고받은 선물의 내역과 그 상대를 정리한 것이었다.

의사가 처방하지 않은 진정제는 다른 사람이 주었을 것이고, 공짜로 넘겨받진 않았을 테니 선물로든 무엇으로든 보상을 했을 것이다.

이건 나중에 장부를 검토한 다음 루이자의 시녀였던 마리아와 이야기하는 게 좋겠다. 클레어는 보고서를 대강 접어 주머니에 쑤셔 박고, 뒤따라 나온 막시밀리안에게 물었다.

"벨프 후작과 그 장남은?"

"조금 전에 후작가의 변호사가 당도했다고 합니다. 접견실에 대기시켰습니다."

"알았어요."

클레어는 그레이를 돌아보았다. 변호사가 있어도 문제없다는 의미로 그가 고개를 끄덕여 보였다.

그녀는 성큼성큼 접견실 쪽으로 걸음을 내디뎠다. 두 남자가 그녀의 뒤를 따랐다.

<br>

✦

<br>

벨프 후작은 거의 진이 빠져 있었다.

아침까지 그가 집에 돌아오지 않자, 클라우제너에서 무슨 변고가 생겼음을 직감한 벨프 후작가의 법률 고문이 달려왔다. 그는 저간의 사정을 듣고 파랗게 질린 채 이렇게 말했다.

"공작님의 약혼녀를 해치는 데 성공하지는 못하셨더라도, 지금 델포드 남작의 서명을 위조하신 건 확실한 사실이 아닙니까?"

"그깟 계집의 서명 하나에 이 난리를……."

"델포드 남작가는 귀족원 명부에 이름을 올린 귀족인 데다가 작지만 수백 년 동안 영지를 유지해 온 가문입니다."

"그게 대체 뭐?"

벨프 후작은 입가를 비틀고 말했다. 그래 봤자 아렌의 남작이다. 명부에 이름이 올라 있어도, 진짜로 귀족원 총회에 참석한 적이 몇 번이나 있겠는가.

"거기에는 제대로 된 법률 고문조차 없지 않나. 위빙 상단이 돈을 아무리 많이 벌어 봤자 델포드에는 제대로 된 가신조차 없는데. 그 정부인 변호사 놈도 농노 아니었나!"

변호사는 기가 막혔다. 그레이 셔우드를 농노라고 부르다니. 그러나 벨프 후작이 터무니없는 소리를 하는 게 하루 이틀 일도 아니었다. 그는 최대한 후작을 납득시키기 위해 조곤조곤 설명했다.

"영주의 서명을 위조하는 것은 그 영지를 탈취하려는 시도로 보일 수도 있습니다. 적어도 상대방이 그렇게 주장하면 반박할 수가 없습니다."

"그래서?"

"영지전을 일으킬 수 있는 합당한 명분이 됩니다. 혹은 황제 폐하께서 정당하게 수여하신 영지를 강탈하려는 시도로 볼 수도 있습니다. 전자는 내전이고, 후자는 반역이란 말입니다!"

당사자인 귀족들은 공부하는 것을 잊었을지 몰라도, 그 법들은 아직 살아 있었다. 다만, 프리드리히 대제 이후 중앙집권화가 진전되면서 사병이 혁파되었기에, 모든 사람들이 자연스럽게 잊었을 뿐이다.

실제로 영지의 경계에서 병사들이 피를 흘리는 일은 없을 것이다. 그러나 영지전을 가문 간의 전쟁이라고 해석하면, 상대를 파멸시킬 방법은 병사를 동원하는 것만이 아니다.

게다가 상대 변호사는 슐츠&셔우드의 그 셔우드다. 법정으로 가면 일은 더 어려워진다.

"지금이라도 사과하고 클라우제너 공작가의 중재를 청하십시오. 그게 제일 낫습니다."

벨프 후작이 비로소 심각성을 깨달은 듯 이맛살을 찌푸렸다. 하지만 아직도 충분히 두렵지는 않은 모양이었다.

"그 에리히 공이 지금 우리를 이런 식으로 핍박하고 있지 않은가!"

"중재를 청한다 한들, 약혼녀를 건드린 상황인데 받아들이겠습니까? 어제 태도를 보셨잖습니까? 고모님까지 끌어내라고 했는데요."

요시아스가 시큰둥하게 말했다. 벨프 후작은 한참 입을 다물고 있다가 고집스럽게 말했다.

"그래. 에리히 공이 원한다면 사과할 수 있어. 하지만 일방적으로는 안 돼. 철저히 따질 거라면, 클라우제너에서 이렇게 우리를 가둬 두고 있는 것도 따져야지."

변호사는 지난 수십 년간 그랬던 것처럼 터지는 속을 물로 달랬다. 어디 클라우제너와 벨프가 같은 입장인가. 지배 가문이 지배 가문이라고 불리는 것에는 이유가 있는 법이다.

그때 콩콩 노크 소리가 들렸다.

문을 연 것은 막시밀리안이고, 제일 앞장서서 들어온 것은 클레어였다.

변호사만 혼자 일어섰다. 그와 그레이의 시선이 마주쳤다. 그레이가 살짝 고개를 숙여 그에게 묵례했다. 어쨌든 동문이라, 면식이 있는 사이였다.

클레어가 테이블을 사이에 두고 벨프 후작의 건너편 자리에 섰다. 벨프 후작은 그녀를 똑바로 쳐다보지도 않았다. 어제저녁에 인사할 때에는 에리히가 있어서 형식상의 예의라도 갖추더니, 이제 그럴 생각이 없는 모양이었다.

그녀는 자리에 앉았다. 그리고 새로 생긴 인척이 아니라 위빙 상단의 주인으로서 프라흐 상단의 주인에게 말했다.

"이런 식으로 이야기할 기회가 생기긴 하는군요, 후작님."

"⋯⋯."

"왜 그러세요? 돈 귀신이 붙은 천박한 아렌 계집 따위와는 대화할 마음이 없으신가요?"

클레어가 반듯한 자세로 고개를 든 채 눈만 내리깔고 벨프 후작을 내려다보았다.

"후작가의 운명을 거셔야 할 텐데도?"

그녀는 오만한 자세에 익숙하지 않았다. 그러나 에리히의 흉내를 일부 내는 것만으로도 꽤나 그럴듯했던 모양이다. 벨프 후작의 얼굴이 단숨에 시뻘겋게 달아올랐다.

그는 성질대로 달려들지는 못했다. 막시밀리안이 클레어의
등 뒤에서 새파랗게 날 선 검처럼 서 있었기 때문이다. 행여 울
분에 손이라도 내미는 순간 그것을 트집 잡아 클라우제너가 벨
프를 짓밟으리라는 것을 확실하게 인지할 수 있을 정도로.

그리고 클레어는 그것까지 알아채고는 헛웃음을 머금었다.
여전히 벨프 후작은 그녀의 가치를 '에리히의 여자'로밖에 보지
않는 모양이었다.

"그레이."

지시를 받은 그레이가 차분한 태도로 벨프 후작과 변호사
앞에 각자 서류를 내려놓았다.

"변호사님 쪽은 사본입니다. 검토하기 편하시도록."

첫 번째 서류는 벨프 후작가의 모든 자료와 자산을 동결해
서 델포드 남작가에게 넘기는 것에 동의한다는 내용이었다. 두
번째 것까지 보지도 않고 벨프 후작은 분기탱천하여 벌떡 일어
섰다.

"감히 이따위 미친 개소리를……!"

"확실히 말씀드려서."

클레어가 큰 목소리로 벨프 후작의 분노를 끊었다.

"벨프 후작가를 그냥 파산시키는 게 가장 간단합니다. 이 자
리에서 편지만 몇 통 써도 가능한 일이죠. 후작님이 위조하신
바로 그 서명으로."

"뭣?!"

"부채액이 너무 커서 자산이 되기는커녕 위자료도 안 되는데 넘기라고 하는 건 프라흐 상단의 직원들 때문입니다. 거절하시면 그냥 파산시킬 테니 그리 알고 결정하세요. 먹고살 만큼은 충분히 남겨 드렸습니다."

"허튼소리! 네가 아무리 에리히 공의 마음을 얻었다고 해서 앉은자리에서 후작가의 핵심을 빼먹으려고 해?!"

"좋은 일이군요. 금력이 가문을 유지하는 핵심이라는 건 알고 계시는 것 같으니."

클레어가 여유로운 태도로 말했다.

벨프 후작은 그 말의 의미를 이성적으로 전부 다 이해한 것은 아니지만, 본능적으로 자신이 약자라는 것을 깨닫고 숨을 들이켰다. 요시아스가 끼어들었다.

"남작님의 말씀은 도가 지나칩니다."

"그런가요?"

"잘못은 통감합니다. 숙녀의 명예를 해치려고 한 일도, 결혼 계약서의 한계를 넘어 클라우제너의 후계에 간섭하려고 한 일도 모두 잘못이지요. 마음이 풀리실 때까지 사과드리겠습니다."

요시아스의 얼굴은 숙취로 초췌했으나 눈은 명징한 빛을 띠고 있었다. 아주 오랜만의 일이었다.

"그러나 클라우제너도 벨프를 가신 취급 할 수는 없는 일이지요. 가산을 몰수하겠다니요. 그런 권한을 가진 것은 황제 폐하의 법정뿐입니다."

영지전보다는 재판이 낫다. 어차피 칩거하여 모습을 보이지 않은 지 오래된 황제는 아무 일도 하지 않을 것이고, 신분 질서를 중시하는 귀족원은 후작이 남작에게 지기를 바라지 않을 것이다. 그리고 하원과 내각은 이제 와서 지배 가문이 강대한 권력을 휘두르기를 바라지 않는다.

그러니 적당한 타협과 협상이 오가게 될 것이다. 벨프 후작가가 비록 클라우제너에게 비할 바는 아니지만, 그런 상황을 만들 정도의 인맥은 있다고 요시아스는 생각했다.

하지만 클레어는 희미하게 입꼬리를 끌어 올렸다. 비웃음처럼 보였다.

"딱히 영지전 같은 유난스러운 소리를 할 생각은 저도 없어요. 받을 걸 받는 걸로도 충분할 테니."

클레어의 눈짓을 받은 그레이가 서류 뭉치를 하나 꺼내어 벨프 후작 앞에 내려놓았다.

"벨프 후작가와 프라흐 상단의 명의로 발행된 차용증과 어음으로, 합계 2천만 골드입니다."

벨프 후작이 눈을 크게 떴다. 믿을 수 없었다. 물론 그가 여기저기에 손을 많이 벌린 것은 사실이지만, 대부분 믿을 만한 곳, 오래된 거래처에서 빌린 것이다. 이렇게 함부로 위빙 상단 따위에게 넘겨서는 안 된다는 말이다.

그는 반사적으로 차용증에 손을 뻗었다. 찢어 버릴 작정이었는데, 그 전에 막시밀리안이 그의 손목을 움켜쥐었다. 그레이가 다른 차용증 뭉치를 내려놓았다.

"이건 한 달 이내에 기한이 돌아올 차용증과 어음입니다."

벨프 후작의 낯빛이 차츰차츰 파랗게 변색했다. 클레어는 차가운 얼굴로 말했다.

"이게 설마 돌아올 줄 모르신 건 아니겠지요? 유감스럽게도, 채무자의 명예를 위해서 빌려준 돈을 포기하는 사람 같은 건 이야기 속에나 있는 거랍니다."

달라는 말을 못 해서 포기하거나 기한을 연장해 주던 사람도, 위빙 상단에서 사들인다고 하니 채권을 파는 것을 망설이지 않았다.

클레어가 이 채권들을 확보한 것은 꽤 오래전의 일이다. 파산시키고 후작가를 해체해서 삼키려면 언제든지 그럴 수 있었다. 그냥 내버려 두었던 것은 벨프 후작가가 클라우제너의 인척이었기 때문이다.

지난 5년 동안, 에리히만 위빙 상단의 존재를 알면서도 외면했던 게 아니다. 그녀도 클라우제너의 이름과 연관된 곳에서 시선을 돌렸었다.

지나친 일은 하고 싶지 않았다. 예전에는 굳이 눈에 띄고 싶지 않았고, 결혼이 결정된 후에는 에리히를 생각했기 때문이다.

에리히는 아버지를 사랑했고, 루이자는 아버지가 그에게 물려준 중요한 의무 중 하나였다. 그러니 그걸 포기하게 하고 싶지 않았다.

클레어는 자신이 이단적인 존재라는 걸 알고 있었다. 루이자와 그 가족이 쉽게 받아들이지 못한다고 해도 인내심을 발휘할 작정이었다.

그러나 이제는 사정이 다르다. 용서는 약을 마신 에리히가 할 수 있는 일이고, 협상과 타협은 변호사들의 일로 넘어갔다. 그녀가 할 일은 보복이었다.

"절차가 필요하다면 하루의 시간을 드리죠. 오늘 일몰까지 2천만 골드를 상환한다면, 가산을 압류하는 것은 보류하겠어요."

물론, 그 뒤에도 계속해서 기한이 돌아오는 채무를 상환해야 한다.

가능할 리 없다. 벨프 후작가에 남아 있는 현금은 1백만 골드도 안 될 테니까. 저택의 도자기까지 전부 팔아도 그 절반도 갚지 못할 것이다. 그리고 기한이 돌아올 어음은 아직도 많이 남아 있었다.

벨프 후작이 목이 졸린 듯한 얼굴로 등받이에 기대었다.

그레이가 나머지 서류를 그에게 내밀었다. 향후 어떤 방식으로도 상업에 투자하지 않겠다는 것과 벨프 후작의 직계 가족이 향후 20년 동안 수도와 델포드 영지 인근에 발을 디디지 않겠다는 두 장의 서약서였다.

"무슨, 무슨 권리로……."

이건 가문을 포기하라는 것과 똑같은 이야기였다.

이제 혈통만으로는 귀족적인 품위를 유지할 수 없는 세상이었다. 무력도, 혈통도 권력을 담보하지 않았다. 과거에 영지병을 거느리고 권력으로 다스렸듯, 지금은 재산을 쌓아 놓고 돈으로 사람을 고용하며 금권으로 장악해야 한다. 재정적 어려움을 겪다가 쇠락하여 작위까지 팔아 버린 가문이 어디 한둘이던가.

이건 델포드 남작가와의 영지전이다. 그 말이 비수처럼 그의 뇌리에 제대로 박혔다. 무기와 병사 대신 돈이 움직였다.

"목장이 딸린 장원을 하나 남겨 드리죠. 대부인의 친정인데 길바닥을 전전하게 할 생각까지는 없어요."

벨프 후작은 몇 번이나 새액새액 거친 숨을 내쉬었다. 납득할 수 없었다. 마지막 서약서도 같은 방향을 가리키고 있다.

앞으로 20년 동안 수도에 오지 않으면 자녀들의 혼사에 지장을 준다. 혼맥을 막은 것이다. 사실상 중앙 귀족의 지위를 포기하라는 것과 같은 이야기였다.

납득할 수 없었지만, 채무의 무게는 목에 차꼬를 매다는 것만큼이나 지독했다.

"아버지……."

요시아스가 불안한 목소리로 그를 불렀다.

벨프 후작은 어쩔 수 없이 떨리는 손으로 문서에 서명했다. 그레이가 문서를 회수했다. 클레어는 그것을 확인하고, 일어섰다.

"원만하게 합의가 이루어져서 기쁘군요."

"원만이라니……."

벨프 후작은 반발하려고 입을 열었다가 끓는 기름처럼 뜨거운 호박색 눈동자와 마주치자 입을 다물었다.

"돌려보내세요."

클레어가 짧게 말하고 그 자리를 떠났다.

# 공작 부인의 선택은 다이아몬드

수도에서 가장 큰 신문인 레비 순보에 특종이 떴다.

《공작 부인의 선택은 다이아몬드!》

레비 순보의 편집장은 그 헤드라인을 보고 한숨을 내쉬고는 신문을 책상에 팽개쳤다.

《금세기 최고의 로맨스라고 할 수 있었던 클라우제너 공작의 청혼으로부터 2개월, 마침내 공작 부인의 예물이 결정되었다.》

《공작은 청혼 선물로 7년간 착용해 온 자신의 인장 반지를 약혼녀에게 끼워 주었다. 이는 가문의 모든 권리를 맡긴다는 것과 같은 의미를 지닌다.》

《지난번 기사로 알려 드린 바와 같이, 지혜로운 델포드 남작은 자신이 가장 바라는 것은 순수하고 맑으며 영원히 변하지 않는 마음뿐이라며 인장 반지를 돌려주었다. 이에 공작이 택한 보석이 다이아몬드라고 한다.》

《다이아몬드는 영원하다.》

그 밑으로는 예물 제작을 맡은 공방에서 유출되었다는 목걸이와 반지 디자인 스케치가 있었다.

"제기럴, 이것도 기사라고."

편집장은 눈가를 손으로 덮으며 걸쭉하게 욕설을 내뱉었다. 원고 하나를 정서하고 있던 편집자가 킬킬 웃었다.

"뭐가 어때서요? 우리가 커진 게 뭐 정치 경제 기사를 내서 성공한 것도 아니고, 그렇다고 우리가 저어기 주간 《미스터리》처럼 형사사건 쫓아다니면서 재밌는 기사를 쓰던 곳도 아닌데."

레비 순보는 가십과 스캔들, 상류 계급에 대한 호기심을 먹고 자랐다. 사실 그 무엇보다도 광고의 위력이 컸다.

레비 순보의 애독자들은 진짜 귀족들이 어떤 물건을 사용하는지 알고 싶어 했고, 그와 같은 것, 적어도 비슷한 물건을 사용하고 싶어 했다. 그것을 생각하면 이 다이아몬드 예물은 적절한 기사이긴 했다. 지시가 없었어도 기꺼이 실었을 것이다. 2면이나 3면에.

"아니 말이야, 이 시점에서 우리가 뻥 하고 터뜨려야 하는 건 다이아몬드 목걸이 디자인 따위가 아니라 공작 대부인 이야기라고."

"뭐 어쩌겠어요? 공작 대부인이 휴게실에서 돌아갔든 어쨌든, 클라우제너의 일인데."

"생각해 봐. 그날로부터 3일 만에 대부인이 영지로 내려갔어. 벨프 후작가도 그렇잖아. 갑자기 가산 딱 정리해 가지고 수도를 떠났다고. 분명히 무슨 일이 있었다니까?"

"고부 갈등을 우리 사주님이 순식간에 정리하신 거죠. 음, 대단하셔. 그 클라우제너 공작 대부인을."

"야!"

"어쨌든 기삿거리는 못 되죠. 우리 오너가 욕을 먹거나, 우리가 오너 대신 욕을 먹거나."

"하."

편집장이 한탄했다.

"그러면 이리스 슈나이더는 어때? 그쪽은 진짜로 델포드 남작님 편에서 마음껏 씹어 대도 된다고 본다. 소문 뻔히 알면서 약혼 파티에 간 의도부터가 불순하잖아."

"음. 그렇긴 한데요."

"온 사교계와 수도 시민이 다 같이 궁금해할 핫이슈라고. 지금이야말로 우리 순보가 시민의 알 권리를 위해 발로 뛰어야 할 순간 아니야?"

"델포드 남작님이 과연 본인 입장이 난처해지는 걸 감수하면서까지 쓰라고 하실까요?"

"어허! 남작님은 피해자야. 난처해지다니! 모두가 남작님 편을 들도록 만들어야지."

"그러면 공작이 천하의 개쌍놈이 되겠죠. 누가 봐도 양다리 걸친 건데."

"그걸 어떻게 잘 좀……."

"아무리 잘 써 봐도 최소 공작이 슈나이더 백작 영애에게 여지를 줬다는 이야기가 되잖아요. 그게 남작님에게 유리할 거 같진 않은데요?"

구구절절 옳은 말이었기에 편집장은 푸슉슉 수그러들었다. 설령 신문 판매고를 훌쩍 점프시킬 수 있는 일이라도, 오너를 건드릴 순 없었다.

그때 문을 열고 들어온 기자가 말했다.

"거 뭐 어렵게 생각하십니까?"

"밖에까지 다 들렸어?"

"예. 간단한 일 아닙니까? 공작님을 안 건드리면서 슈나이더 백작가를 쏘삭거릴 수 있는 재미난 이야깃거리가 있으면 좋겠다, 이거잖아요."

편집장이 고개를 갸웃거렸다.

"뭐 그럴 만한 거리가 있나?"

"이리스 슈나이더가 백작의 친딸이 아닐 수도 있습니다."

"뭐? 완전히 처음 듣는 이야기인데?"

편집장이 자세를 똑바로 하고 기자 쪽으로 몸을 기울였다. 기자가 의기양양하게 말했다.

"원래 슈나이더 백작의 애인은 따로 있었잖습니까? 이리스의 친모라고 알려진?"

"그렇지. 아주 기가 막히게 예쁜 금발의 프리마 돈나였지."

갑자기 은퇴하고 사라져서 다들 백작의 아이를 가졌구나 했었다. 하지만 생각과 달리 백작의 정부로 사교계에 다시 나타나는 일은 없었다.

그녀의 소식이 다시 들려온 것은 그로부터 6년 후의 일이다. 지금의 백작 부인 카탸가 아이를 데리고 백작저에 나타나, 그녀가 병으로 죽었으며, 친구인 자신에게 아이를 아버지에게 데려다 달라고 부탁했다고 말했다.

슈나이더 백작은 눈물로 아이를 맞이했다. 그것이 이리스다.

"지금의 백작 부인은 영애의 유모로 백작가에 남았다가 백작을 유혹하여 결혼한 거지."

그때 사정을 잘 모르고 눈을 굴리는 편집자에게 편집장이 흥이 나서 말했다. 현역 시절에 가장 뜨거웠던 스캔들이라 술자리 안줏거리로도 그만이었다.

"그런데 말입니다. 요즘 오페라 극장에 그녀의 유령이 나온다는 소문이 있습니다."

기자가 목소리를 낮추며 화제를 전환했다. 편집장이 어처구니없다는 듯이 껄껄 웃었다.

"꽃가마를 앞에 두고 요절한 미모의 프리마 돈나 유령이라니, 재밌는 이야깃거리긴 하다만, 너 지금 그걸 이리스 슈나이더랑 엮어 보겠다는 거냐? 야, 정신 차려. 그냥 가수가 아니라 백작 영애야. 우리 괴담 다루는 가십지 아니야."

"진짜 있습니다."

기자가 정색했다.

"스테판이라는 발레리노가 있지 않습니까? 파펜하임 백작의 애인인."

"어, 어."

생각지도 못한 이름이 나와서 편집장이 놀란 소리를 냈다. 스테판은 최근에 오페라 극장에 영입된 주역 무용수로서, 실력으로나 스캔들로나 아주 핫했으니, 레비 순보의 편집장으로서 모를 리가 없었다.

"그 스테판이 직접 데려온 하녀가 얼굴이 아주 닮았습니다."

"유령 소리를 들을 만큼?"

"다들 쉬쉬하지만, 20년 전부터 오페라 극장에서 일하던 중 늙은이들은 아주 고개도 들지 않고 다닐 정도죠."

탕. 편집장이 책상을 두드렸다. 제법 흥미로운 이야기였다. 모름지기 특종이란 이런 것이어야 한다.

"진실을 캐는 게 바로 신문 기자의 역할이 아니겠나? 한번 파 봐. 내가 밀어줄게."

"예."

"만에 하나 그게 진짜라면, 슈나이더 백작 부인이 가만히 있을 리 없어. 알지?"

"잘 알죠. 저희가 이런 일 한두 번 합니까?"

기자가 명쾌하게 대답했다.

레비 순보에는 자부심이 있었다. 그들은 루머를 마구잡이로

신지 않았다. 팩트 체크를 반드시 했고, 이렇게 캐낸 정보를 협박용으로 써서 돈을 뜯어내거나 하지 않았다. 오로지 판매량을 늘리는 데만 집중했다.

상대는 귀족 놈이다. 타고나길 고귀하다는 이유로 대접받으려면, 그만큼 자신의 고귀함을 증명해야 할 것 아닌가. 그만큼 고귀하지 못하다면, 시민들을 즐겁게라도 해 줘야 마땅하다.

썩은 내 풍기면서 푸른 장미처럼 굴면 안 되는 법이다.

"대단하십니다."

광고 기사가 뜬 회차의 레비 순보를 들고 온 클라우제너의 재산 관리인 빌헬름 마이어가 찬사했다. 클레어는 신문을 보고 '아!'라고 짧게 말했다. 드디어 다음 단계로 넘어가게 되었다.

"마이어 경은 걱정이 있으셨던 것 같군요."

"일반적으로 광고의 효과는 일시적이지 않습니까? 아무리 두 분의 결혼식을 화제로 삼아 홍보를 하더라도, 수요가 지속적으로 유지되리라고는 기대할 수 없다고 생각했습니다."

그는 위빙 상단을 꽤 잘 알고 있었다. 그렇기에 새로운 여주인께서 다이아몬드 사업을 할 거라는 이야기를 들었을 때 반대하지는 않았다. 그러나 수요와 공급이라는 절대적인 법칙을 이겨 낼 수 있을까 회의가 들었던 게 사실이다.

다이아몬드는 직물과는 사정이 다르다. 문직물의 수요가 창출된 것은 가격 하락 때문이지만, 보석은 그런 식으로 가격을 떨어뜨리면 오히려 손해가 된다. 사치품에 저가라는 이미지가 붙으면 치명적이다.

직물은 소모품이라 지속적으로 사라지고, 위빙 상단의 문직물은 사치품에서 생필품으로 내려앉으면서 수요를 확보했다.

그러나 보석은 그럴 수가 없다. 공업용으로 돌린다고 해도 한계는 명확했다.

하지만 광고 기사 끝줄에서 '다이아몬드는 영원하다'라는 문장을 본 순간 온몸이 떨렸다. 빌헬름은 5년 전 로저 카슨이 어떤 기분을 느꼈을지 정확히 이해할 수 있었다.

"설마 광물 자체에 이미지를 붙이실 줄은 몰랐습니다."

"상단이나 브랜드의 이미지를 구축하는 건 오래 못 가니까요. 성공적으로 만들어져도 반발심을 느끼는 사람이 있을 거고, 오래 유지해도 결국엔 사람 때문에 끝나게 되어 있죠."

그에 비해 광물에 붙은 이미지는 문화적인 것이다. 그런 의미에서 한번 정착하면 정말로 영원에 가깝다. 이건 검증된 캐치프레이즈다. 무색투명에 순수성을, 단단함에 영원성을 결부시켜 영원한 사랑의 상징으로 만든다.

'드비어스가 되어 주마.'

클레어는 은밀하게 웃었다.

오히려 그보다 더 쉽다. 이곳에서는 드비어스가 했듯이 낭

만적인 유래를 창조하고 미친 듯이 홍보를 때리며 소비자를 심리적으로 조작할 필요가 전혀 없었다.

결혼에 로맨스가 개입하기 시작한 이 시대 이 순간, 세기의 로맨스를 찍고 있는 공작 부부(예정)가 있었으니까. 다이아몬드는 영원한 결혼 예물이 되리라.

"다음 단계가 궁금합니다."

"이제 다른 신문사들이 이 문장을 가져다 헤드라인으로 쓰면서 기사를 재생산할 거예요. 결혼식 후에는 이 이미지를 받아 이어 나갈 만한 모델이 필요해지겠죠. 모델을 위한 다이아몬드도요."

"예. 광산 대리인에게도 이야기해 두겠습니다."

빌헬름이 고개를 끄덕였다.

클라우제너의 광산은 광산일 뿐이지 보석상은 아니었으나, 루이자가 오랫동안 간섭한 덕에 그쪽과도 거래처 이상의 인연을 갖고 있었다.

그게 그녀가 클라우제너에서 한 일 중에 유일하게 가치 있는 일이라고 해도 과언이 아니었다. 그것조차도 클레어가 다이아몬드 사업을 시작하지 않았다면 무의미했겠지만 말이다.

빌헬름은 자제하지 못하고 하늘을 날려는 입꼬리를 애써 점잖게 내리눌렀다.

그는 정말이지 이 새로운 여주인이 좋았다. 대부인의 씀씀이와 다이아몬드의 수익률 하락은 그가 클라우제너의 곳간 지기가 된 이래 언제나 골칫거리였는데, 클레어는 그것을 마치

빗자루로 쓸듯 간단히 처리해 버렸다.

"그리고 온 김에 동의를 구하고 싶은 게 있어요."

"그 일이 무엇이든, 제게 동의를 구하실 필요는 없습니다."

"딱히 가주 대리로서 하는 이야기가 아니라서요. 늦어진 김에 결혼식의 규모를 키울까 해요."

"그것도, 뜻한 대로 하시면 됩니다."

"예산이 드니까요."

"각하께선 내실에서 쓰는 예산에 제한을 두는 분이 아니십니다."

에리히의 그 방침에 복장 터져 했던 것이 언제였냐는 듯이 빌헬름은 태연하게 말했다. 그래도 클레어가 예산 서류를 내밀었기에 일단 받았다.

"약혼 파티 이래 에리히가 두문불출하는 데다가, 벨프 후작가와 대부인이 시골로 내려가는 바람에 결혼식을 두고 말이 좀 있는 걸로 알아요."

"예."

굳이 안 해도 될 약혼 파티를 계획하고, 결혼식까지 일정도 길게 잡은 것은 다이아몬드 때문이었다. 예물을 제작할 시간도 필요했고, 제작된 예물을 홍보용으로 쓸 시간도 필요했다.

그것이 전화위복이 되었다. 약혼 파티 때의 일이 있었어도, 굳이 일정을 더 늦추거나 할 필요가 없었기 때문이다.

'그걸 전화위복이라고 할 수 있는 건진 모르겠지만.'

클레어는 아랫입술을 깨물었다.

"말이 나오지 않도록 아주 성대하게 결혼식을 올릴 예정이에요. 굳이 친인척만 초대하는 게 아니라 어지간한 사람은 다 구경할 수 있도록. 대성당의 홀을 이용할 수 있게 해 달라고 교섭하고 있어요."

빌헬름이 약간 놀란 얼굴을 했다. 클레어는 망설임 없이 말했다.

"클라우제너의 고용인, 영지민 출신으로 아카데미에 다니는 학생들, 가신 전원, 델포드 가문의 거래처를 비롯해 가능하면 인연이 있는 중류 계급 전부에게 초대장을 발송할 거예요."

"논란이 될 겁니다."

"그래서 대성당을 이용하려는 거예요. 예배당에서는 신분에 따라 공간을 완전히 분리하지 않으니까요."

"알겠습니다. 예산에는 문제가 없으니, 설령 추가적인 증액이 필요하더라도 명령만 하시면 됩니다."

"고마워요."

클레어는 빙긋 웃어 보였으나 속내까지 그렇게 평화롭지는 않았다.

'결혼을 막으려는 자가 있으니, 오히려 더 떵떵거리면서 해 주는 게 도리지.'

만일에 원한 때문이거나 엘리엇 때문이라는 것이 확실했다면, 클레어는 움츠렸을 것이다. 자신이 무릎을 꿇고 웅크려 폭풍을 넘길 수 있다면, 그녀는 기꺼이 그렇게 할 수 있었다.

하지만 그렇지가 않았다. 궁극적인 목적이 클라우제너 공작가의 이권이든 로멜 우월주의든, 혹은 치정이든, 상대가 문제로 삼은 것은 결혼 그 자체다.

자신을 제거하는 게 목적이라면, 다른 방식으로 시도했을 것이다. 노라 호프만을 죽인 것처럼 밤길에 칼을 들고 습격하거나 비소 같은 독극물로 단번에 독살을 시도하는 방법이 훨씬 간편하다. 지금까지 신경 써서 경호를 데리고 다닌 적이 없으니까 기회는 많았을 것이다.

그런데 굳이 루이자에게 혐의가 가도록 설계하여 약혼 파티에서 축하주에 약을 탄 이유가 무엇이겠는가. 성공하든 실패하든 추문을 감당 못할 크기로 키워 자신을 사회적으로 매장하려고 했던 것이다.

사람의 악의에 소름이 돋았다. 고작해야 결혼 때문에 그런 일을 저지른단 말인가. 그리고 클레어는 그런 놈에게는 절대 움츠러드는 모습을 보여 줄 수 없었다.

'그런 작자는, 이쪽에서 소극적으로 나가면 더 기세등등해져서 지랄이 나는 법이지.'

기어이 잡아다 주리를 틀고 말 것이다.

그러나 지금 당장 할 수는 없었다. 노라 호프만이 죽어 버리면서 단서는 끊어지고 말았다. 루이자는 아는 것이 없고, 그녀의 방에서도, 벨프 후작가에서도 별달리 발견된 것이 없었다.

지금으로서 확인할 수 있는 것은 축하주에 들어 있던 약이 아편계 알칼로이드라는 것뿐이다. 하지만 정확히 무엇인지는 불분명했다. 화학 분석만으로 전 성분을 확실하게 알아낼 수 있는 시대가 아니기 때문이다.

　아편 제제는 루이자의 방에서도, 벨프 후작가에서도 발견됐으나 증거라고 할 수는 없다. 두통약으로 모르핀을 처방하기도 하는 시대였다. 앞으로 자기 가족의 것만이라도 처방전을 모조리 직접 확인하겠다는 결심의 계기만 되었을 뿐이다.

　지금으로서는 조사를 계속하면서, 상대가 움직이기를 기다릴 수밖에 없었다.


　'빌헬름이 이렇게 고분고분하다니.'

　한편, 집무실 한쪽을 지키고 서서 그 모습을 지켜보고 있던 막시밀리안은 놀랐다.

　빌헬름은 까다롭고 보수적인 성격이다. 에리히가 택한 안주인이니 받들어 모시기는 하겠지만, 내실의 예산을 제외한 다른 돈주머니의 끈은 꽉 쥐고 있을 줄 알았는데 말이다.

　하긴, 자신도 마찬가지였다. 긴급 사태였다고는 하지만, 에리히가 쓰러진 날로부터 사흘 만에 보안부가 가진 정보 전체를 클레어에게 개방하고 그녀의 명령을 받기 시작했다. 능력적으로도, 신뢰 문제로도, 그래도 된다는 판단이 들었기 때문이다.

　재산 관리인인 빌헬름과 보안부장인 자신이 무릎을 꿇으면,

클라우제너는 전부 장악한 것이나 다름없다. 가문을 유지하는 핵심적인 힘인 금력과 권력, 둘 다를 쥐는 셈이기 때문이다.

'이런 사태라서 가주 대행으로 쉽게 받아들였던 거지만, 겪어 보지 않았다면 아마 시간이 좀 더 걸렸겠지. 각하께서는 그걸 노리고 일부러 ……고 계신 건가?'

단순히 클레어가 걱정하기 때문에 그런다기에는 조금 납득이 되지 않았는데, 이제야 알 것 같았다.

혼자 생각이 너무 많았는지, 클레어가 던지는 질문에 그는 퍼뜩 정신이 들었다.

"왜 웃고 있어요?"

"아, 죄송합니다."

"죄송하면 이것 좀…… 아니."

클레어는 한숨을 내쉬며 집무실을 둘러보았다. 책상 위뿐 아니라 티테이블 위에까지 서류가 넘쳐흘러 보조용 책상과 서류함을 더 갖다 놨지만, 거기에도 쓰러질 만큼 서류가 쌓여 있었다.

그녀는 새삼스럽게 아득한 기분이 되었다. 하지만 어쩔 수 없지 않은가. 남에게 맡길 수 있는 일이 별로 없었다.

"으휴……."

"잠시 쉬시는 게 어떻겠습니까? 급하지 않은 일은 각하께서 회복하실 때까지 미뤄 두셔도 될 겁니다."

"그것도 그렇네요. 서두른다고 뭐가 해결될 것도 아니고."

비서에게 넘기라고 했으면 안 된다고 했겠지만, 에리히의 손 위에라면 대충 이것의 5. 6배쯤은 넘겨줄 수 있었다.

'내가 지금 3인분은 하고 있을 거야. 아마.'

대행한테 3인분 시킬 정도면 본인은 17인분은 해야지.

클레어는 일어섰다.

"신경 써 줘서 고마워요. 보좌관들도 오늘은 일이 적당히 마무리되는 대로 퇴근하라고 전해 주세요."

"수행하겠습니다."

"어차피 집 안에서 움직이는 건데요. 괜찮아요. 에리히를 보러 갈 거니까."

막시밀리안이 고개를 숙여 그녀에게 예를 올렸다. 클레어는 집무실을 떠났다.

클레어에게는 비밀이지만, 그 시간에 에리히는 슈나이더 백작을 만나고 있었다. 공식 접견실이 아니라 사실에 붙어 있는 소규모 응접실에서다.

"오랜만입니다, 백작님. 이런 곳까지 오시게 해서 실례했습니다."

"아닐세. 내 딸이 저지른 불미스러운 일에 대해 사과할 기회를 주어서 고맙네."

슈나이더 백작이 고개를 숙였다. 그는 그날 이리스가 저지른 일을 듣고는 기가 막혀 어찌할 바를 몰랐다.

'가지 말라고 하지 않았니? 네게 아무런 생각이 없었더라도, 이렇게 사교계에 소문이 파다한 이상, 거기에 모습을 드러내면 사람들이 뭐라고 입방아를 찧어 댈지 몰랐니!'

딸을 그렇게 크게 꾸짖어 본 건 처음이었다. 이리스가 온 얼굴이 새빨개지고 퉁퉁 부어오르도록 서럽게 우는 것을 보자 가슴이 찢어지는 것 같았지만, 그래도 잘못은 잘못이었다.

'네 마음을 내가 왜 모르겠니? 네가 에리히 공을 사모하는 줄 나도 알고, 그래서 또 네 마음을 보답받는 날이 혹시라도 있을까 싶어 여태 아무 말 안 했던 거야.'

'아빠.'

'너도 알지 않니. 우리 가문은 원래 클라우제너의 혼맥이 될 만한 가문이 아니야. 세상이 달라졌고, 너는 너무나 어여쁜 아이니, 만일에 에리히 공이 널 사랑한다면 나도 기꺼이 찬성했을 거다. 하지만 아니지 않니? 대체 이게 무슨 어리석은 짓이냐!'

'아빠, 아빠라도 내 편이어야죠. 아빠가 왜 내 편이 아니에요? 아빠아, 아빠가 그러면 안 되잖아요.'

'이건 현실이야, 이리스. 미안하구나. 아빠가 더 대단한 사람이었으면, 에리히 공에게 혼담을 넣었을 텐데 말이다. 아빠가 그러지 못할 신분이라, 미안하구나.'

결국 그는 이리스를 끌어안고 사과하고 말았다.

자신의 마음까지 쓰리고 아팠다. 로멜의 전통 있는 백작가 후계자로 태어나 신분에서도, 금전적인 면에서도 부족하다고 생각한 적은 단 한 번도 없었다.

하지만 딸이 가장 바라는 일에 자신이 장애가 된 것 같아 마음 아팠다. 아비가 되어서 노력하기는커녕 감히 원망조차 할 수 없다는 게 속이 무너지는 것 같았다.

그는 깊이 고개를 숙였다.

"내 분명히 파티에 가지 말라고 일렀는데, 너무 상냥하게 말했던 모양이야. 아이가 허튼 생각 하는 것을 말리지 못했으니 모두 내 탓일세. 내가 대신 사죄하겠네."

"이리스 문제는 그리 중요한 게 아닙니다. 이미 지나간 일이고요."

에리히의 말에 슈나이더 백작은 움찔하며 입을 다물었다. 어린 시절부터 알아 온 사이이고, 부친의 친구라 그는 에리히에게 하대했다. 그러나 신분의 고하는 말투로 결정되는 것이 아니다.

대등한 친분 관계라는 것은 허상이다. 특히 에리히 같은 사람에게는.

클라우제너와 슈나이더의 우정이 오래되었다고 해도, 그것은 클라우제너가 관대하게 슈나이더에게 우정을 허락했다는 의미에 불과하다. 그러니 에리히 앞에서 슈나이더 백작은 감히 고개도 마주 들지 못했다.

에리히가 차분한 목소리로 말했다.

"제 약혼녀가 그런 일로 이리스를 마음에 담아 두지는 않을 겁니다. 물론 두 번 이런 일이 벌어져서는 안 되겠지만, 그날 일은 이미 끝났으니 백작님께서 그렇게 고개 숙이실 필요는 없습니다. 제가 연락을 드린 건 부인을 단속하시라는 말씀을 드리기 위해서였습니다."

슈나이더 백작이 당황하여 고개를 들었다. 에리히의 눈동자에 차가운 빛이 돌았다.

"그게 무슨 말인가? 아니, 아니. 조심시키겠네. 내 아내가 이리스에게 워낙 지극정성이라, 혹 실수를 저지른 게 있을지도 모르니……."

"하녀를 매수하여 술잔에 약을 타는 것은 실수라고 할 수 없습니다, 백작님."

백작은 그 말뜻을 곧바로 알아듣지 못했다. 한 박자 늦게야 그의 얼굴에서 핏기가 사라졌다. 그다음에는 시뻘겋게 달아올랐다.

"공은 설마, 내 아내를 의심하는 건가?"

"……."

"어떻게 그럴 수가……!"

백작이 울분을 다 숨기지 못한 목소리로 외쳤다.

"내 딸이 어리석게도 공을 사모하여 잘못을 저질렀고, 또 내 아내가 천한 출신 주제에 이런저런 수작을 부려 날 유혹했다고 남들이 뒷말하는 것을 알고 있네."

"백작님."

"하지만 그렇다고 해서 이렇게 모함할 수는 없네! 독살 시도를 했다고 누명을 씌울 수는 없어!"

에리히는 침묵한 채로 백작을 바라보았다.

클레어는 확실한 증거를 찾고 있는 듯하지만, 그는 그럴 필요가 없었다. 왜냐하면, 그는 증명해 보이는 사람이 아니라 판단하고 처벌하는 사람이기 때문이다.

그가 판단하기에 동기가 확실하다면 범인도 확실했다. 결혼이 목적이라면, 상대는 분명하다.

누가 여태까지 근거 희박한 소문을 퍼뜨려 이리스를 자신의 짝으로 엮었는가? 누가 여태까지 자신과 연령이 맞는 젊은 숙녀들을 견제해 왔는가?

그러나 이리스에게는 이번 사건을 벌일 능력이 없다. 그렇다면 답은 백작 부인이다. 슈나이더 백작 부인이 딸을 '완성'하고 싶어 한다는 것을 생각하면 더욱 그랬다.

백작의 안색이 점점 검붉은색으로 변해 갔다. 울분과 억울함이 뒤섞인 그 표정을 보고 에리히는 슈나이더 백작이 아무것도 모른다는 사실을 확신했다.

"백작님이 정이 깊은 성격이라 17년이나 함께 살아온 아내를 믿고 사랑하신다는 건 이해합니다. 하지만 이리스를 위해서라도, 잘 살펴보시기 바랍니다."

"내 아내는 아닐세."

슈나이더 백작이 고집스럽게 말했다. 거기까지는 에리히가 관여할 일이 아니긴 했다. 그는 짧게 한숨을 내쉬었다. 어차피 여기서 직접 손을 써서 슈나이더 백작 부인을 치울 생각은 없었다.

치우는 것 자체는 간단한 일이다. 그러나 그러면, 또 클레어가 사람들의 입에 오르내리게 된다. 아마도 이리스가 약혼 파티에 왔던 일 때문에 그 어머니에게까지 보복했다는 소문이 돌 것이다.

에리히는 이제 클레어를 둘러싼 시선이 어떤 것인지 알고 있었다. 그녀가 그런 것에 굴복하리라고는 생각지 않았고, 자기 힘으로 헤쳐 나갈 능력이 없다고도 생각지 않았다.

그러나 자신 때문에 듣지 않아도 될 종류의 평가를 받게 된 사람이다. 당연히 자신이 미리 막을 수 있을 만큼 막아야 했다. 그러니 경고만 주고 넘어가는 것이다.

만일에 약을 먹은 것이 클레어였다면, 이렇게 하지 못했을 것이다. 다행히도 약을 먹은 것은 자신이었다. 그러니 지금은 더 중요한 일을 위해 눈감을 수 있었다.

"내가 이리스에게는 꼭 델포드 남작님께 사죄를 드리게끔 하겠네. 오해가 있었다면 아내도 같이……."

그가 입을 다물자 슈나이더 백작이 누그러진 태도로 말했다.

"아니, 굳이 그러실 필요는 없습니다. 어떤 일은 그냥 멀리 두고 잊는 편이 나은 법이죠."

대면해서 사과하게 한다고 해도 이리스가 진짜로 제 잘못을 이해할 것 같지 않았다. 공연히 클레어의 마음만 상하게 하리라.

슈나이더 백작이 고개를 끄덕거렸다.

"알겠네. 이리스는 내 꼭 제대로 꾸짖어 근신시키겠네."

"부디 모든 일이 아무 일 없었던 것처럼 지나갔으면 합니다. 클라우제너가 슈나이더 백작가를 보호하고 있다는 걸 잊지 마십시오, 백작님."

"잊지 않았네."

백작이 떨리는 목소리로 대답했다. 에리히는 고개를 끄덕였다.

그때 집사가 조심스럽게 문을 두드리고 들어와 작은 쪽지를 건네주었다.

『남작님께서 집무실을 떠나셨습니다.』

에리히의 표정에 긴장이 돌았다. 슈나이더 백작이 깜짝 놀라 물었다.

"무슨 일 있는가?"

"파벨이 대접해 드릴 겁니다. 저는 좀 일이 있어서 먼저 나가 보겠습니다."

슈나이더 백작이 고개를 끄덕였다.

에리히는 서두르는 걸음으로 응접실 밖으로 나왔다. 그는 성큼성큼 복도를 가로지르면서 손으로 머리를 흐트러뜨리고, 크라바트와 코트를 벗어 뒤따르는 시종에게 던졌다.

대기하고 있던 집사가 황급히 그의 어깨에 실내용 드레싱 가운을 걸쳐 주었다. 그는 침실로 들어서기 전에 신발도 벗고, 슬리퍼를 발에 꿰어 신었다. 그러고 나자 꼭 오후까지 늦잠을 잔 사람처럼 보였다.

그는 침실에 연결된 작은 티룸으로 들어갔다가 이번에는 열린 창을 통해 테라스 쪽으로 나갔다.

테라스 앞 정원, 작은 분수에서 솟는 물소리가 하늘을 메웠다. 측백나무 울타리를 쳐서 외부의 시야를 차단한 이 작은 정원은 아주 사적인 공간이었다.

정원에 새로 들인 해적선 안에서 신나게 놀고 있던 엘리엇이 두 팔을 흔들었다.

"아저씨!"

에리히는 아이에게 마주 손을 흔들어 주었다. 아이가 깔깔 웃음을 터뜨리고는, 도도도 달려왔다.

"아저씨! 화장실 갔다 왔어요?"

"그런 말을 함부로 묻는 것은 예의에 어긋난다, 엘리엇."

품에 뛰어드는 아이를 받아 안고 머리를 한 번 쓰다듬어 주고, 에리히는 점잖게 주의를 주었다. 엘리엇이 얼른 두 손으로 입을 막았다. 하지만 호기심을 참지 못한 얼굴을 발갛게 물들이고 다시 말했다.

"그치만 엄청 오래 걸렸는데."

"……."

"이모도 맨날 그래요. 물을 많이 마셔야 한대요."

옆에 대기하고 있던 시종이 참지 못하고 입가에 경련을 일으켰다. 에리히가 흘긋 그를 쳐다보았으나 이미 시종은 표정을 단속한 뒤였다.

충실하지 못한 몸가짐이었으나 이런 일로 일일이 시종을 꾸짖을 만큼 가혹한 주인은 아니었으므로 에리히는 한숨만 내쉬고 가볍게 말했다.

"그런 것으로 하자."

에리히 입장에서는, 자신이 자리를 오래 비워도 클레어가 의심하지 못하게 하려고 한 말이었지만, 엘리엇은 의기양양하게 허리에 손을 얹고 말했다.

"채소도 먹어야 해요."

"……그래."

엘리엇이 까르르 웃었다. 에리히는 다시 아이의 머리를 쓰다듬었다. 비밀을 지켜 달라고 말했다가 또 무슨 소리를 들을지 우려되었다.

"가서 놀아라."

"이힛!"

엘리엇이 신나서 괜히 에리히의 뺨에 한 번 뽀뽀하고 도로 달려갔다.

그는 긴 의자에 몸을 눕히고 곁에 놓인 탁자에서 크리스털 잔을 집어 들어 음료 한 모금을 마신 다음 내려놓았다. 그러고는 금세, 누가 봐도 지쳐 몸이 무거운 사람처럼 팔다리를 늘어뜨렸다.

그러다가 문득 곁에 대기하고 있던 시종과 눈이 마주쳤다.

"……."

시종이 얌전히 눈을 깔았다. 자고로 시중인이란 없는 듯해야 했으니, 절대 감정을 드러내거나 주인을 똑바로 쳐다봐서는 안 된다. 그러나 평생 안 하던 짓을 하는 주인을 보고는 눈을 굴리지 않을 수 없었다. 아무리 봐도 건강한 상태인데, 여주인이 올 때만 되면 후유증을 앓는 사람처럼 구는 게 모로 봐도 꾀병이었다. 물론 시종이 관여할 일은 아니었다.

⁂

집무실에 있을 때는 모르겠더니, 나와 보니까 아주 해가 청청하고 맑은 게 최고의 날씨였다.

이런 날씨에 자신은 왜 집무실에 처박혀 일과 씨름하고 있는 걸까?

클레어는 이제는 아득해진 전생의 일을 떠올렸다. 사원의 안구 복지를 신경 써서 전 층에 대낮처럼 환하게 밝혀진 플리커프리 LED 조명, 큼직하고 비싼 모니터, 완벽하게 가동되는 공조기, 널찍하고 훌륭한 탕비실, 자동 컵세척기, 비품인 홍삼, 그리고 기타 등등, 또 기타 등등과 수면실.

'그러지 말고 해 지기 전에 퇴근을 시켜 줘…….'

그리고 지금은 자신이 비서들에게 그것을 강요하고 있다. 물론, 자신도 똑같은 꼴이었다.

"하. 내가 이렇게 될 줄 알았지."

클레어는 어이없다는 듯 혼잣말로 중얼거리며 정원을 가로질렀다.

이래서 아랫사람 굴리기를 좋아하는 재벌3세와는 상종도 안 하려고 했건만. 에리히는 재벌3세는 아니고 17대 공작이긴 하지만.

어쨌든 아픈 사람한테 일을 시킬 수는 없는 노릇 아닌가. 공식적으로 에리히의 빈자리를 완벽하게 채울 수 있는 건 인장 반지와 안주인의 열쇠를 모두 가진 자신뿐이었다.

각오가 있었다. 에리히가 다시 그녀의 검지에 자기 인장 반지를 끼워 주며 수고하라고 말하기 전까지 말이다. 얄미웠다.

클레어는 곧 에리히의 작은 정원에 들어섰다. 잔디밭에 아침까지만 해도 없었던 것이 있었다.

"해적선."

클레어는 기가 막혀서 한숨을 내쉬었다. 엘리엇이 탐냈지만 사 주지 않았던 장난감 가게의 가구 중 하나였다.

"나는! 후크 선장이다!"

장난감 칼을 번쩍 쳐들며 엘리엇이 고함쳤다. 놀이 상대가 되어 주고 있는 보모들이 소리를 지르며 도망쳤다.

"꺅! 도망쳐!"

"바다에 던져라!"

엘리엇이 기세를 올렸다.

클레어는 이마에 손을 얹었다. 피터팬 이야기를 해 줬는데,

왜 후크 선장이 선한 역이고 웬디가 악역인 걸까. 내가 아이를 잘못 키운 걸까.

그 이전에, 이 해적선은 어찌 된 건가. 당연히 지갑을 연 사람을 잡아야 했지만, 공범 역시 잡지 않을 순 없었다.

"엘.리.엇. 델.포.드!"

그녀가 발을 구르며 고함 지르자 엘리엇이 신나서 비명을 질렀다.

"웬디! 웬디가 왔다!! 도망쳐!!"

"꺅!"

보모들의 웃음소리와 달리는 발소리가 어지럽게 흩어졌다. 클레어는 기운을 냈다. 기대를 받았으면, 그에 부응해야 하는 것이 양육자의 의무다.

그녀는 치맛자락을 말아 올리고 해적선 안으로 뛰어들었다.


클레어가 테라스로 온 것은 그로부터 5분 후의 일이다. 숨이 턱까지 차올라 헐떡거리고, 걸음은 비틀거렸다. 긴 의자에 누워 햇볕을 만끽하던 (적어도 그런 것처럼 보이는) 에리히는 웃음을 숨긴 채 그녀를 올려다보았다. 클레어가 두 손을 허리에 올리고 말했다.

"저 해적선, 내가 사 주지 말라고 했잖아요."

"내 거야."

에리히는 뻔뻔스럽게 대꾸했다.

"헛소리 마요."

"정원이 허전해서 목조 조형물을 들이게 했지."

"장난감 배를 골라서요?"

"엘리엇에게 물어봐. 저게 누구 건지."

"작당은 끝마쳤단 이야기네요."

어처구니없었다.

아니, 좋은 일이었다. 둘이 자신을 따돌리고 음모를 꾸밀 정도로 친해지다니. 감사해서 큰절을 올려야 마땅한데 왠지 섭섭하고 질투 나고 억울했다.

클레어는 에리히를 밀어내고 의자 귀퉁이에 엉덩이를 걸쳤다. 그리고 그가 곁에 놔둔 잔을 끌어다가 한 모금 마시고 얼굴을 찡그렸다.

"맛있네요."

포도 시럽에 탄산수를 탄 것이었다. 와인이었으면 한소리하려고 했는데. 에리히가 더 이상 웃음을 누르지 못하고 큭큭 웃었다.

"누가 잔소리가 많아서."

"나네. 내가 범인이네……."

클레어는 그대로 빈자리 절반을 빼앗아 옆으로 드러누웠다. 몸도 마음도 너덜너덜했다.

"5세아에게 졌나?"

"저걸 어떻게 이겨요. 하루 종일 뛰어다니는데. 나는 집무실에 하루 종일 갇혀 있고."

"너한테 시간을 준다고 조깅을 할 것 같진 않은데."

"아. 하루 종일 누워 있는 사람이 불평하지 마세요."

"일어날까?"

"으으……."

클레어는 그러라고 말하지 못했다.

현재 그의 상태에 대해 둘 사이에는 인식의 차이가 있었다. 사실 에리히는 벌써 일주일 전에 일상으로 복귀하겠다고 말했다. 그가 생각하기에 아편 제제 따위는 별것 아니었기 때문이다.

중독자에 대한 시선이 좋다는 건 아니다. 그러나 위험성에 대한 인식이 현저히 낮은 시대였고, 이성과 새로운 발견에 대한 신념은 모든 것을 압도했다.

요컨대 중독과 오남용은 정신력이 약한 개인의 문제고, 적절히 통제할 줄 아는 지성인이라면 도구로 쓸 수 있다는 것이 일반적인 인식이었다. 에리히도 거기에서 벗어나지 않았다.

그가 노한 것은 약 자체 때문이 아니라 이 일을 저지른 자들의 악의 때문이다.

클레어가 평소와 달리 이렇게 안달하며 예민하게 구는 게 오히려 이상했다. 하지만 그녀는 적당히 무시할 수 없었다. 중독도, 부작용도, 후유증도 걱정이었다.

어쨌거나 에리히를 침대에 눕혀 놓고 있는 것은 클레어였다. 그래서 그는 이 상황을 만끽하기로 했다.

"자업자득이지."

클레어가 그의 허벅지를 찰싹찰싹 손으로 내리쳤다.

"혼자 일하는 게 억울하다구요."

"지금 자극하려고 일부러 그러는 건가?"

"뭐예요? 맞으면서 흥분하는 취미가 있었어요?"

나한테 강요하지 말라며 클레어가 질색했다. 에리히는 어처구니없는 얼굴로 그녀를 쳐다보았다.

"지금 어디에 손대고 있는 건지는 알고 있고?"

"내가 뭘요?"

클레어가 쓱 손바닥을 문질렀다. 찰싹 때렸을 때는 허벅지 근육이 튼실하구나 싶어서 그런 거였을 뿐이지만, 본인이 의식하고 계신다면야.

에리히의 미간이 좁아졌다.

"그러다 후회한다."

"아픈 사람은 가만히 계시죠."

에리히는 한숨을 내쉬었다. 아픈 척하고 있는 주제에 그녀를 들어 올려 침대로 갈 수도 없고, 여러모로 불편했다.

결국 몸을 일으킬 수밖에 없었다. 아예 그녀를 제 몸 위에 올려놓는 방법도 있지만, 아이가 놀고 있는 정원에서는 부적절한 행동이었다. 대신 그는 클레어의 재킷 안으로 손을 넣어 블라우스 위로 등을 어루만졌다. 클레어가 움찔했지만, 화를 내지는 않았다.

"일을 좀 줄이는 건 어때?"

"뭘 줄여요? 내 손가락에 이거 끼워 놓은 게 대체 누구시더라?"

클레어가 드러누운 채 왼손만 높이 들어 올려 인장 반지를 끼고 있는 검지만 까닥거렸다.

"일 중독자에게 적절하게 분배한 거지."

"절대 아니거든요. 내 꿈과 드림은 돈 많은 백수거든요."

일하지 않고 지대를 받아 신선놀음하는 삶, 건물주, 아니, 이 시대 기준으로는 토지주. 귀족. 그것이야말로 모두의 꿈이 아니겠는가. 물론 에리히는 코웃음을 쳤다.

"그러면 다이아몬드에까지 손댈 필요는 없었지."

할 말이 없어진 클레어가 떨떠름한 얼굴을 했다.

"그, 뭐랄까……. 지나가다가 발밑에 금화가 보였는데 몸을 구부리는 수고를 하기 싫어서 안 주울 수 없었던 거라고 할까……."

"무덤 깊이만큼 묻혀 있는 금화를 파내려고 손수 삽질 중인 건 아니고?"

땅에서 파낸다는 의미에서 그렇게 틀리지도 않은 비유였다. 클레어는 체념한 한숨을 내쉬었다.

"자본주의 속에서 태어난 괴물인지라."

그러고 보니 아직 자본주의 같은 용어는 없던가 하고 클레어는 얼핏 생각했지만, 에리히는 그녀가 가끔 쓰는 이상한 조어려니 하고 무시했다.

"쉴 거라고 말하면서 돈 벌려고 죽도록 일하고 있는 게 모순이라는 생각은 안 하나?"

"……그러게요."

몸에 밴 습관 탓일까. 하지만 눈앞에 기회가 떨어져 있는데 줍지 않을 수는 없고, 줍다 보면 남에게 맡기는 게 속이 터졌다. 성에 차는 속도로 빠릿빠릿하게 일하는 사람이 드물었다. 뭘 시켜도 대부분 느려서 미칠 것 같았다.

영혼에 새겨진 한국인의 천형인가. 클레어는 스스로도 슬퍼졌다.

"그래도 뭐, 좋잖아요. 기회가 있을 때 사업을 일으켜 두면. 나중에 자식에게 물려줄 것도 많아지고."

"날 뭐로 보고 그런 걱정을 해?"

"클라우제너는 장자상속이잖아요. 나는 남녀 상관없이 둘째 셋째도 똑같이 물려줄 거예요. 그러려면 위빙 상단 하나론 모자라다고요. 웬만해선 첫째한테 몰빵처럼 보일 테니까."

그 말에 에리히가 대꾸하는 대신 클레어의 어깨를 가볍게 밀었다. 클레어는 그가 미는 대로 넘어가 의자에 반쯤 누웠다. 에리히가 그녀의 위로 몸을 구부리고 입을 맞췄다.

"갑자기 뭐예요?"

그녀는 의아해하면서도 그 키스를 받아 주었다.

처음에만. 가볍게 뽀뽀나 할 줄 알았더니 깊어지는 키스에 숨이 막혀서 그녀는 에리히의 가슴팍을 대여섯 번이나 때렸다.

"잠깐!"

저항은 쉽게 봉쇄되었다. 클레어는 금세 녹진해졌다. 열린 입술 안쪽이 뜨겁게 젖었다.

"갑자기 뭐 땜에 그래요?"

에리히가 웃는 듯 화난 듯 애매한 얼굴에 입꼬리를 끌어 올리고 말했다.

"기쁘군. 나는 네가 엘리엇 일이 끝나면 도망갈 생각을 하고 있을 줄 알았는데."

"아."

"나에게 셋째까지 낳아 줄 작정이었다니."

화난 게 아니라 이성이 소실된 상태였다. 클레어는 등골까지 오싹오싹한 흥분을 느끼면서 목을 움츠린 채 대꾸했다.

"지금 건 실수였어요."

"그렇지. 깜박 실수로 나와 자고, 수습하려고 결혼도 할 수 있는 거지."

에리히가 웃는 낯으로 대꾸했다.

클레어는 이유 없이 격분하려고 했지만, 그때까지 등에 가볍게 얹혀 있던 손이 미끄러져 올라와 그녀의 목뒤 아래를 가볍게 쓰다듬었다.

클레어는 저도 모르게 눈을 감았다. 하지만 에리히의 입술은 그녀의 입술로 내려오지 않고 왼손 손등에 닿았다.

감질나는 느낌에 클레어는 눈을 가늘게 뜨고 애써 호흡을 가다듬었다. 에리히가 그녀의 왼손을 받친 채 입술을 미끄러뜨려 약지를 깊숙이 제 입 속으로 빨아들였다.

"에리히."

그가 이로 반지 자리를 자국 날 정도로 아프게 깨물었다.

"읏."

아파야 정상인데, 열감이 달렸다. 클레어는 손가락을 움찔거렸다. 물린 것은 손가락인데, 구두 속에서 발가락이 오그라들었다.

"마침 오늘 이게 왔지."

에리히가 드레싱가운 주머니에서 작은 상자를 꺼냈다. 그리고 한 손으로 대충 비틀어 열었다. 상자도 장인이 만든 귀품일 텐데, 경첩이 떨어져 나갔다. 아깝다고 클레어가 말하기 전에 그가 내용물을 꺼내고 상자를 바닥에 던졌다.

"오……."

약지를 깨물렸을 때부터 이미 짐작은 하고 있었지만, 실물이 나오자 저도 모르게 감탄사가 나왔다.

에리히가 잇자국을 낸 자리에 반지를 끼웠다. 클레어는 손가락을 쭉 펴 보았다. 투명한 다이아몬드가 햇빛을 받아 오색의 빛을 테라스 전체에 흩뿌렸다.

"마음에 드나 보군."

"그럼요. 제가 원해서 요청한 건데."

싫을 리가 있겠는가. 전생에는 죽도록 일하면서 돈을 모아도, 죽기 전에 갖기는커녕 구경하기도 힘들었던 걸 갖게 됐는데.

에리히도 그렇고, 루이자도, 심지어 마사마저도 공작 부인의 약혼반지로 너무 소박하다고 했지만, 클레어에게는 전시회에나 가야 볼 수 있는 호화로운 보석보다는 이 정도가 꿈꾸기에 딱 좋은 물건이었다.

"다른 예물도 도착해 있어. 열어 보러 갈까?"

"그것도 좋지만, 그 전에."

클레어가 손가락을 까닥까닥했다. 에리히는 시키는 대로 순순히 몸을 구부렸다. 그녀가 그의 목에 팔을 감고 농담하듯 웃음 섞인 목소리로 말했다.

"키스나 한번?"

"반지가 진짜 마음에 들었군."

"뭐 꼭 그래서는 맞고요."

클레어가 키들거리면서 다이아몬드는 여자의 가장 좋은 친구라고 흥얼거렸다.

에리히는 좀 웃긴다고 생각했다. 이것보다 비싼 것도, 가치 있는 것도 벌써 몇 상자나 그녀의 금고에 넣어 놨는데 말이다. 농담인 줄은 알지만.

어쨌거나 사양할 이유가 없어서 그는 기꺼이 고개를 숙였다. 클레어의 목구멍에서 비음이 샜다. 충동적으로 허벅지를 움켜쥐자 클레어가 그의 손목을 붙들었다.

"아이에게, 후, 사이 좋은 모습을 보이는 것도, 키스까지죠."

"음……."

역시 아픈 척을 포기하는 쪽이 낫겠다.

에리히는 일어서면서 클레어의 손을 잡아끌어 일으켜 세웠다. 힐끗 확인하자 엘리엇은 아직도 해적선을 오르내리고 있었다. 쓰러질 때까지 저러고 놀 것 같았다.

'보모가 알아서 하겠지.'

클레어가 약간 난처한 듯이 눈을 내리깔고 말했다.

"나 피곤한데. 절대 위에서 1분 이상 못 버텨요."

에리히는 그 순간 앞으로 보름 정도 후유증을 더 앓는 것으로 하기로 결정했다.

"베어보크 씨가 보낸 심부름꾼이라고? 딱히 급한 연락이 올 게 없는데."

슈나이더 백작 부인 카탸는 의아하게 중얼거리며 별실 문을 열었다가 움찔 굳었다. 그러나 그것을 표정으로 크게 드러내지는 않았다.

뒤따르던 하녀는 카탸가 곧바로 응접실 안으로 들어서지 않는 것에 고개를 갸웃하긴 했지만, 굳이 안주인의 표정까지 확인하지는 않았다.

기다리고 있던 남자가 모자를 벗으며 굽실거렸다.

"베어보크 씨께서 그레이스 부인의 일로 급히 드릴 말씀이 있다고 합니다."

어떻게 봐도 초라한 노동계급 남자였다. 그러나 카탸는 표정을 유지하기 위해 이를 악물어야만 했다.

"얘, 너 주방에 가서 햄과 계란을 두껍게 끼운 샌드위치를 가져오렴."

"아, 네!"

베어보크 씨가 오페라 극장의 지배인 이름이라는 것을 슈나이더 백작가 사람들은 대부분 알았다. 백작의 초대로 간혹 집에 방문하는 일도 있었다. 그리고 슈나이더 백작 부인은 늘 오페라 극장에서 오는 심부름꾼들에게 후하게 대접하곤 했다. 점심과 저녁 사이라서 주방은 쉬고 있을 테지만, 그리 이상한 심부름은 아니었다.

하녀가 고개를 숙이고 물러가자, 카탸는 곧바로 문을 닫아걸었다. 그리고 남자한테 성큼성큼 다가가 작은 소리로 격하게 말했다.

"토마스, 너 미쳤어? 함부로 찾아오지 말라고, 킥!"

그녀가 말을 마치기도 전에 토마스가 그녀의 목을 턱 쥐었다. 굽은 허리와 어깨가 펴지자 덩치가 산만 해졌다. 얼굴에 사나운 기색이 돌자 조금 전과는 완전히 다른 사람처럼 보였다.

토마스 보르얀스는 오페라 극장의 뒷골목 주인이다.

"너야말로. 일 처리나 제대로 해 놓고 그딴 소리를 하지 그래?"

"윽……! 그래서, 날 위협하면, 뭐가, 큭, 해결되긴 해?"

카탸는 숨이 막혀 버둥거렸으나 기가 죽지는 않았다. 그녀가 날카로운 목소리로 빈정대자 토마스가 손을 놓았다. 거의 발끝까지 들어 올려졌던 카탸가 바닥에 털썩 주저앉으며 헉헉거리고 숨을 골랐다.

토마스는 그녀를 내려다보며 말했다.

"네 부탁을 들어줬다가 귀족의 주시를 받게 됐어."

"하. 무섭니? 대단하긴 대단하네, 클라우제너가. 경시청도 개똥처럼 아는 네가."

"카탸, 죽고 싶어?"

"그게 네 탓이지, 내 탓이야? 제대로 흔적 잘 감췄으면 그런 일이 생겼겠어?"

카탸는 주저앉은 채로 흐트러진 머리를 아예 풀어 쓸어 넘기며 토마스를 노려보았다. 토마스가 으르렁거렸다.

"내가 실수라도 저질렀다고?"

"아니면 뭔데? 너한테 부탁한 거라곤 노라를 처리해 달라는 것뿐이었어. 네가 잘했으면, 클라우제너가 네 존재를 알아챘겠어?"

카탸가 거칠게 말했다.

"설령 날 의심해도 그게 너한테까지 이어지겠느냔 말야. 네가 노라 주위에 단서를 남겼거나, 이렇게 뜬금없이 날 찾아와서 곤란하게 한 게 아니라면."

"빌어먹을."

토마스는 그녀의 뺨이라도 때리고 싶어 하는 얼굴이었지만, 그러지는 못했다. 여기서 카탸의 얼굴에 흔적을 남기는 것도 문제였지만, 카탸의 말이 옳았기 때문이기도 하다.

사실 에리히가 무슨 증거가 있어서 카탸의 옛 지인을 추적하게 시킨 것은 아니었다. 그러나 토마스로서는 알 수 없는 일이다. 게다가 카탸를 완전히 팽할 수는 없었다.

그는 거칠게 소파에 앉아 카탸를 내려다보았다.

"그놈은 어떻게 된 거야?"

"그놈이라니?"

"스테판. 발레리노 놈."

"그것도 내 탓이야?"

"그놈이 연잎 궐련을 공급하고 있어. 그놈도 너랑 같은 곳에서 물건 떼는 거야?"

"……."

"야, 카탸. 제대로 대답해. 네가 모신다는 그 높은 분이 너 팽하고 그놈으로 갈아탄 거 아니냐고!"

쾅!

토마스가 테이블을 걷어찼다. 그가 협박하기 위해 그러는 것뿐이라는 걸 알면서도 카탸는 움찔거릴 수밖에 없었다.

다행히 소리가 가라앉은 후에도 문밖에서 다른 인기척은 없었다. 그녀는 매달리듯이 토마스의 팔을 두 손으로 잡았다.

"진정 좀 해. 공급 끊긴 거 아니잖아. 높으신 분이 사람 여럿 쓰는 게 뭐가 이상해? 너도 알잖아. 이게 돈 어마어마하게 벌리는 일인데, 우리만 욕심냈겠어?"

"어우, 이게 진짜."

"나 아니면 어차피 너 공급 못 받아."

카탸는 거기서 한번 튕겼다.

상황이 좋지 않은 것은 사실이었다. 연꽃 이궁에서 어느 순간부터 그녀와 손을 끊을 준비를 하고 있다는 것을 알고 있었다. 스테판이 보내진 것도 그즈음의 일이다. 황후는 오페라 극장의 공급망을 둘로 늘린 것이다.

애초부터 그런 처지였으니 원망하지는 않았다. 황후가 더러운 일에 쓴 사람을 옆에 두고 책임질 리가 없지 않은가. 쉽게 꼬리를 자르기 위해 자기 같은 자를 불러들인 것이다.

카탸는 토마스의 손을 잡고 일어서서, 의식적으로 나긋나긋한 목소리로 말하며 그의 무릎에 앉았다.

"너무 걱정하지 마. 클라우제너의 일도 곧 끝날 거야. 남편이 이야기하고 왔다더라고."

"하. 남편?"

"알잖아. 그이가 나한테 푹 빠진 거."

물론 카탸가 전해 들은 이야기는 결코 긍정적이지 않았다. 에리히가 자신을 의심하고 있는 것은 기정사실이다.

백작은 그녀를 믿었지만 염려스러운 목소리로, 괜한 사람 만나지 말고 당분간 조용히 지내자고 말했다. 자꾸 듣다 보면 없던 의혹도 생기는 법이니, 당분간은 몸을 사릴 작정이었다. 그러려면 토마스가 협조해 줘야 했다.

"그리고 스테판이 날고 기어 봐야 오페라 극장 안에서나 잘 나가지, 유랑 극단들까지 다룰 수 있겠어? 우리가 아렌 전역에서 돈을 긁어 들이는 이상, 공급은 계속될 거야."

"그걸 알면 쓸데없는 짓 좀 그만해. 물량이나 늘려서 받아 와."

토마스가 그녀의 손을 움켜쥐었다. 카탸는 잡히지 않은 쪽 손으로 그의 얼굴을 쓸어내리면서 끈적끈적하게 말했다.

"너야말로 날 도와줘야지. 우리 딸을 위한 일인데."

마음에도 없는 소리였으나 카탸의 입김이 토마스의 입술 위를 스쳤다.

그녀는 이리스를 최고로 만들기 위해 무엇이라도 할 수 있었다. 자신이 원했지만 갖지 못했던 것을 모두 딸에게 주고 싶었다.

이리스는 그녀가 꿈꾸었던 모든 것이었다.

온갖 사랑을 받으며 자란 귀한 집 아가씨였고, 고귀하고 아름다운 숙녀였으며, 사람들의 찬사를 받는 명성 높은 가수였다. 이리스는 그녀의 전부였고, 완벽한 분신이었다.

이리스야말로 지배 가문의 공작 부인에 걸맞았다. 충분히 될 수 있었다.

부모도 모르고, 기억을 할 나이부터 이미 길에서 구걸하며 자랐던 자신도 백작 부인이 되었는데, 곱고 귀하게 기른 이리스가 부족할 리 없지 않은가.

'공작이 어리석어.'

하지만 남자란, 여자의 수중에 굴러떨어져 쉽게 어리석어지는 법이다. 백작이나, 지금 앞에 있는 남자처럼.

"딸은 개뿔. 걘 내가 누군지도 모르는데."

토마스는 거친 숨과 함께 그렇게 내뱉었지만, 카탸의 몸에서 떨어질 줄을 몰랐다.

카탸는 그를 끌어안은 채 생각했다. 이리스에게 장애가 될지 모르니 언젠가는 처리해야겠지만, 아무튼 지금은 필요한 자였다.

# 오페라 극장

요한 크로지크가 방문했다.

클레어에게는 일정에 없던 일이었다. 루이자가 떠나면서 요한은 사실상 클레어에게는 효용을 다한 셈이었다. 황후 쪽에서 새로운 자리를 차지하기 전까지는 클레어도 그의 처우를 보류할 셈이었다.

당연히 요한 입장에서도 자기 쓸모를 증명해야 했다.

"음, 무슨 이야기인지는 알겠어. 대부인의 거처에서 나온 아편 제제의 원출처가 그 스테판이라고 하는 발레리노라는 거지?"

"그렇습니다. 파펜하임 백작가를 통해서 들어갔을 겁니다. 대부인께서 늘 더 효과 좋은 수면제와 진정제를 찾고 계셨으니, 백작 부인이 전해 줬어도 이상할 게 없고요."

"그래. 알겠어."

클레어는 시큰둥하게 대꾸했다. 그러는 동안에도 그녀의 눈은 끊임없이 서류를 훑고 있었다. 핵심적인 정보가 아닌 일에 신경을 쓸 만한 시간이 없었다.

"그런데 이미 끝난 일이잖아? 난 딱히 대부인의 방에 있었던 약의 출처를 찾고 있었던 건 아냐."

"……스테판에 대해 설명을 드린 겁니다."

실은 그것도 정보는 정보인 셈이라, 능력을 인정받을 속셈으로 일부러 의미심장하게 말했던 요한은 머쓱해졌다.

"스테판 말로는, 공작 각하께서 겪은 증상을 동일하게 겪을 수 있는 약이 따로 있다고 합니다."

"음."

처음으로 흥미를 느낀 클레어의 눈이 요한 쪽으로 향했다. 하지만 그녀는 선뜻 긍정하지는 않았다.

"혼수상태, 서맥, 체온 저하……. 모두 다 아편류의 부작용이라던데. 그 부작용을 목적으로 만들어진 약이 있다는 뜻이야, 아니면, 특별히 부작용을 잘 일으키는 약이 있다는 뜻이야?"

"발포주에 섞어서 무미 무취일 정도라면 아주 소량일 텐데, 그걸로 그 정도의 부작용을 일으키는 경우는 드뭅니다."

후자라는 뜻이었다.

클레어는 말하는 방식이 묘하다고 생각했다. 마약 중독자들이 점점 강한 약을 찾는 것은 자연스러운 일이고, 화학이 발전 중이니 그런 약이 만들어지는 것도 이상할 건 없다.

하지만 무미 무취에 소량으로 부작용을 일으킨다고 확언하는 건 경우가 달랐다. 일부러 그런 효과를 내도록 만든 것 같은 느낌이 들었다. 요한이 스테판의 말을 그대로 전달하고 있는 게 확실하다면 말이다.

"알았어. 그래서?"

"유통 경로에 대한 정보를 드릴 수 있다고 합니다. 다만, 남작님께 직접 말씀드리겠다고 합니다."

"안 됩니다."

클레어가 가타부타 말하기도 전에 막시밀리안이 끼어들었다. 클레어는 그를 쳐다보며 말했다.

"아직 결정 안 했어요."

"저택으로 부르거나, 접선 장소를 따로 마련하겠습니다."

"그렇게 되면 스테판은 입을 열지 않을 겁니다."

요한이 난감한 얼굴로 끼어들었다. 클레어는 진지한 얼굴로 그를 바라보았다.

"경과 같은 입장이겠죠?"

그건 황후의 사람이냐는 뜻이다. 요한은 잠깐 망설였지만, 천천히 고개를 끄덕였다.

클레어는 스테판의 입장을 충분히 이해했다. 요한은 배신할 각오를 굳히고 위빙 상단으로 왔었지만, 단순히 정보만 제공하겠다는 사람에게 그것까지 강요할 수는 없는 일이다.

그녀는 또 한 가지 문제로 망설였다.


'이만 이 일을 덮었으면 좋겠어.'

에리히가 그렇게 말했기 때문이다. 매사 확실하다 못해 대체로 명령조인 그가 말꼬리를 늘이며 난처한 표정으로 클레어를 쳐다본 채였다. 이런 수작도 부릴 줄 아느냐고 따지고 싶어지는 얼굴이었다.

'누군지 아는 거예요?'
'짐작만. 구체적인 이름까지는 열거하지 않을 거야.'
'에리히, 말도 안돼요! 사람이 죽었어요. 당신도 죽을 뻔했고요!'
'그러니까 이름을 말하지 않는 거야. 말하면 넌 참지 않을 테니까.'

에리히는 나직나직한 목소리로 말했다.

'두 번 이런 일이 생기지는 않을 거야. 조치도 취했고.'
'좋아요. 조치를 취했다는 말은 믿겠어요. 하지만 이유를 납득할 수 없다면, 당신이 한 일과 별개로 나는 따로 움직일 거예요.'
'보호하기로 아버지에게 약속했었으니까.'

그 시점에서 클레어는 상대가 누구인지 알아챘다.

'나는 그럴 수 없어요. 추가적인 위협이 없더라도, 죽은 사람이 있어요.'

클레어는 그렇게 말했지만, 증거를 찾는 것을 거기에서 멈췄다. 에리히가 아버지에게 약속한 것을 이 이상 어기게 할 수는 없었다. 루이자 하나만으로도 충분했다.

그러니 마음의 어딘가가 따끔따끔했지만, 눈을 감기로 했다. 심증은 심증에 불과하다. 그녀는 결국 이름을 듣지 않았고, 다른 증거도 없다. 살인범을 찾는 것은 경찰의 일이다.

그랬더니 이제 와서 증거를 주겠다는 사람이 나온 것이다.

"남작님."

요한이 조심스러운 목소리로 클레어를 바라보았다. 클레어는 시선을 책상 빈자리에 꽂은 채 대답했다.

"오페라 극장에서 만나 보죠. 공연이 있는 날에."

마음에 망설임이 있었지만, 증거 이야기를 듣고도 모르는 척할 수는 없었다. 이야기만 듣는 정도라면 해악은 없을 것이다. 진짜로 뭔가 새로운 정보가 있다면, 그때 다시 한번 에리히와 의논해도 된다.

오페라 극장을 택한 것은 공공장소이기 때문이었다. 그러면서도 사람의 눈을 피하는 게 의외로 쉬웠다. 너무 많은 사람이 드나들기 때문이다. 한쪽이 공연자라면 더 그랬다. 주역 무용수를 만나 보려고 대기실에 몰려드는 사람도 하나둘이 아니고, 로비나 다른 공간들도 연회가 벌어진 것처럼 환할 것이다.

"알겠습니다. 스테판도 기꺼이 응할 겁니다."

요한이 공손히 대답했다.

"리나, 리나! 이것 좀 갖고 가!"

"아, 네!"

대기실에 마네킹 두 개를 내려놓기가 무섭게 밖에서 외침 소리가 들려왔다. 리나 그레이스는 마네킹을 제대로 확인도 하지 못하고 밖으로 뛰어나갔다.

스테판의 대기실은 4층에 있다. 무대 입구가 1층과 2층 사이에 있는 것을 생각하면, 스테판의 대기실이 4층에 있는 것은 괴상한 일이었다. 주역 무용수의 개인 대기실이라면, 무대에 오가기 편한 2층에 있는 게 당연하고, 극장에서도 좋은 자리를 내주었다.

스테판은 코웃음을 치며,

'내가 2층에 있어 봐. 무대 끝나자마자 몰려오는 사람들한테 깔려 죽지.'

같은 말을 했지만, 사실 그 정도는 아니라고 극장 사람들은 수군거렸다. 이리스 슈나이더라면 꽃에 깔려 죽을 수도 있겠지만 말이다.

물론 스테판은 인기 있는 발레리노였고, 짧은 막간에 4층에 있는 대기실까지 기꺼이 왕복하는 열렬한 팬이 여럿 있었다.

그리고 리나는 조금 더 많은 것을 알고 있었다. 스테판은 장사를 하기 위해 4층을 요구한 것이었다.

막간에 방문하는 사람 중에는 팬이 아니라 고객도 있었다. 스테판은 4층 창문을 활짝 열고 손님들과 함께 궐련을 피우거나 그 이상의 일을 했다. 때때로 난잡한 파티가 벌어지기도 했다. 수도로 온 뒤로 횟수가 현격하게 늘었다.

이래도 되는 건가 리나는 생각한 적이 있지만, 참석자의 대부분이 귀족이었기 때문에 극장 주인은 오히려 기뻐했다.

'이 비밀은 꼭 지켜야 해. 지키지 못하면 네가 죽든 말든 길에 내다 버릴 거야. 네 목숨을 누가 구해 줬는지 잊지 마.'

스테판은 달궈진 인두를 손에 들고 리나를 사납게 위협했었다. 리나는 그에게 무릎 꿇고 빌었다.

스테판의 어머니가 17년 전에 할머니와 리나의 목숨을 구해 줬다고 했다. 그 은혜를 갚기 위해 할머니는 지난 1년 동안 스테판 모자의 가장 비밀스러운 일꾼으로 일해 왔고, 이제 리나가 그렇게 될 차례였다.

리나는 스테판을 배신한 자들이 길에서 무슨 참혹한 일을 겪었는지 알고 있었다. 조직에서 나가면 죽는다. 스테판이 죽이거나, 경쟁 조직이 죽이거나.

그녀는 기껏해야 스테판의 옷을 다림질하고 잘 꾸며진 대기실에 이런저런 짐을 가져다 놓을 뿐이지만, 그래도 조직원은 조직원이었다.

"요즘 너 왜 이렇게 굼뜨니? 가서 이 옷이랑 이 슈즈 가져다가 마네킹에 입혀 놓고, 이 상자도 제자리에 갖다 놓고."

"네."

"그리고 이 옷들은 발레단에 갖다 줘."

"오늘 바뀌었어요?"

"그것도 스테판 님 명령이라더라."

리나는 억지로 한숨을 숨겼다. 보나 마나 이전 무대 의상의 배색이 자기를 제대로 돋보이게 하지 못한다니 뭐니 하며 고집을 부렸을 것이다. 구슬이나 레이스를 뗐을지도 모르고.

발레단원들은 대부분 의상을 다 갈아입었을 텐데, 가서 다시 나눠 줄 생각을 하니 한숨이 나왔다. 여기는 탈의실이 따로 있어서 이런 일이 한 번 생기면 더 난리였다.

"대기실 문 뒤에 있는 빈 옷궤는 창고에 갖다 놓으면 돼. 풍로에 기름은 남아 있어?"

"조금 있어요."

"잘 챙겨야 해. 스테판 님이 초연 있을 때마다 예민한 거 알잖아."

"네. 풍로도 확인해 둘게요."

리나는 순순히 대답했다. 그리고 무대의상 한 무더기를 끌어안고 다시 뛰어 올라갔다.

발레단원들에게 옷을 나눠 주고, 스테판의 옷과 슈즈를 제자리에 두고, 풍로를 확인하고, 옷궤를 끌고 지하 창고로 내려왔을 때였다. 노랫소리가 들려왔다. 오늘 공연의 리허설이 시작된 모양이었다.

"아……."

이 창고는 무대의 지하 장치와 맞닿아 있었다. 무대 쪽은 위아래가 훤히 뚫려 있고, 창고와 무대 사이의 벽은 얇은 데다가 구멍도 많았기 때문에 음악소리가 조금만 커져도 전부 들렸다.

"아……."

악단의 반주가 리나의 몸을 꽉 메웠다. 기대감으로 심장이 터질 것 같다.

그리고 곧 연습이 시작되었다. 부드럽게 흐르듯 시작되었지만, 소프라노 독창이 이내 물방울을 밟고 튀어 오르는 햇빛처럼 청량하고 날카롭게 무대 전체를 메우고 메아리쳐 리나가 있는 창고까지 스며들었다.

내리꽂히는 환희의 전율에 현기증을 느낀 리나는 웅크려 앉은 채 어쩔 줄 모르고 몸을 떨었다. 그녀는 입술로 더듬거리며 노래를 따라 불렀다.

달아나려면 그럴 수 있는데도 그러지 않았던 것은 결국 이곳이 좋아서였다. 무대 뒤에서 일하는 게 좋아서.

하루 종일 계단을 오르내리고 짐을 나르고 시중을 들어도, 이곳에서는 저 가슴 벅찬 음악을 들을 수 있었다.

노래가 좋다. 노래하고 싶다. 이렇게 도취된 순간에는 배고픈 줄도, 추운 줄도 몰랐고, 자신이 가난한 고아라는 것도 잊어버렸다.

얼굴에 땀 날 것 같다.

마차에 앉은 채 클레어는 눈을 굴렸다. 다행히도, 얼굴을 절
반쯤 가리는 베일이 달린 모자를 쓰고 있어서 이 당혹스러운
표정이 드러나지는 않을 것이다.

그녀의 앞에는 두 남자가 앉아서 불편한 얼굴로 서로를 외
면하고 있었다. 막시밀리안과 로저다.

'어쩌다 이렇게 됐지.'

클레어는 애초에 가볍게 로저와 동반해서 다녀올 작정이었
다. 개인적인 일을 부탁하기 미안했으나 역시 이런 일에는 로
저가 제일 믿음직했다. 요한 크로지크는 겉으로 드러내 놓고
같이 다닐 만한 처지가 아니고, 케이시 모리스는 은밀한 외출
에 동행하기에는 유약했다.

별일 없을 거라고 생각은 하지만, 클레어도 혼자서 낯선 사
람을 만나러 다닐 만큼 어리석지는 않았다. 게다가 오페라 극
장에 혼자 가는 것은 너무 눈에 띈다. 애호가들 중에 그런 사람
이 있긴 하겠지만, 자기들끼리 친분이 있을 것이 분명하다. 혼
자 가면 말을 걸 사람이 있을 게 뻔했다.

동행을 부탁하기에 그레이는 여러 가지 입장상 곤란했다.
슐츠&셔우드는 유명한 변호사 사무소고, 오페라 극장에 오가
는 계층 중에는 그레이에게 접근하려는 사람이 아주 많을 것이
다. 게다가 이런저런 소문이나 서로의 입장을 생각해 보면, 오

해받을 수 있는 일은 하지 않는 게 나았다.

그래서 택한 것이 로저였다. 클레어는 로저와 함께 시장이나 공장 시찰을 다니는 것에 익숙했고, 만약의 경우에 어느 정도 물리력도 기대할 수 있었다.

'미안한데'로 시작한 클레어의 부탁에 로저는 흔쾌히 고개를 끄덕였다.


'이왕 가는 거 용건만 해결하지 말고 처음부터 끝까지 다 보고 오죠.'

'오페라 좋아해?'

'남의 돈으로 보는 건데 뽕을 뽑아야죠.'


맞는 말이었다. 내 돈 주고 보기는 아깝지만, 남이 표를 사주면 재밌게 볼 수 있었다. 그런 기회는 흔치 않으니 뽕을 뽑아야 했다.


'저녁은 제가 사겠습니다.'


그러라고 했다. 밥값쯤이야 누가 내든 별것 아닌 일이었다. 클레어는 위빙 상단에서 옷을 갈아입었다. 일할 때처럼 소박한 회색 드레스를 입고 머리를 틀어 올린, 남들이 굳이 관심을 갖지 않을 만한 적당한 중류 계급의 차림새였다.

평소와 다른 것은, 얼굴을 가리는 베일이 달린 모자를 썼다는 것뿐이었다. 요새는 그녀도 얼굴이 유명해져서 누가 알아볼까 봐 염려스러웠다.

포마드를 바르고 나온 로저는 그녀를 보고 시시덕거렸다.

'아니, 남작님이 얼굴을 가리시니까 뭔가 비밀스러운 일을 하는 것 같잖습니까?'

'맞잖아.'

'그게 아니라, 데이트하는데 한쪽이 얼굴을 가렸다는 건 그거 아닙니까?'

'데이트라니? 접선이야.'

'아, 안 넘어가시네.'

그가 어느 쪽으로 이야기를 끌고 가려고 했는지 자명해서, 클레어는 그냥 무시하는 쪽을 택했다.

'농담인 건 알지만, 요즘 선 넘으려고 하네, 자꾸.'

'전 똑같습니다. 정부도 괜찮다는 게 쭉 제 스탠스였는데요. 남작님이 예민해지신 거죠.'

로저가 킬킬대며 말했다. 그것도 아슬아슬한 수위라 왠지 찜찜한 기분인 채 밖으로 나왔는데, 마차 앞에 막시밀리안이 하인 복장을 하고 서 있었던 것이다.

클레어는 몹시 난처해졌다. 막시밀리안을 동행할 예정은 없었다. 에리히가 사건을 덮어 달라고 부탁하고, 자신이 그럴 수 없다고 거절했으니, 이 사건의 증거를 찾는 일에 클라우제너를 개입시키는 것이 마음에 걸렸던 것이다.

'남작님께서 하시는 일에 간섭하려는 건 아니고, 각하께 내용도 보고하지 않겠습니다. 만일의 일을 대비해 경호하려는 겁니다.'

'막시밀리안 경이 직접요?'

'사람을 하나만 써야 한다면, 제가 제일 낫습니다.'

그건 그럴 것이다. 막시밀리안은 지금은 보안부장이지만, 전임이 그만두기 전에는 에리히의 근접 경호를 했으니까.

그냥 오페라 극장에서 사람을 하나 만나는 일일 뿐이다. 경호까지는 필요 없다고 생각하지만, 그런 일이 있었던 게 얼마 전이라 클레어는 끝내 거절하지 못했다.

그리고 로저가 입을 다문 것이다.

막시밀리안은 원래 과묵한 성품이라 치고, 사람 좋아하는 로저까지 왜 그러는지 모르겠다. 막시밀리안이 명성 없는 사람도 아니고, 작위도 상당한 데다가 이름도 있으니 로저가 분명히 손을 비빌 거라고 생각했는데 말이다.

차라리 둘이 싸움이라도 하면 중재할 텐데, 그것도 아니라 서로 마음에 들지 않는 기색을 내비치면서 침묵하고 있으니 클레어의 입장이 퍽 난처했다.

결국 그 불편함이 해소되지 않은 채 마차는 오페라 극장에 도착해 버렸다.

"하아."

클레어는 한숨을 내쉬었다. 막시밀리안이 먼저 내려 그녀에게 손을 내밀었다. 그 손을 잡고 내리자마자 로저가 따라 내리더니 옆자리를 차지했다. 그리고 시비 걸듯 막시밀리안에게 말했다.

"근데 하인 옷만 입는다고 다가 아닐 텐데요."

"로저, 괜히 신경질 부리지 마."

하지만 클레어도 공감했다. 막시밀리안은 키가 크고 지나치게 반듯했다. 로저도 키가 커서 눈에 띄는 편이지만, 몸가짐 때문인지 막시밀리안에게는 고전적인 기사 같은 분위기가 있었다.

하인 옷도, 클라우제너의 풋맨 복장이라고 생각하니까 하인 옷인 거지, 언뜻 보기에는 깔끔한 새 정장이라 좋은 옷을 입고 온 사람처럼도 보였다.

"막시밀리안 경, 로저 말이 옳아요. 단순히 차림새만 문제가 아니라, 분명히 경을 알아보는 사람이 있을 거예요."

"그건 카슨 씨도 마찬가지가 아닙니까?"

클레어는 의아하게 그를 바라보았다. 막시밀리안은 차분한 태도로 말했다.

"카슨 씨가 사교계의 유명 인사는 아니지만, 오페라 극장의 고객층 중에는 부유한 중류 계급이 많이 포함되어 있습니다. 대부분 제 얼굴보다는 카슨 씨를 잘 알고 있을 겁니다."

"사업상 관계자가 많긴 하겠지만요."

"그는 결혼 적령기의 남성입니다, 남작님."

클레어는 새삼스럽게 로저를 쳐다보았다. 생각해 보면 맞는 말이었다. 젊어서 대성공을 거둔 상인에 훤칠하기까지 하니, 훌륭한 신랑감이다. 그렇다는 건 상계의 모든 사람이 그를 알고 있다는 것과 같은 이야기였다. 결혼은 언제나 어디서나 가장 많은 사람이 입방아를 찧어 대는 일이었으니까.

이제 좀 알아챘느냐는 듯이 로저가 휘익, 휘파람을 불었다.

'둘 다 놓고 들어갈까.'

클레어는 흘깃 마부를 바라보았다. 차라리 하인 하나 데리고 혼자 온 사람이 나을 것 같기도 했다. 그런 결정을 내리기 전에 로저가 그녀의 한쪽 손을 건져 올려 제 손에 얹었다.

"이왕 약속한 거, 가시죠."

"⋯⋯."

막시밀리안이 침묵한 채로 반대쪽에 붙어 팔을 내밀었다.

클레어는 떨떠름하게 자신의 상황을 객관적인 시선으로 생각해 보았다. 아니, 생각할 것도 없이 지나가는 사람의 시선이 모든 것을 웅변했다.

'막장 드라마 신세에서 벗어날 수가 없어⋯⋯.'

설령 진짜로 치정 싸움을 하더라도 이 둘 상대로는 아닌데 말이다. 클레어는 한숨을 내쉬었다. 눈에 띄기 싫어서 로저에게 동행을 부탁했던 건데.

마음속에서 무슨 메아리가 쳐도 상황은 이미 자신의 통제를 벗어났다. 그저 3인 일행으로 보이기를 빌 수밖에 없었다.

세 사람이 극장에 들어선 것은 1막이 끝날 즈음이었다. 막간에 잠시 볼일을 보러 나온 사람, 늦게 도착하는 사람과 지루해서 일찍 가 버리는 사람들로 로비는 어지러웠다.

귀족들은 아예 별도의 출입구로 들어갈 테지만, 세 사람이 들어간 곳은 평민들이 이용하는 1층 입구라 더욱 사람이 많았다. 2막 첫 시작에 나오는 발레 파트를 보기 위해 아예 이 시간에 도착하는 사람들도 있었기 때문에, 새로운 사람들이 들어서도 쳐다보지 않았다.

노리던 대로다. 아니, 쳐다보긴 했다. 막시밀리안도, 로저도 눈에 띄는 남자들이었으니까. 클레어는 그 시선을 피하려는 듯이 걸음을 빨리 옮겼다.

"어디로 갑니까?"

"1층 휴게실에서 잠시 기다리면 안내할 사람을 보내 주겠다고 했어. 대기실에서 만날 거야."

공연이 있는 날 주역 무용수의 대기실이다. 특별히 위험한 일은 없을 것이다.

2막 공연이 시작될 때가 되자 사람들이 썰물 빠지듯이 사라졌다. 그러니까 아무 일도 하지 않고 서 있는 것이 너무 눈에 띄는 것 같아 클레어도 다른 쪽으로 움직였다.

"아."

그때 초라한 옷을 입은 여자 하나가 그녀에게 살짝 눈짓했다. 클레어는 모르는 얼굴이었으나 저쪽에서는 그녀를 알아본 것 같았다.

스테판이 보낸다던 안내인인가. 클레어는 별 의심 없이 그녀에게 다가섰다. 로저와 막시밀리안이 너무 티 나지 않도록 각자 적당한 거리를 두고 그녀를 뒤따랐다.

"제리 부인이시죠?"

사람이 많은 휴게실에서 벗어나 계단실 쪽으로 들어서자마자 여자가 그렇게 물었다. 클레어는 약간 당황했다. 딱히 암호명 같은 걸 정한 적은 없었기 때문이다.

"사람을 잘못 보신 것 같네요."

하지만 클레어가 대답하기 무섭게 여자가 그녀의 팔을 움켜잡았다.

끼이익!

"남작님!"

막시밀리안이 단숨에 몸을 날렸다. 그러나 그 전에 바닥이 통째로 회전하며 벽이 세 사람을 먹어 치웠다.

한발 늦게 달려간 로저의 눈앞에서 벽이 닫혔다. 그는 벽을 쿵 후려쳤으나 거기에는 마치 원래부터 아무것도 없었던 양 조용했다.

"일어나세요."

절박하게 부르는 소리에 클레어는 희미하게 눈을 떴다. 그러나 아직 의식은 흐리고, 비몽사몽간이었다.

"어서 일어나셔야 해요. 사람이 오기 전에 피해야 해요."

이번에는 뺨을 잡고 얼굴을 흔들어 댄 덕분으로 클레어는 간신히 눈을 뜰 수 있었다. 머리가 띵하게 아팠다. 그녀는 잠깐 멍했다가 무슨 일이 벌어졌는지 기억해 냈다.

바닥이 움직이면서 벽이 열렸다. 그 뒤는 캄캄해서 보이지 않았지만, 공동처럼 소리가 울렸던 게 얼핏 기억났다. 막시밀리안이 조심하라고 경고성을 발하며 자신을 감쌌었다. 그러나 효과는 없었다. 벽 너머에서 기다리고 있던 건 불의의 습격 같은 게 아니라 분진 가루였으니까. 들이마시면 위험할 것 같다고 본능적으로 생각했으나, 때맞춰 호흡을 멈추지는 못했다.

그대로 의식을 잃었나 보다. 그리고 깨어나니 지금 이곳이다.

클레어는 몇 번 심호흡하고, 정신을 차렸다. 깨우던 사람이 안심한 듯이 말했다.

"아, 정신이 드셨군요. 다행이다. 이걸로 얼굴을 좀 닦으세요."

상대가 손수건을 내밀었다.

"물이 좀 있으면 좋을 텐데, 이 방에는 없더라고요. 숨은 잘 쉬어지시죠? 어디 아픈 곳은 없으시고요?"

"누구……시죠?"

클레어는 머뭇머뭇 물었다. 상대는 이십 대 초반의 젊은 여자였다. 꿀빛 금발에 새하얗고 조그만 얼굴, 물빛 눈동자를 가진 가냘프고 날아갈 듯한 인상의 미인이었다.

그야말로 제국의 이상형이라고 해도 과언이 아닌 용모다. 이 상황이 비현실적으로 느껴질 정도였다. 클레어는 자신이 영화 속에 들어와 있는 건가 착각을 느꼈다.

여자가 클레어의 시선을 받고 부끄러워진 듯 발간 얼굴로 머뭇머뭇 대답했다.

"전 리나라고 해요. 스테판 하인즈 씨의 하녀예요."

"아."

스테판. 그자에게 정보를 듣기 위해 오페라 극장에 왔었다.

나머지 기억과 함께 급작스럽게 현실감이 돌아왔다. 아무래도 아직 조금 멍한 상태였던 것 같다.

"이게 어떻게 된 거죠? 스테판이 절 이런 식으로 불러들인 건가요? 저랑 같이 있었던 남자가 있을 텐데요."

이 여자가 안내인인가? 이런 식으로 자신만 끌어들이려 했던 거라면 용납할 수 없었다. 하지만 리나가 고개를 저었다.

"저는 지하 창고에 있었는데, 기절한 부인을 누가 뒤 통로로 끌고 들어오는 걸 봤어요."

"뒤 통로요?"

"극장의 일꾼이나 공연자들이 몰래 이동하는 통로인데, 무대 장치 같은 것 때문에 창고로 이어지거든요."

리나는 해야 할 일을 팽개쳐 놓고 지하 창고에 숨어 공연을 듣고 있다가, 남자 둘이 클레어를 둘러메고 들어와 옷궤에 넣는 것을 목격했다.

사실 오페라 극장에서 그런 일은 그렇게 드문 일은 아니었다. 그 남자들은 토마스 보르얀스의 부하들이었으니, 자신은 알아도 모르는 척 눈을 감고 있어야 했다.

그러나 그 옷궤가 자신이 낮에 가져다 놓은 것인 게 너무 신경 쓰였다. 저 여자는 스테판이 토마스에게 넘긴 걸까?

스테판은 악인이었지만, 그래도 사람 장사는 하지 않았다. 리나는 그렇게 믿고 있었다. 그래서 그 옷궤가 옮겨지는 길로 따라왔던 것이다. 자신이 납치를 도운 꼴이 되고 싶진 않았다.

"남자분이라면 아마 징벌실로 끌려갔을 거예요. 일어나실 수 있는지 확인해 보세요. 오페라 극장 쪽으로 돌아가야 해요. 귀족들이 오가는 곳에서는 보르얀스 씨도 함부로 못 움직이거든요."

리나는 품에서 작은 꼬챙이 같은 것을 꺼내 문고리와 씨름하면서 그렇게 말했다.

클레어는 당황스러운 눈으로 그녀를 바라보았다. 이 예쁜 여자애는 진짜로 자신을 구해 주러 따라온 것 같았다. 그녀의 시선을 어떻게 해석했는지, 리나가 얼굴을 발갛게 물들였다.

"아, 제가 문을 딸 줄 안다고 해서 흉악한 사람으로 생각하지는 말아 주세요. 이전에 일하던 극장 건물이 낡아서 툭하면 문고리가 잠겼거든요. 그렇다고 하녀에게 마스터키를 주지는 않으니까요."

클레어는 미묘한 시선으로 리나를 바라보았다. 그녀가 재잘대듯 말하는 것이 자신의 마음을 편하게 해 주기 위해서라는 게 느껴졌다.

"리나 양은 극장에서 오래 일했나 봐요."

"네. 여섯 살 때부터였어요. 전임 발레단장님이 할머니를 위험한 처지에서 구해 줬다고 들었거든요. 그때부터 할머니가 계속 극장에서 일하셨고, 저도 어릴 때부터 스테판의 심부름을 했어요."

"거의 평생을 극단 관계자로 일한 거군요."

"그냥 잔심부름하는 하인이지만요. 어떤 점에서는 행운이었다고 생각해요."

"어떤 점에서?"

"전 노래 듣는 걸 좋아하거든요. 다른 곳의 하녀였다면, 지금처럼 공연을 많이 훔쳐 듣진 못했을 거예요."

마침내 딸각 문이 열렸다. 리나가 발딱 일어섰다.

"자, 이제."

그때였다.

천장에서 쿵쿵 발소리가 났다. 층고가 낮은 창고라, 천장에서 발소리가 날 때마다 떨어지는 먼지가 클레어의 머리에까지 내려앉을 지경이었다.

행여 소리라도 날까 봐 두 사람은 문을 열지 못하고 그 자리에서 숨을 죽였다.

"그냥 모르는 척하면 안 되셨던 겁니까?"

바로 머리 위에서 걸걸한 목소리가 선명하게 들려왔다.

『보르얀스예요.』

리나가 바닥에 서툰 글씨로 바닥에 글자를 썼다. 클레어는 그게 누군지 정확히 몰랐지만, 아까부터 리나의 태도로 미루어 보아 저자가 보스인 것만은 알 수 있었다.

클레어는 소리가 나지 않게 조심히, 풀려 있는 밧줄을 들고 리나에게 눈짓했다. 그녀가 헐렁하게 클레어의 팔과 다리에 다시 밧줄을 둘렀다. 클레어는 옷궤 안에 다시 웅크렸다. 지금 풀려나 있는 걸 들키는 게 더 위험하다. 저쪽을 안심시킨다면, 시간을 좀 더 끌 수 있을지도 모른다.

리나가 옷궤 뚜껑을 덮고, 기어서 창고의 상자들 틈에 숨었다. 그러자마자 천장 문이 쾅 열렸다.

"빌어먹을. 어쩔 수 없었어! 클라우제너에서 보낸 사람이라고! 스테판 그놈이 그 여자에게 무슨 소리를 할 줄 알고? 잘못하면 이리스한테까지 불똥이 튀어!"

"그냥 눈 감고 오리발 내밀면 될 일 아닙니까? 아니, 오리발도 아니지. 우리 쪽에서 뭘 대단히 한 것도 아닌데."

"솔직히 보스가 슈나이더 백작가 일에 지나치게 신경 쓰는 겁니다. 아무리 옛날 여자가 거기 있다고 해도, 좀 그렇잖아요."

"닥쳐, 좀!"

토마스가 버럭 소리를 질렀다. 그의 긴박한 심정을 이 멍청한 것들이 어떻게 알겠는가?

안 그래도 카탸가 의심받고 있다. 스테판 놈이 그걸 기회라고 생각한 듯, 금발 하녀 계집애를 데려다가 앞에서 알짱거리게 했다.

스테판은 아무것도 모른다. 그놈이 무슨 증거 같은 걸 갖고 있을 거라고 생각하지도 않았다. 약혼 파티 때의 일은 그놈과는 정말로 아무런 상관도 없으니까. 그놈이 할 수 있는 말이라고는 그 '진정제'가 이 오페라 극장의 뒷골목에서 쓰인 적이 있다는 것 정도다.

하지만 그 금발하녀라면 문제가 달랐다. 자신이 클라우제너의 여자라면, 카탸에게 보복하기 위해서라도 그 계집을 이용할 것이다.

속도 모르고 아랫것들이 낄낄거렸다.

"간혹 보면 보스는 이리스 양이 자기 딸이나 되는 것처럼 행동한다니까."

"애인 딸이면 내 딸이지. 당연한 소리 마라."

"개소리 좀 닥치라고! 멍청한 잡것들!"

토마스가 다시 욕을 퍼부었다.

"젠장, 하녀 계집 하나만 치워 주면 되는 일이라고 해서 도와준 건데, 이게 무슨 꼴이야!"

"그냥 평소처럼 처리하시죠. 숨기면 그만입니다."

소리가 점점 더 가까이 다가와서 클레어는 숨을 죽이고 눈을 감았다. 들키면 안 된다. 진짜 기절해 있는 것처럼 보여야 하는데, 심장이 이렇게 쿵쿵 뛰어서 그게 될지 모르겠다.

끽!

옷궤가 열렸다.

"하, 이런, 씨발!"

토마스가 소리쳤다. 다음 순간 다시 쿵, 궤가 닫혔다.

'헉.'

클레어는 멈췄던 숨을 토했다. 폐부가 터질 것 같았다.

"이거, 시녀도 아니고 공작의 여자잖아!"

"당장 팔아 버리죠."

"뭐? 미친놈아!"

"위빙 상단 주인에 공작의 자식까지 낳은 여자 아닙니까? 분명히 엄청나게 프리미엄이 붙을 겁니다."

클레어를 끌고 온 남자에 이어 다른 남자가 말했다.

"다른 귀족한테 넘겨야 합니다. 그러면 우리한테 넘겨받은 걸 들키지 않기 위해 그쪽에서 처리할 겁니다."

"스테판에 대한 정보랑 같이 넘기죠. 생각해 보십쇼. 우리는 웬만하면 귀족이랑 직거래 안 합니다. 귀족이 만나러 온 거면, 스테판이겠죠."

그러니까 뒤집어씌우기도 쉽다며 조곤조곤 설득하는 말에 토마스가 납득했다.

"카탸한테 오페라 극장 쪽으로 마차를 보내 달라고 해. 그쪽에 숨겨 놓으면 잠깐이라도 시간을 벌 수 있겠지."

"백작 부인이 의심받고 있다고 하지 않았습니까?"

"전부 묻으려면 어쩔 수 없어. 같이 왔다는 남자 놈은 죽여서 강물에 던져 버리고, 우리는 사업 싹 다 정리해서 잠적한다."

토마스가 이를 갈았다.

"안 그래도 위태위태했어. 카탸 그년이 귀족 남자 꼬시는 데 집착하다가 이 꼴 날 줄 알았지."

그때 또다시 소란이 들렸다.

"야, 뭔 일인지 알아봐. 그리고 이 궤짝은 밖에서 한 번 묶어. 이게 뭐야, 잠가 놓지도 않고."

"급한 김에 지하 창고에서 아무거나 적당히 써서……."

"큰일 났습니다!"

올라갔던 남자가 소리를 지르며 도로 내려왔다.

"불이 났습니다! 동쪽 창고입니다!"

"그게 무슨 개소리야! 거기에 든 게 다 얼마어치인데!"

토마스가 소리를 지르며 뛰쳐나갔다. 뒤이어 쿠당탕탕, 계단을 올라가는 발소리가 들렸다.

밖이 조용해졌다. 클레어는 그러고서도 숨을 죽인 채 한참 가만히 있었다. 이대로 기절할 것 같았다.

옷궤 뚜껑이 다시 열렸다. 식은땀으로 범벅된 리나가 그녀를 들여다보았다.

"괜, 괜찮으세요, 부인?"

"후, 아아……."

새파랗게 질린 클레어가 긴 신음을 토했다. 리나가 그녀의 팔을 잡았다.

"천운이 있나 봐요. 어서 일어나세요. 지금 당장 달아나야 해요."

그때 또다시 위에서 인기척이 들렸다.

클레어는 이를 악물고 궤짝에서 일어났다. 저게 토마스가 뒤처리를 하라고 보낸 자라면, 다시 숨어 봐야 시간을 끌 수는 없을 것이다. 죽으나 사나 달아나야 했다.

하지만 위에서 들린 목소리는 아는 이의 것이었다.

"거기 계시면, 피하십시오."

"막시밀리안 경!"

클레어는 깜짝 놀라 고개를 들었다. 천장 문이 박살 나 아래로 떨어졌다.

"막시밀리안 경!"

세상에! 눈물 나게 반가웠다. 그가 따라와 주지 않았더라면 어쩔 뻔했는가.

막시밀리안이 훌쩍 아래로 뛰어내렸다.

"무사하십니까? 몸에는 별일 없으시고요?"

"네. 다행히, 별일 없어요."

"이리로 올라오십시오."

막시밀리안이 클레어가 올라갈 수 있도록 부축하기 위해 손을 내밀었다. 클레어는 리나를 불러 그녀를 먼저 올려 보낸 뒤에야 계단을 올라갔다. 책상 위에 서류가 널려 있는 것으로 보아 그곳은 보르얀스의 사무실인 듯했다.

클레어가 막시밀리안에게 물었다.

"어떻게 된 거예요?"

"복도에 마취 효과가 있는 가루 같은 것이 설치되어 있었던 것 같습니다. 잠깐 기절했다가 눈을 떠 보니 갇혀 있더군요."

막시밀리안은 의자에 묶인 채, 오래된 핏자국이 군데군데 말라붙은 방에 묶여 있었다.

관절을 빼어 손발을 풀어내는 것은 어려운 일이 아니었으나, 밖에서 빗장이 걸린 문짝은 대뜸 부술 수 없었다. 다른 곳보다 문이 두껍고 경첩도 튼튼했기 때문이다. 도움의 손길이 없었다면 탈출에 고심했을 것이다.

"레비 순보의 기자가 저를 도와주었습니다."

"레비 순보가요?"

클레어는 깜짝 놀랐다.

'레비 순보에 탐사 보도를 하는 참기자가 있어?'

귀족의 스캔들을 파헤치며 황색 언론의 선두를 달리고 있는 곳이 아니었단 말인가. 사실 그 기자는 마약상을 추적하던 게 아니라 리나를 쫓던 것뿐이지만, 내막을 모르는 클레어는 진심으로 반성했다.

"남작님이 이쪽에 갇혀 계신다는 것을 알려 준 것도 그 기자입니다."

막시밀리안이 침착하게 말했다.

"자, 생각은 일단 나가서 하시죠. 지금은 탈출이 급합니다."

"불이 났다면, 이쪽으로 돌아오는 데 시간이 걸리겠죠? 어떻게 생각해요?"

"무얼, 말씀입니까?"

"불이 이쪽까지 번지려면 시간이 얼마나 걸릴 것 같아요?"

막시밀리안은 잠깐 생각한 끝에 고개를 저었다.

"바람이 반대 방향으로 불고 있으니 화재는 괜찮습니다. 사람과 마주치는 게 문제입니다."

"아래쪽에 비밀 통로가 있으니 그쪽으로 가면 괜찮을 거예요. 오페라 극장이랑 연결되는 비밀 통로를 여러 명이 쓸 리가 없거든요. 중요한 물건을 몰래 나를 때만 쓰는 길이니까……."

"바람 방향을 생각해도 오페라 극장 쪽이 나쁘지 않을 것 같습니다."

하지만 클레어는 막시밀리안의 말이 끝나기 무섭게 사무실 책상을 뒤집어엎고 있었다.

"뭐, 뭐 하시는 거예요?"

"이 개자식들은 분명히 증거 인멸부터 할 거예요. 그렇게 놔둘 순 없어요."

그녀는 이를 악물었다. 납치를 한두 번 해 본 솜씨가 아니다.

마약에 납치라니, 클레어는 이자들이 본격적인 인신매매 조직이라는 것에 두 손 두 발을 다 걸 수 있었다. 이 정도 조직이 번듯하게 수도 한복판에서 운영되고 있다면 경시청이든 소방서든, 다른 무슨 기관이든 돈을 먹여 두었을 가능성이 컸다.

이 기회를 놓치면 장부를 확보할 기회가 사라진다. 이건 이제 약혼 파티의 일에 관한 보복이나, 자신이 끌려와 감금당한 것에 대한 복수로 끝나서는 안 된다.

클레어는 굳이 정의 구현을 위해 이 한 몸을 던져 범죄 조직을 일망타진해야겠다고 생각하는 사람은 아니다. 다른 모든 평범한 사람처럼 도박과 마약을 하는 사람도 손가락질했다. 자업자득이다, 왜 그런 짓에 손을 댔느냐고.

이 시대 사람들처럼 중독자에게 이성이 부족해서 그렇다는 말까지 할 생각은 없었다. 치료가 필요한 것은 안다. 그렇지만 처음부터 손을 내밀지 않으면 될 게 아닌가.

무엇보다도 자신과 거리가 먼 일이라고 생각했다. 하지만 눈앞에서 벌어지는 일을 모르는 척할 수는 없었다.

노라 호프만은 단칼에 살해당했다. 이자들은 사람을 강제적으로 중독시키려 했다. 피해자 중에 그런 사람이 또 있지 않다는 보장이 어디 있는가?

납치하여 팔아 치우는 일을 '평소처럼 처리한다'라고 말했다. 자신이 에리히와 상관없는 보통 남작 영애였다면, 막시밀리안이 제때 오지 않았다면, 지금쯤 무슨 일을 당했을지 상상이 갔다.

귀족을 상대로도 그러는데, 평민을 상대로는 과연 가만히 있었을까?

지금 이 자리에 있었던 자들은 클레어에게 저지른 짓만 가지고도 족칠 수 있다. 그러나 공범이나 거래처까지 모조리 잡으려면 장부가 필요하다. 가장 확실한 것은 언제나 돈의 움직임이다.

'슈나이더 백작가를 덮어 준다는 말에 그냥 눈감았던 건, 백작 부인이 어디선가 약을 구해다가 저지른 짓이라고 생각했기 때문이야.'

에리히도 설마 백작 부인이 범죄 조직과 직접 연결되어 있으리라고는 생각지 못했을 것이다.

"막시밀리안 경, 아래 창고에서 상자를 열어 증거품이 될 만한 게 있으면 확보하세요."

책상 서랍을 열어 종이를 있는 대로 다 꺼내어 한 번에 쭉 훑어 읽으며 클레어는 말했다. 그녀의 손 아래에서 이미 읽은 서류들이 순식간에 분류되어 앞에 차곡차곡 쌓였다.

그리고 클레어는 의외의 사실을 발견했다. 장부에 적힌 이름 대부분이 아렌식이었다. 아렌에 세운 공단의 직원 명단만 훑어도 이것보다는 로멜인의 이름이 많이 섞여 있을 것이다.

그 의미를 다 알아채기 전에 소란이 가까워졌다. 소방서의 도움 없이 불을 잡을 수 없다는 것을 깨달은 조직원들이 증거 인멸을 하러 오는 것이다.

클레어는 제일 중요한 장부를 움켜쥐고 소리쳤다.

"이제 나가죠!"

그녀의 외침에 후다닥 리나가 사다리로 내려갔다. 그다음 클레어가 내려가고, 막시밀리안이 마지막으로 모든 가구를 뒤엎은 다음 뛰어내렸다.

리나가 비밀 통로의 문을 열었다. 막시밀리안이 뚫린 천장 문 주위로 상자를 밀어 쌓으며 말했다.

"들어가십시오. 제가 뒤를 막겠습니다."

"고마워요. 그리고 미안해요."

클레어는 고개를 숙였다. 막시밀리안이 경호가 필요하다고 말했을 때 유난이라고 생각했던 것에 대한 사과였다. 그가 미소를 지었다.

"별말씀을. 빨리 가십시오. 카슨 씨가 지원을 불러왔을 겁니다."

사무실이 어지럽혀진 것을 안 자들이 지르는 고함 소리가 들려왔다.

"침입자를 잡아라!"

"살려 두면 안 돼!"

클레어는 리나의 손을 잡고 비밀 통로 안으로 뛰어들었다.

탕!

뒤에서 모골이 송연한 총성이 들려왔다. 막시밀리안이 걱정되었지만, 지금은 생각할 때가 아니다. 그녀는 정신없이 달렸다.


그 저녁에, 에리히는 엘리엇에게 동화책을 읽어 주고 있었다.

"그리하여 개와 두루미는 함께 맛있는 저녁 식사를 먹었습니다."

"그거 이상해요."

엘리엇은 잠들기는커녕 눈을 또랑또랑하게 뜨고 말했다.

"우리 집 보리는 새만 보면 쫓아다니는데. 윌슨 아저씨가 개는 원래 새를 쫓는 거래요."

"……."

"안 쫓는 건 놀기 싫어할 정도로 게으르거나 아픈 거니까,

보리가 새를 쫓아가지 않으면 말해 달라고 했어요. 근데 걔는 왜 두루미랑 같이 밥을 먹어요?"

에리히는 엘리엇이 클레어를 닮은 구석이 별로 없다고 생각했었다. 얼굴은 확실히 많이 닮지 않았고, 성격도 클레어보다 훨씬 순진하고 직선적이었다. 아직 어려서 그런 건지도 모르지만.

닮았다면 똑똑한 점이려나. 낳는 데 기여한 것도 없고, 아직 정식으로 입적한 것도 아니면서 고슴도치처럼 그런 생각을 했었는데.

'이게 닮았군.'

들어오는 모든 정보를 재해석해서 받아들이는 게. 자라면 대학원에 보내야 할까. 클레어는 의무 교육인 아카데미의 필수 교양이면 충분하다며 학업을 중도에 그만둬 버렸지만, 이런 애는 공부를 시켜야 한다.

그것도 콩깍지 낀 관점이었으나 에리히는 아직 그것을 드러내어 주위 사람을 괴롭히지는 않았다.

"이건 동화니까."

"동화는 거짓말이라는 뜻이에요?"

역시 닮았다.

아이를 상대로, 우화는 인간사를 비유한 것이라거나 하는 설명을 잘해 낼 자신이 없었던 에리히는 말을 돌렸다.

"그런데 델포드 저택에서 키우는 개 이름이 보리니?"

"네!"

엘리엇이 팔짝 뛰어 일어나며 대답했다.

"진짜진짜지이인짜 귀여워요! 저보다 한 살 형아예요!"

"그렇군."

"근데 하얀 강아지인데, 이모가 이름을 보리라고 지었어요! 저는 밀가루라고 짓는 게 맞다고 생각하는데."

에리히도 그런 이야기는 싫어하지 않았다. 클레어가 좀처럼 자기 입으로 이야기하지 않을 시시콜콜한 과거 이야기가 흥미로웠다.

노크도 없이 문이 열린 것은 그때였다.

"파벨 아저씨?"

엘리엇이 눈을 동그랗게 떴다. 파벨이 워낙 심각한 얼굴을 하고 있어서, 에리히는 그를 꾸짖지 않았다.

"각하, 카슨 씨가 긴급한 일로 뵙고자 합니다."

에리히는 벌떡 일어섰다. 클레어가 오늘 저녁에 로저와 함께 외출한 것은 그도 알고 있었다. 내심 유쾌하지 않았으나 옹졸한 사람이 되고 싶지 않아 참았다.

그는 엘리엇에게 '별일 아닐 거다.'라고 말하고 머리를 한 번 쓰다듬어 주고 밖으로 나왔다.

로저는 내실의 복도까지 들어와 있었다. 그는 판단이 느린 사람이 아니었다. 벽이 회전하여 두 사람이 사라진 순간 그는 자기가 이 일에 대처할 수 없다는 사실을 알았다. 그래서 오페라 극장을 뛰쳐나와 곧바로 이리 달려온 것이다.

그가 말했다.

"델포드 남작님이 행방불명되었습니다. 막시밀리안 경이 뒤따라갔지만, 상황이 다급합니다. 계획적인 납치 같습니다."

에리히가 까드득 소리가 날 정도로 주먹을 움켜쥐었다.

에리히는 곧바로 저택을 나섰다. 집사들이 황급히 코트와 구두를 가져왔다. 서둘렀지만, 저택 현관을 나설 때에는 이미 말과 경호팀이 모두 준비되어 있었다.

"보안부와 경호팀 전원을 불러. 경시청장도 오라고 해."

그는 클라우제너 영지 밖에서는 관리를 불러 명령하거나 행정부에 직접 영향력을 미치는 일이 없었다. 그러나 힘이 없어서 하지 않은 것은 아니다.

명령은 빠르게 전달되었다. 에리히가 오페라 극장 앞에서 말에서 내렸을 때에는, 비교적 가까이 있는 건물에 상주 중이던 경비대는 모두 모여 있었고, 비번이었던 경호원과 보안 요원들도 모여 있었다.

공작저 본관에서부터 에리히를 따라온 호위들이 대열을 갖추었다. 공식적으로 귀족의 사병은 철폐된 지 오래였다. 그러나 클라우제너 공작가쯤 되면 수도에 있는 경호원만 해도 수백 명에 이른다. 건물과 주요 시설을 지키는 경비대와 보안 요원까지 합친다면 아마 그 무력이 작은 도시의 수비대 정도는 가볍게 능가할 것이다.

오페라 극장의 관계자들은 기겁했다. 지배인이 허둥지둥 달려 나와 에리히를 영접했다.

"그간 강녕하셨습니까, 클라우제너 공작님? 오늘은 어쩐 일로 이렇게 급히 방문하셨습니까? 공연을 보러 온 건 아니실 테고……."

"약혼녀를 찾으러 왔네."

"아, 그러시군요! 지금 바로 연락을 넣겠습니다."

예삿일이 아니라는 걸 알면서도 지배인은 애써 평범한 일처럼 응대했다. 그러면서 오늘 공연의 관객 명단을 가져오라고 직원에게 눈치를 주었다.

치정 문제일 것이다. 그래야만 한다. 다른 사람 이름으로 예약했을지도 모르지만 무조건 찾아야 했다.

하지만 에리히는 그가 관객 명단을 내밀든 말든 관심 없는 태도로 성큼성큼 안으로 들어갔다.

"기다리시는 동안 지루하시지 않도록 최상급의 샴페인과 위스키를 준비하겠습니다. 마침 오늘 쉬고 있는 악단도 있습니다."

지배인은 그를 뒤따르며 나불거렸다. 에리히는 대꾸가 없었다. 평소에 자주 오는 사람이 아니라 뭘 좋아하는지 도통 짐작이 가지 않았다.

일단 이 흉흉한 분위기를 어떻게든 누그러뜨리고 싶었지만, 약혼녀를 찾으러 왔다는 사람에게 아름다운 무희를 붙여서 마음을 풀어 줄 수는 없는 노릇이다.

그는 마침내 좋은 생각을 해냈다.

"아 참, 슈나이더 백작 영애가 계십니다."

그는 말하면서 직원에게 빨리 가서 이리스를 불러오라고 눈으로 고함을 질렀다. 오늘 이리스는 공연자로 온 게 아니었다. 객석에 있겠지만, 어디 있는지 아니까 바로 연락이 가능했다.

지배인은 이리스와 에리히 사이의 염문을 믿었던 사람 중 하나다. 최근에 의심하게 되긴 했지만, 그래도 이리스가 에리히와 친분이 있는 건 사실이다. 뭐라도 좋으니 에리히를 뒤따르는 저 호위들의 분위기를 유화시키고 싶었다.

하지만 에리히는 그 말에도 전혀 관심을 보이지 않았다.

"2층으로 가시지요. 이쪽은 평민들이 이용하는 입구라……."

"이쪽입니다, 공작님."

로저가 말했다. 에리히는 그를 따라 휴게실로 들어섰다.

"이 벽이 회전하면서 막시밀리안 경과 남작님이 함께 뒤로 사라졌습니다."

"아!"

지배인이 몸 둘 바를 모르고 당황했다. 막시밀리안의 이름까지 나오다니 진짜로 큰일이었다. 그냥 치정 문제 같은 게 아니라는 뜻이었으니까. 그는 변명하듯이 말했다.

"사고일 겁니다. 이 건물이 워낙 오래되다 보니 개축도 많이 하고, 여기는 특히 원래 소극장 무대였던 곳이라 무대 장치가……."

"열게."

에리히가 명령했다. 지배인은 그래도 우물쭈물했다.

"이쪽에서는 열 수 없습니다. 아마 장치는 남아 있겠지만,

이쪽에서는 작동 장치를 없애고 벽을 씌운 거라."

"벽을 뜯어내."

에리히는 그의 변명이 끝나기도 전에 뒤따르는 경호원에게 말했다. 이 사태를 예상한 로저가 이미 작은 도끼와 쇠지렛대를 준비시켰기에 시간을 낭비하는 일은 없었다. 경호원들은 일 말의 망설임도 없이 벽을 도끼로 찍었다.

"공작님!!"

지배인이 경악해서 소리를 질렀다. 에리히는 차분하다 못해 감정이 사라진 목소리로 명령했다.

"스테판 하인즈라는 놈을 잡아들이고, 그놈과 관련 있는 사람도 전부 구속해."

"아니, 공작님!"

지배인이 우는 소리를 냈다.

오페라는 중단되었다. 복도를 부수는 소리가 나는데 정상적으로 공연이 이루어질 리가 없다. 겁에 질린 관객들이 웅성거리며 기웃거리고, 극단 관계자들도 나와서 어쩔 줄을 모르며 서성거렸다.

이리스가 나온 것도 이때였다. 지배인의 연락을 받은 것은 벽을 부수기 전이었으나, 화장을 고치느라 조금 늦은 것이다.

그녀는 휴게실의 상태를 보고 깜짝 놀랐지만 망설이지 않고 에리히 쪽으로 다가갔다.

"에리히 님, 무슨 일 있어요?"

에리히가 흘긋 그녀를 바라보았다. 비서가 말리려는 듯이 그녀를 잡았지만, 이리스는 개의치 않고 에리히에게 다가서서 다정하게 팔에 손을 얹었다.

"무서운 얼굴을 하고 왜 그러세요? 무슨 일인데요?"

"……."

에리히는 불쾌감을 느끼며 그녀를 내려다보았다.

"백작이 네게 근신하라고 하지 않았나?"

"네? 아, 네. 말씀하셨어요. 그러니까……."

이리스는 말하면서 움츠러들었다. 그러니까 사교 모임에는 일절 참석하지 않고 있었다. 그것을 나름대로 근신이라고 생각했던 것이다.

비서 중 하나가 얼른 이리스를 감싸듯이 하여 물러서게 했다. 이리스가 이 이상 에리히의 불쾌감을 사는 것이 두려웠던 것이다.

쿵!

두어 번의 도끼질로 벽에 구멍이 나자 경호원들이 지렛대로 남은 벽을 마저 뜯어냈다. 구멍이 뻥 뚫렸다. 안에 제법 큰 공간이 있었다.

"예, 옛날 무대입니다."

지배인이 더듬거렸다. 확실히 장치는 오래되어 보였지만, 기름을 발라 지속적으로 관리한 게 확실했다.

뒤늦게 경시청장이 달려왔다.

"아니, 클라우제너 공작 각하! 아무리 클라우제너라도 이런 식으로 건물을 파괴하시면……!"

그는 항의할 생각이었다. 오면서 해야 할 말도 준비했고, 공정한 클라우제너 공작이라면 분명히 물러설 거라고 생각했다.

그러나 그는 끝까지 말을 잇지 못했다. 에리히가 그를 얼려 죽일 수 있을 정도로 차가운 시선으로 노려보았다.

"내 약혼녀가 이 자리에서 행방불명되었어. 나는 이 일을 그냥 넘어갈 생각이 없네."

"각하."

"오페라 극장을 포위하고 모든 마차를 검문해. 끝끝내 발견하지 못하면, 경에게도 책임을 묻겠네."

누가 감히 그 말을 거역할 수 있겠는가.

경시청장이 식은땀을 흘리며 고개를 숙였다. 멀리서 웅성거리던 관객과 공연자들은 어찌할 바를 모르며 덩어리진 군중이 되어 공작가의 보안 요원들이 지시하는 대로 움직였다.

에리히는 뻥 뚫린 구멍 안으로 들어갔다. 뒤 통로는 생각보다 길고 깊었다. 안쪽 바닥과 벽에 분진이 잔뜩 묻어 있었다.

"이거 확보해서 조사해."

에리히는 명령하고, 직접 안으로 걸음을 옮겼다.


클레어와 리나가 지하 창고에 당도한 것은 이 순간의 일이다.

둘은 위화감 때문에 한순간 발을 멈췄다. 너무 조용했다. 리나가 작은 소리로 속삭였다.

"원래 여기까지 공연 소리가 들려야 되는데……."

지금쯤이면 한창 3막 중이어야 한다. 무대 위에 선 것처럼 소리가 가까이에서 쏟아져 내려야 하는데, 지금은 조용했다. 대신 뭔가를 부수는 소리, 다급한 발소리가 멀리에서 소란스럽게 오갔다. 무슨 일이 생긴 게 틀림없었다.

"숨어요!"

클레어가 다급하게 그녀를 잡고 잡동사니 그늘에 몸을 감췄다. 계단을 달려 내려오는 남자들이 있었다.

"빨리 와, 빨리!"

"지금 나가려면 이 길밖에 없어!"

"빌어먹을, 전부 다 이리 나가면 오히려 들켜, 이 멍청한 자식들아!"

토마스 밑에서 일하던 극단원과 극장 일꾼 중에서 비밀 통로를 아는 자는 모두 이쪽으로 몰려온 것이다. 전부는 아니었으나, 아주 소수도 아니었다.

이 시점에서 이미 오페라 극장 전체가 클라우제너의 경호원과 경관들에게 포위되어 있었다. 비밀 통로로 도망친다고 해서 뒷일이 해결되지는 않는다. 결국 단원 명단을 확인하여 사람을 찾을 텐데, 지금 당장 거기까지 생각이 닿는 사람은 없었다. 애초부터 무엇 때문에 공작이 벽을 부쉈는지 대부분 몰랐다. 아무튼 일단 달아나, 자기는 관련 없다고 주장할 작정이었다.

클레어는 클레어대로 그런 사정을 몰랐다. 들키면 안 되는 상태에서 조직원으로 예상되는 자들과 마주친 것이다.

장부를 움켜쥔 손이 바들바들 떨렸다. 이대로 숨어 있어야하나? 움직여야 하나? 저들 중 몇 명이 자신을 알고 있을까? 죽여서 상황을 은닉하겠다고 생각하는 자도 있을 것이다.

클레어는 숨을 몰아쉬며 리나에게 속삭였다.

"뒤 통로, 열어 줘요."

"여기서 1층으로 올라가는 길은 부인께서 끌려온 것과 같은 길뿐이에요."

"그 길이 필요해요."

클레어는 로저의 판단력을 믿었다. 그리고 에리히가 구하러 올 것도.

만일에 이 소란이 그것 때문에 벌어진 거라면, 제일 안전한 통로는 그곳이다. 제일 먼저 수색되고 있을 테니까. 짤막하게 설명하자 리나가 고개를 끄덕이고, 바닥을 기어 움직였다. 클레어도 기어서 그녀의 뒤를 따랐다.

끼익.

낡은 경첩이 불안한 소리를 냈다. 클레어가 먼저 문 안쪽으로 들어서는 순간 누군가가 리나를 발견했다.

"야, 너! 여기서 뭐 해?"

"아, 무슨 일 있어요?"

리나가 문을 황급히 자기 등으로 밀어 닫으며 물었다.

"무슨 일 있냐니? 너 여기서 뭘 했길래 그런 것도 모르고 있어? 이거, 스테판 놈이 한 짓이냐?"

"아, 아뇨……. 제가 잠깐 창고에서 잠이 들었었는데."

리나가 말하는 목소리가 살짝 떨렸다. 클레어는 발소리를 내지 않기 위해 그 자리에서 구두를 벗었다. 그리고 발끝으로 뛰었다. 숨이 터질 것 같았다.

그리고 마침내 어둠 끝에서 램프의 희미한 불빛을 반사하는 낯익은 금빛을 발견했다.

"에리히!"

"클레어!"

그녀는 그 품으로 뛰어들었다. 힘이 빠져 주저앉으려는 몸을 강한 팔이 세게 끌어안았다.


이 사태에 가장 경악한 것은 오페라 극장의 지배인이었다.

극단과 극장을 놓고 벌어지고 있는 여러 가지 이권 다툼도, 빛이 닿는 곳이 화려한 만큼 그늘진 뒷일도 잘 알았다. 개축되면서 사용하지 않게 된 공간이 불법적으로 쓰인다는 것도 알았다. 하지만 그 모든 일은 남몰래 벌어지는 것이다.

그들은 기껏 해 봐야 광대였다. 광대는 분수를 알아야 한다.

미모로 권력자를 홀리고, 사람들의 숭배를 받고, 때로는 재치로 귀족을 조롱할 수도 있다. 애호가들 중에는 진심으로 예인을 경애하는 사람도 있었다.

그러나 그 근본은 고귀한 악기를 애호하는 것과 다를 바가 없다. 그러니 지배인 같은 관리인은 늘 그것을 신경 써서 극장 내의 그 누구도 선을 넘지 않도록 주의시켜야 했다. 예인들의 지위가 높아지면 높아질수록 그랬다. 귀족이 분노로 뒤엎으면, 모든 것이 불타올라도 이상하지 않으니까.

그런데 극장 안에서 감히 귀부인을 납치하는 일이 벌어지다니. 이것은 클라우제너 공작의 약혼녀가 아니라도 오페라 극장이 사라질 만한 일이었다. 그런데 맨발이 된 숙녀가 먼지 쌓인 뒤 통로를 달려와 공작의 품에 뛰어들었다.

"어떻게, 어떻게 이런 일이……!"

그는 숨도 쉬지 못하고 탄식했다. 지배인의 곁에 서 있던 경시청장도 오한으로 몸을 벌벌 떨었다. 진심으로 이 모든 게 공작의 착오이길 빌었던 것이다.

에리히는 그들이 어쩌든 관심 두지 않았다. 그는 코트를 벗어 클레어의 몸을 감싸서 안아 들었다. 클레어의 회색 드레스는 굴뚝에라도 들어갔다 나온 것처럼 시커먼 먼지와 얼룩으로 물들어 있었고, 몸은 사시나무처럼 벌벌 떨었다.

그러면서도 그녀는 애써서 말했다.

"화재가 났어요. 마약상의 아지트예요. 막시밀리안 경이 뒤에 남았어요."

그녀가 두서없이 말했다. 정리해서 잘 설명하고 싶었지만, 몸만이 아니라 머릿속까지 긴장이 풀린 것처럼 생각들이 제멋대로 돌았다.

"총소리를 들었어요."

"알았어. 지원이 곧바로 갈 거야."

"지하 창고에 리나라는 하녀가 있어요. 절 구해 줬어요."

"알았어. 안전하게 데려오라고 하지."

"레비 순보의 기자도 한 명 있다고 했어요."

"클레어."

정신없이 말하는 클레어의 뺨을 에리히가 감싸고 다정하지만 단호하게 이름을 불렀다.

"괜찮아."

"에리히……."

"괜찮아. 아무 일 없어."

에리히의 입술이 그녀의 이마와 두 눈꺼풀 위에 닿았다. 다음에는 입술이 맞닿았다. 클레어는 그제야 자기 입술이 마구 떨리고 있다는 사실을 알았다.

그다음에야 그녀는 춥다는 것을 인지했다. 아니, 그 반대라는 것도 이해했다. 몸이 너무 떨리자 뇌가 역으로 그것을 추위라고 인식한 것 같았다.

"공작님, 따뜻한 별실을 마련해서……."

"위스키를 가져와."

지배인이 간절하게 말했지만, 에리히는 그 말만 하고 마차로 향했다. 클라우제너의 문장이 박힌 사륜마차가 대기하고 있었다. 에리히는 클레어를 거기 앉혔다.

지배인이 위스키를 들고 뛰어나왔다. 에리히는 잔을 클레어의 손에 건네주려고 했지만, 클레어는 그때까지도 장부를 움켜쥐고 있는 손을 풀지 못하고 있었다.

그는 자기 입에 술을 머금고 클레어의 입술에 입술을 겹쳤다.

"음……."

마치 새끼 새가 어미에게 물을 넘겨받듯 클레어의 입술이 아주 조금 알코올을 빨아들였다. 클레어는 그것을 꼴깍 목으로 넘겼다. 한 모금의 위스키를 전부 넘겨주기 위해 여섯 번이나 키스해야 했다.

그러고 나자 몸에 열이 훅 올랐다. 손가락에서 비로소 힘이 풀려 장부가 떨어졌다.

"잘했어. 정신 놓지 않고 무사히 돌아온 것만도 잘한 거야."

에리히가 다정한 목소리로 말했다. 아마도 그가 클레어에게 이렇게 상냥하게 말한 것은 처음이었을 것이다. 클레어는 몸을 움츠렸다. 좀처럼 떨림이 가시지 않았다.

"레비 순보의 기자가 제 탈출을 돕기 위해서 값비싼 물건이 들어 있는 창고에 불을 질렀다고 했어요. 아마 아편일 거예요."

"경시청만이 아니라 우리 쪽에서도 사람을 보내도록 하지."

"막시밀리안 경은……."

"어설픈 폭력배 따위는 백 명이 와도 막시밀리안을 못 막아. 걱정 마."

에리히가 그녀의 이마를 가볍게 쓸어 머리칼을 뒤로 넘겼다. 그리고 눈을 한 번 맞추고, 콧날과 뺨을 손으로 쓸어내렸다. 더럽혀진 겉옷을 벗기고 손목과 손가락을 확인한다. 그리고 클레어의 앞에 무릎을 꿇고 앉아 벗은 발을 손으로 쥐었다.

"피가 나는군."

눈치 빠른 로저가 언제 준비했는지 젖은 손수건을 건넸다. 에리히는 그 손수건으로 클레어의 발을 꼼꼼히 닦았다. 다행히 유리 파편 같은 게 박힌 건 아니었다.

"고마워."

클레어가 로저에게 말했다. 로저가 입으로만 '별말씀을요.'
라고 대답했다.

그녀는 에리히를 내려다보고 팔을 뻗었다. 에리히는 손을
씻어야 한다고 생각했지만, 그녀가 바라는 대로 순순히 팔을
벌려 꽉 끌어안았다.

"미안해요."

클레어가 숨이 멎을 것 같은 목소리로 말했다.

"뭐가?"

"안전에 대해서, 더 조심했어야 했는데."

눈물은 흘리지 않았지만, 그녀의 목소리는 거의 그만큼 떨
렸다.

"당신에게 죽을 뻔했다고 뭐라고 해 놓고, 내가 더 조심성
없이 굴었어요."

"사람 많은 장소에서 만나기로 했던 거잖아. 막시밀리안을
데려갔고. 그거면 충분하다고 나라도 판단했을 거야."

에리히는 그녀의 등을 가만히 어루만지며 말했다. 클레어는
그의 가슴에 얼굴을 묻었다.

"잘했어. 잘 돌아왔어."

그가 속삭이는 목소리가 가슴에서 가슴으로 옮겨졌다.

그녀는 자신이 특별히 용감한 사람이라고 생각하지 않았다.
그냥 원래 인생은 혼자 사는 거라 생각했고, 남을 지탱해 주는
것에 더 익숙했다.

전생부터 오랫동안 혼자 스스로를 보호하며 살았다. 셋집

창문과 현관에 빗장을 달고, 밤길은 친구와 통화하며 걸었다. 부모는 오히려 그녀가 보살펴 줘야 하는 사람이었다. 삶을 지키는 가장 높은 성벽은 통장의 숫자였고, 그것을 쌓아 올리기 위해 평생 일했다.

다시 태어나서도 그랬다. 새로운 가족에게 사랑받았고 사랑했다. 부모는 다정하고 자애로웠으니, 그녀도 아이답게 어리광을 부려도 좋았으리라.

그러나 아버지와 어머니가 무엇이든 할 수 있는 위대한 존재고 안심할 수 있는 완전한 보호자였을 진짜 어린 시절은 너무 옛날이라 전부 잊어버린 뒤였다.

엘리사도, 엘리엇도 그녀가 지켜야 하는 사람이었지, 기댈 사람은 아니었다.

그녀는 델포드의 가주였다. 친인척도, 가문도, 영지민들도 모두 그녀가 지켜야 하는 사람이었다. 그래서 이번 생에도 오로지 금만을 의지하려 했던 것 같다.

하지만 진짜로 위험하다고 생각한 순간, 떠올린 것은 종이 위에 쓰인 숫자 따위가 아니었다.

"에리히."

그녀는 힘껏 그의 등을 끌어안았다. 마음은 머리 따위보다 훨씬 정확한 법이다.

의지해도 되는 사람이 있었다. 걱정하며 이끌지 않아도 되었다. 하다가 안 되는 일은 기대고, 두려울 때 매달려도 괜찮았다.

클레어는 재회하고 오래지 않아 장난감 가게에서 마주쳤을 때 그가 했던 말을 처음으로 이해했다.

'의지할 곳이 필요할 때에, 정말로 한 번도 내 생각은 안 한
건가?'

그때 클레어는 그 말뜻을 이해하지 못했었다. 그때도 그가
매력적이라는 걸 부정하지는 못했다. 키스는 황홀했고, 온화한
관계가 될 것 같지는 않았지만 연애도 할 수 있었다.
그러나 그렇다고 해서 열정에 인생을 묶을 수는 없었다. 결
혼에는 동업 같은 신뢰와 협력을 기대했다. 삶 전체가 한 덩어
리로 뭉치는 것은 생각한 적도 없었다.
하지만 이제는 알 수 있었다. 궤짝 속에 누워서 간절히 떠올
리듯, 망설임 없이 그의 품에 뛰어들었듯.
그에게 기대고 있다.
그리고 그도 의지할 곳이 필요할 때 자신을 생각한 적이 있
고, 자신도 그랬기를 바랐던 것이다.

탁.
마차 문이 닫혔다. 에리히는 먼저 로저에게 말했다.
"자네가 따라가게."
"제가, 말씀입니까?"

"클레어가 많이 불안한 것 같은데, 자네가 가서 확실하게 상황을 설명해 주는 게 좋겠어. 몸은 마사가 돌봐 줄 테지."

"감사합니다."

로저는 피가 터지도록 짓씹은 입술로 애써 말했다. 에리히가 자신을 마음에 들어 하지 않는 걸 그도 알고 있었다. 그런데 클레어가 약해져 있는 상황에서 그를 곁에 놔둘 거라고는 전혀 생각지 못했던 것이다.

로저가 마부석 옆에 올라타자 마차가 출발했다. 에리히는 돌아섰다. 그가 무릎을 꿇고 더러워진 발까지 손수 닦아 주는 것을 본 사람들은 감히 숨도 쉬지 못하고 고개를 숙이고 있었다.

"손을 좀 씻고 싶군."

"준비…… 준비하겠습니다."

지배인이 떨리는 목소리로 말했다. 에리히는 가볍게 고개를 끄덕이고, 이번에는 얼음처럼 차가운 눈으로 경시청장을 내려다보았다.

"화재가 난 곳이 오페라 극장과 연관된 범죄 조직의 본거지인 모양이군. 전부 잡아들이게."

"예."

"내 약혼녀의 납치에 관여한 조직, 그에 연루된 자, 저 벽 뒤의 길을 사용한 자, 남김없이 샅샅이 조사해 와. 단 하나라도 놓치면, 자네 목이 떨어질 걸세."

"이를 말씀입니까?"

경시청장이 고개를 숙였다.

에리히는 준비되어 온 세숫대야에 손을 담가 씻었다. 클레어의 옷에서 얼룩이 옮겨붙어 그의 옷도 더러워져 있었으나 전혀 신경 쓰이지 않았다.

막시밀리안이 무사히 빠져나와 클라우제너 경비대에 합류한 것은 그로부터 약 반 시간 후의 일이다. 그때쯤에는 화재도 모두 진압되어 있었다.

⚜

그날 밤 하원이 긴급 소집되었다.

화재나 오페라 극장의 일부가 부서진 것은 중요한 일이 아니었다. 그러나 클라우제너 공작이 무장 인원을 동원하고 경시청에 명령을 내린 것은 심각한 사태였다.

이제까지 클라우제너는 정치에 직접적으로 관여하지 않았다. 하원에도 클라우제너의 후원을 받는 정치가가 여럿 있지만, 그것은 가문이 워낙 크고 부유했기 때문에 생기는 일이다.

클라우제너 영지 출신으로 아카데미를 졸업한 수재가 정치에 투신하여 높은 지위에 오르거나, 가신 가문에서 독립한 자손이 하원에 입성하거나 하는 경우가 많았다.

그러니 영향력을 행사하려면 얼마든지 할 수 있었음에도 클라우제너 공작은 그러지 않았다. 정책에 관여해도, 해당 산업 분야에 깊이 관여하고 있기 때문에 전문가와 이해 관계자로서 참여하는 것에 그쳤다. 관리와 직접 대화하는 경우도 있었으나, 지방관과 의논하여 영지의 자치권을 행사하는 정도였다.

그러나 경시청장을 직접 불러 명령하고, 오페라 극장을 포위하여 사람을 잡아들인 것은 정부의 권한을 정면으로 침해한 것이다.

내각은 긴장했다. 클라우제너 공작이 작정하고 권력을 휘두르려고 하면 과연 막을 수 있을까? 쉽지 않을 것이다.

3대 전, 프리드리히 대제가 헌법을 세우고 제도를 정비할 때, 클라우제너와 에른스트는 솔선하여 황제의 뜻에 따라 권력을 내려놓았다. 그렇기에 공식적으로 권한을 막은 적이 없었다. 고용인을 무장시키는 것도, 경시청장에게 명령한 것도, 금지하는 법이 없었다.

사태가 심각하다고 모여들기는 했으나 내각 구성원을 비롯하여 하원 의원들은 서로 눈치만 보았다. 나서서 공작을 비난할 용기를 가진 사람이 아무도 없었던 것이다.

노이만 의장이 한숨을 내쉬고 제일 먼저 발언했다.

"솔직히 말해 봅시다. 여러분의 아내나 딸이 납치되었으면 어떻게 했겠습니까?"

의원들이 슬그머니 시선을 돌렸다.

"나부터 확언하겠소. 경호원, 고용인, 비서는 물론이고 사무실 청소원까지, 아는 사람은 모조리 풀어 찾고 인맥이란 인맥은 모두 동원해서 경시청에 영향력을 행사했을 겁니다. 클라우제너 공작 각하께 가서 읍소도 하고."

"청탁하는 것과 명령하는 것이 어떻게 같습니까?"

"영향력을 행사해 달라고 청탁하는 건 되는데, 직접 영향력을 행사하는 건 안 된다는 말씀이오?"

"경시청 업무가 한 가지도 아닌데, 이런 식으로 고위 귀족이 자기 일을 처리하라고 명령하면 되겠습니까? 확인해 보진 않았지만, 지금도 치안에 문제가 생긴 곳이 많을 겁니다."

"의장님은 클라우제너와 인연이 깊으니 그렇게 말씀하시는 거지요. 이게 바로 공작이 눈치조차 보지 않고 무장 세력을 휘두를 수 있는 이유가 아니겠습니까?"

잠시 동안 의장에게 예의를 지키라는 고함 소리와 찔리는 게 없으면 왜 화를 내느냐는 대거리가 오갔다.

쾅!

한 명이 격렬하게 테이블을 내리쳤다.

"그보다, 오페라 극장 휴게실에서 귀족이 납치됐어요! 백주대낮에 사람을 끌어간 것이나 다름없는 일입니다! 경시청은 이 일을 책임져야 합니다!"

"범죄 하나하나를 일일이 책임지라니, 시커먼 속내가 느껴지는군. 이 기회에 귀경의 파벌 사람을 경시청장 자리에 앉히려는 수작이 아닌가!"

거기서부터 클라우제너의 이름을 언급하지 않은 채 싸움이 시작되었다. 노이만은 기운 빠진 눈으로 그 광경을 지켜보았다.

이 문제에 대해서는 황제의 결단이 필요하다. 로멜-아렌 제국은 입헌군주제를 채택하고 있었으나 실질에 있어서는 타협적인 제도가 많았다.

하원에서 법안을 입안하고 내각을 구성하여 통치 전반을 맡았으나, 그 모든 것이 황제의 아래에 있었다. 귀족은 자신의 영지에 한해서 지방관의 통치에 거부권을 행사할 수 있었다.

사실상 황실보다도 크게 아래에 있다고 할 수 없는 지배 가문을 내각이 법에 따라 통치한다는 건 무리였다.

그렇다면 내각의 이름으로 공작에게 경고라도 줄 수 있겠는가? 권한은 있지만, 그걸 자기가 나서서 주도할 수 있는 사람이 있을 리 없다. 의장인 노이만도 마찬가지였다.

이럴 때는 황제가 직접 나서 줘야 한다.

'하지만 황제 폐하께서는 나오시지 않겠지.'

5년 전, 황태자가 죽은 이래 황제는 칩거하고 있다. 심병이 심하여 그야말로 살아도 죽은 듯 고통스럽게 지내고 있다.

노이만 의장은 다시 한숨을 내쉬었다. 싸울 만큼 싸우고 나면 진정될 것이다. 내일이 되면 클라우제너 공작가에서도 입장 정리가 있을 테고 말이다.

그때 회의장 문이 열렸다. 황실의 제복을 입은 시종 넷이 깃발을 들고 들어오고, 그 뒤를 따라 황후의 시녀 아우구스타가 우아한 발걸음으로 들어섰다.

의사당이 조용해졌다.

"불철주야 나랏일에 고심이 많으십니다."

아우구스타의 목소리는 부드러웠지만 회의장 전체를 메웠다. 노이만 의장은 대표로 그녀와 인사를 나누었다. 아우구스타는 차분한 목소리로 말했다.

"클라우제너 공작가의 일이라, 내각에서 쉽게 처리하기 힘들 것을 우려해서 황실에서 어지를 전하도록 하셨습니다."

어지라고 했으나, 병석의 황제가 내린 말일 리 만무했다. 황후의 뜻일 것이나, 실질적으로 황실을 이끄는 것이 황후인 이상 이것은 황명과 다를 바가 없다.

"약혼녀가 큰일을 당하여 놀란 클라우제너 공작의 마음을 이해한다고 하셨습니다. 더군다나 귀부인을 납치하는 흉악한 일을 좌시할 수 없는바, 경시청만이 아니라 내각에서 특별 조사단을 편성해서 이 일을 벌인 범죄 조직을 조사할 것을 명하셨습니다."

하원의 분위기가 술렁 움직였다.

얼핏 한 가지 뜻처럼 보이지만, 아우구스타의 말은 두 가지 의미를 내포하고 있다. 첫째는 오늘 저녁 일을 모두 불문에 부치는 것이고, 둘째는 이 이상 클라우제너 공작가가 직접 관여하지 말라는 것이다.

황명으로 내각에서 특별 조사단을 편성하기까지 했는데 거기에 공작가가 간섭할 수는 없게 된다. 클라우제너와 정면으로 대립하지 않으면서, 권력 남용을 경계시키는 훌륭한 방법이었다.

"삼가 황제 폐하의 뜻을 받들겠습니다."

노이만 의장이 공손히 대답했다. 황실의 뜻이라고 말하는 대신에 황제 폐하의 뜻이라고 말함으로써 황후 역시 권력 남용을 하고 있음을 지적한 셈이었다. 그러나 아우구스타는 잠시 침묵했을 뿐 다른 말 없이 물러났다.

아우구스타는 황후궁으로 돌아가지 않았다. 중간에 시종과 황실의 마차를 돌려보내고 대여 마차처럼 보이는 소박한 검은 마차로 갈아탄 후, 이궁으로 향했다.

연꽃 이궁이라고 불리는 이 작은 궁은 사실 궁이라기보다는 작은 별장이었다. 정원에 커다란 못이 있어, 여름이 되면 온통 수련이 가득해졌다.

아우구스타는 작은 등불 하나만 들고 안으로 들어갔다. 밖에서 보기에는 사람이 없는 듯 어둠에 잠겨 있었으나, 실제로는 모든 창문에 두꺼운 커튼을 걸었을 뿐이다.

대기실에 카탸가 앉아 있었다. 아우구스타는 눈살을 찌푸렸다. 충분히 은혜를 내려 주었건만, 천한 출생을 속일 수 없는지 이 여자는 염치도 없이 이렇게 찾아와 있다.

"함부로 찾아오지 말라고 경고했을 터인데."

"사태가 다급하여 그러니 너그럽게 용납해 주십시오."

카탸는 공손하게 대답했으나 태도는 전혀 그렇지 못했다. 아우구스타는 오만한 표정으로 그녀를 깔아 보았다.

"특별 조사단을 편성하여 클라우제너의 개입을 막을 것이다. 알아들었으면 돌아가도록 해."

"그것만으로는 아무런 약속도 되지 않습니다."

"네가 정말로 주제넘은 요구를 하는구나. 아랫사람을 잘 단속하지 못해 죽게 생긴 것을, 황후 폐하께서 불쌍히 여겨 살려 주마 하셨으니 감사히 여기고 감읍하지는 못할망정, 약속을 요구해?"

"이게 어째서 제가 아랫사람을 단속하지 못해서 생긴 일입니까? 황후 폐하께서 스테판을 이용해 절 위협하지 않으셨으면, 토마스가 델포드 남작을 보고 대뜸 큰일이라고 생각해서 일을 저질렀겠습니까?"

카탸가 사나운 개처럼 으르렁거렸다.

"기가 막히는구나. 황후 폐하께서 너 따위에게 일부러 마음을 써서 함정에 빠뜨리기라도 하셨단 말이냐?"

아우구스타가 싸늘하게 말했다.

"네가 어리석은 음모를 꾸몄다가 공작의 주시를 받게 되었으니, 당분간 근신하고 있으라고 일러 주었다. 그런데도 가만히 있지 못하고 이처럼 큰일을 벌였으니, 살려 주는 것만 해도 은혜인 줄을 모르고."

카탸는 아랫입술을 물고 아우구스타를 쏘아보았다. 확실히 약혼 파티에서 계략을 꾸민 것은 자신이었다. 그러나 황후가 델포드 남작을 제거하기를 바란 것도 명백한 사실이었다. 아니면, '진정제'가 어째서 갑자기 제 손에 들어왔겠는가?

장사 도구인 연잎 궐련과 달리 '진정제'는 쉽게 구할 수 있는 물건이 아니었다. 증거는 없지만, 카탸는 황후가 그것을 이용해서 정적을 제거하고 있다는 것에 목숨을 걸어도 좋았다. 이번에도 황후는 그 '진정제'를 여러 사람에게 풀었으리라.

"제가 천것이라고 해서 쉽게 쓰고 버릴 수 있다고 생각하시면 오산입니다, 아우구스타 님."

"뭣?"

"들개는 한번 물면 놓지 않는 법이죠. 전 절대 혼자 죽지 않을 겁니다."

카탸는 무엄한 태도로 그렇게 말하고, 벌떡 일어서서 고개를 숙여 인사하고 밖으로 나갔다.

아우구스타는 커튼을 살며시 걷고 카탸가 어둠 속으로 사라지는 모습을 지켜보았다. 안쪽에 있던 시녀 하나가 조용히 나와서 말했다.

"참으로 건방진 여자로군요."

"아주 대담하지."

"그냥 처리하는 게 좋지 않겠습니까?"

"그러려면 진작 했어야 했어. 클라우제너 공작이 주시하고 있는 상황에서 손대는 건 아무래도 곤란해."

그 문제가 아니었다면 약혼 파티 직후에 제거해 버렸을 것이다.

황후가 클라우제너와 위빙 상단의 결합을 막고자 했을 때, 카탸를 택한 것은 아우구스타 자신이었다. 그 일에 실패한 것으로도 모자라서 일이 이 지경이 되었으니 황후가 노할 것이다. 책임지게 되기 전에 뒷마무리를 잘해야 했다.

'은혜도 모르는 것. 감히 날 협박해?'

옛날에 썩 내켜 하지 않는 황후를 설득하여 기회를 주었던 것도 그녀였다. 그래도 제법 오랫동안 조직을 잘 운영해서 만족하고 있었는데.

멋모르는 시녀가 물었다.

"그 보르얀스라는 자의 조직을 클라우제너 공작이 색출하고 있다면, 이러나저러나 들킬 위험이 있는 건 똑같지 않습니까?"

"그건 이미 처리해 뒀으니 염려할 것 없어. 슈나이더 백작 부인이 결혼을 하고도 옛날 남자와 만나고 있었다니, 참으로 부끄러운 일이라고 할 수 있겠지."

아우구스타는 음울하게 말했다.

특별 조사단의 조사 결과는 그녀가 말한 대로 이루어질 것이다. 조금이라도 더 오래 살고 싶다면, 카탸는 가만히 있는 것이 나을 것이었다.

## 아렌의 이름이 적힌 장부

클레어는 지독하게 피곤한 꿈을 꾸었다.

밤거리에서 쫓기고 있었는데, 쫓긴다는 생각은 했지만 실제로 뒤따라오는 발소리는 없었다. 가로등이 깜박거리면서 지직거리는 소리를 냈다.

무엇에 쫓겼는지는 불분명하다. 아마 좀비나…… 그런 것이었던 것 같다. 호러 영화는 오랜만이라 반가웠지만, 그 안에 들어가고 싶은 생각은 전혀 없었는데. 스릴러도 마찬가지다.

빠아아앙!

트럭의 경적 소리가 뱃고동처럼 길고 우렁찬 울림을 냈다. 오렌지색 헤드라이트가 몸을 훑는 순간.

누가 그녀를 끌어안았다.

"악!!!"

그녀는 비명을 지르며 침대에서 벌떡 일어났다.

"주인님!"

침실 한쪽의 소파에 앉아 졸고 있던 마사가 허둥지둥 일어나 달려왔다. 클레어는 이불을 쥔 채 멍하게 눈을 깜박거렸다.

"아."

전생의 꿈이다.

오랫동안 잊어버리고 있었다. 솔직히 트럭이 달려든 것까지는 알고 있었지만, 죽음의 순간 자체를 기억하는 것은 아니었다. 즉사했겠거니 하고 어렴풋이 생각만 하고 있었다. 딱히 미련 많은 삶도 아니었고, 죽을 때 고통이 없었으면 운이 좋았던 거라고도 생각했다.

하지만 진짜로는 그렇지만도 않았던 것 같다.

"악몽을 꾸셨어요? 몸은 좀 어떠세요? 브란트 선생님을 불러 올게요."

"괜찮아. 아무렇지도 않……. 악!"

아무렇지도 않지는 않았다.

클레어는 가슴에서도 쥐가 날 수 있다는 걸 처음 알았다. 어젯밤 내내 긴장하고 있던 근육이 뒤늦게야 내 고통을 너도 겪으라고 항의를 터뜨렸다.

"남작님!"

문이 벌컥 열리고 로저와 브란트가 뛰어들어 왔다. 클레어는 침대를 기며 괜찮다고 손을 내저었지만, 효과는 없었다.

욕실 문을 열고 들어오면서 에리히가 한숨을 내쉬었다.

"깜짝 놀랐는데. 침실이 떠나가라 비명을 질렀다고 해서."

따끈따끈한 욕조 물에 입까지 잠긴 상태로 클레어는 뽀그르륵 숨을 내뿜었다. 머리카락이 물 위에 흐트러지자 붉은빛으로 보였다.

"아니, 그냥 쥐 난 건데 안 믿더라고요."

"어젯밤에 그런 일이 있었으니까. 근육이 긴장한 탓이겠지."

에리히의 손이 물속으로 들어왔다. 어깨를 꽉 쥐는 악력에 클레어는 고통과 희열이 함께하는 신음을 흘렸다.

"진짜 아프긴 아팠다고요. 잠깐 심장마비인가 했을 정도니까."

"너무 놀라게 하지 마."

"음…… 거기 시원해요."

발에 난 생채기가 따끔따끔 쓰려서, 클레어는 어젯밤 일을 떠올렸다. 뇌가 받아들일 수 있는 한계 용량을 넘은 일이었는지, 지금은 오히려 에리히가 발을 닦았던 일보다 아득히 먼 느낌이었다.

괜히 부끄러워져서 클레어는 도로 물속에 잠겨 들었지만, 거품이 있는 것도 아니라서 그래 봤자였다.

"근데 왜 자연스럽게 남의 목욕 시간에 들어오고 있어요?"

"새삼스럽게."

"그거랑 그거랑은, 또 다른 문제죠."

"그럼 나갈까?"

손이 멀어졌다. 클레어는 저도 모르게 그의 소맷자락을 잡았다. 하얀 셔츠가 물에 젖어 있었다.

"그냥…… 있어요."

클레어는 귓불까지 빨개져서 고개를 숙였다. 이러는 게 자기답지 않은 것 같아 부끄럽다기보다 좀 쪽팔렸지만, 그래도 혼자 있기 싫었다.

"음."

에리히가 미묘한 목소리를 냈다. 클레어는 어깨를 움츠렸다. 놀림이나 빈정거림이 날아올 줄 알았는데, 그는 그러지 않고 다시 클레어의 어깨로 팔을 뻗었다.

부드러운 손짓이 어깨와 쇄골을 쓰다듬으며 뒤에서부터 그녀를 끌어안았다. 클레어는 안심한 듯이 한숨을 내쉬고 눈을 감았다.

"피곤하면 잠들어도 돼. 몸이 충분히 녹으면 꺼내 줄 테니."

"그 정도는 아니에요. 그냥 좀, 악몽도 꿔서."

아마 그 꿈의 끝에서 자신을 끌어안았던 팔은 에리히의 것일 터이다. 클레어는 그런 느낌을 받았다.

"음."

어깨와 목 언저리를 가볍게 지압하여 풀어 준 손이 턱선까지 힘을 주어 가볍게 쥐었다.

"힘 풀어. 어금니 물고 있지 말고."

"아……."

144

클레어는 애써서 턱에서도 힘을 뺐다. 입술이 벌어지는 것을 놓치지 않고 에리히의 입술이 다가들었다.

"하."

짤막한 신음과 한숨이 뒤섞여 그의 입 안으로 빨려 들어갔다. 혀에도 힘을 주고 있었던 거라고 클레어는 그제야 생각했다. 에리히가 거기서도 힘을 빼라는 듯이 건드렸다.

"음."

거기까지 힘이 빠지자 상반신 전체에서 갑자기 긴장이 주르르 빠져나갔다. 에리히가 입술을 떼고 말했다.

"곤란하군."

"뭐가요?"

"긴장을 풀어 주려고 한 건 맞지만, 내 앞에서 거기까지 풀어지면 안 될 텐데."

그가 다시 긴장의 끈을 잡아당겼다. 클레어는 숨을 훅 들이마셨다. 욕조 물이 뜨겁다고 생각했는데, 금세 몸 안쪽이 간지러울 정도의 열기가 치솟았다.

물에 젖은 에리히의 셔츠가 찰박거렸다. 클레어는 아예 팔을 뻗어 그를 끌어당겼다.

"이상하네요."

"뭐가?"

"지금 급한 일이 많을 거라는 거 알거든요. 근데 보낼 마음이 안 들어요."

그의 팔을 잡아 제 쪽으로 가까이 붙이며 클레어는 중얼거렸다. 값비싼 실크 옷이 망가지겠지만, 그것도 전혀 중요하게 느껴지지 않았다.

클레어는 그의 가슴에 손을 얹었다. 그러자 다시 한번 입술이 내려왔다. 그녀의 쇄골을 만지작거리던 에리히의 손이 물속으로 들어갔다. 클레어는 문득 물었다.

"그런데 당신, 후유증 있던 거 아니었어요?"

"……."

"그럴 줄 알았지, 내가. 이렇게 속고 산다니까."

그녀는 어처구니없다는 듯이 내뱉었다. 에리히가 웃음기조차 띠지 않은 채 대꾸했다.

"어차피 거짓말인 거 알고 있었잖아?"

"몰랐거든요?"

"몰랐으면서 그렇게 졸랐."

첨벙!

에리히가 말을 끝내기 전에 클레어가 그를 힘껏 잡아당겼다. 버티려면 아무것도 아닐 텐데, 에리히의 상반신이 그녀의 힘에 끌려가기라도 한 것처럼 풍덩 욕조에 빠졌다.

"클레어."

"진짜 얄미워."

클레어가 그의 뺨을 두 손으로 감싸고 짧게 입술을 한 번 댔다 뗐다.

"내가 아무래도 진심인가 봐요. 욕조에 옷 입고 들어오는 사람을 허용하다니."

"지금 그게 문젠가?"

"정체성의 문제라고요."

"하."

에리히가 어이없어하는 소리를 내면서도 착실하게 욕조 안으로 들어왔다. 물이 출렁 넘쳤다.

젖은 머리카락이 흰 이마에 달라붙었다. 클레어가 그 머리칼을 쓸어 넘기면서 웃었다.

"이번엔 내가 환자니까, 당신이 힘내 봐요."

"황당하군. 지금 환자라서 힘드니까 봐 달라고 애원을 해야 할 때가 아닌가?"

"아."

다음 순간 클레어의 뒷덜미가 욕조 등에 부딪히며 꺾였다. 물이 또 한 번 출렁거리고 넘쳤다. 에리히의 손이 물에 빠지거나 부딪쳐 멍들지 않도록 그녀의 목과 머리를 받쳤다.

물보다 뜨거운 열 덩어리가 클레어의 몸 안으로 파고들었다. 그녀의 발이 물장구를 쳤다. 사고와 언어가 날아가는 데까지는 한순간이면 충분했다.

공작의 집무실에 달콤한 것들의 향기가 났다.

클레어는 지나치게 긴 목욕으로 발갛게 된 뺨을 하고 테이블에 놓인 바닐라 에클레어와 고구마라테를 흡입했다. 막 일어났을 때는 배고픈 줄도 모르겠더니, 진짜로 긴장이 풀리고 체력까지 소모하자 탄수화물과 당이 미친 듯이 당겼다. 고구마와 우유를 같이 갈아 달라는 요청에 저택의 주방장은 이상한 얼굴을 했지만, 클레어는 맛 모르는 사람을 무시했다.

"결국 문제가 생기긴 한 거네요. 하긴, 경시청과 소방서를 동원한 셈이니까."

클레어에게는 경호팀과 경비대를 모아들인 것보다도 그게 더 큰 문제처럼 느껴졌다. 물론 대귀족이 무장한 인원을 움직인다는 게 어떻게 받아들여지는지 모르는 건 아니었다. 빌헬름이 말했다.

"노이만 의장에게서 어젯밤에 연락이 왔었습니다. 황실의 중재로, 내각에서 특별 조사단을 꾸릴 예정이라고 합니다."

"증거를 내놓으라는 이야기네요. 아직 조사단이 구성된 건 아니죠?"

"아직은 아니지. 하지만 손대기 애매해졌어."

"보르얀스라는 놈은 잡았어요?"

에리히가 고개를 저었다. 토마스는 그 화재 와중에 무사히 달아났다. 핵심 인물을 놓친 셈이라 그는 크게 화를 냈지만, 황실과 내각의 견제가 들어온 이상 계속 마음대로 할 수는 없었다.

클레어는 퉁퉁 부은 아랫입술을 만지작거리며 생각에 잠겼다.

"우리가 먼저 찾아야 해요. 이거, 틀림없이 고위 귀족과 연결된 일이에요."

"보안부에서 최선을 다할 거야."

"이번에도 전부 증거 인멸이 된 셈이네요. 불을 지른 사람은 그런 의도가 아니었을지 몰라도."

"하지만 장부가 남아 있지. 네가 그 와중에도 기어이 쥐고 나온."

"그렇죠."

클레어는 씩 웃었다. 잔챙이는 얼마든지 넘겨줘도 된다. 경시청도, 특별 조사단도 그런 놈들을 비호하지는 않을 것이다.

잡아야 할 것은 배후에 있는 귀족이다. 어제 잡혀 들어간 조직원들도 하나하나 살펴보면 낱낱이 답 없는 개새끼들이겠지만, 피라미드 꼭대기에 올라앉아 돈을 쓸어 모았을 두목들에 비하면 죗값도 피라미 수준이다.

"적당한 수준에서 타협하지는 않을 거죠?"

에리히가 희미하게 웃었다. 차가운 웃음이었다.

"그럴 리가. 특별 조사단은 자기 목이 대신 걸리지 않도록 주의해야 할 거야."

"흐음."

클레어는 약간 이상한 기분으로 에리히를 바라보았다. 그렇게까지 화내는 것을 본 적이 없어서 조금 어색했다.

"왜?"

"내가 타협 안 했으면 좋겠다는 건, 이쪽에 증거가 있다는 걸 들키지 않을 정도였으면 좋겠다…… 뭐 그런 이야기였거든요."

"네 목숨이 위험할 뻔했어. 교수대에 끌려갈 수 있는 자비를 베풀어 주는 걸로 충분해."

"공작의 약혼녀를 건드린 죄는 무거우니까?"

에리히가 클레어를 노려보았다. 클레어는 붉어진 뺨으로 헛기침을 한 번 했다.

"미안해요. 어쩐지 확인하고 싶어져서."

"사과는 할 줄 알아서 다행이군."

"심약해진 상태잖아요. 좀 봐줘요."

에리히가 가까이 오라고 손짓했다. 뭐 하나 잘못했다고 남들 앞에서 순순히 키스하러 가 줄 마음은 없었으므로 클레어는 화제를 돌렸다.

"아 참, 혹시 리나 양도 저쪽에 넘겨야 하나요?"

"리나……? 아, 하녀 말이군. 막시밀리안이 얼굴을 아니까 보호하도록 했어. 아마 경시청 쪽에서는 모를 테니까 굳이 알릴 필요 없겠지."

"그래요."

클레어는 안도의 한숨을 내쉬었다.

"막시밀리안 경은 진짜로 괜찮은 거죠? 어제 그런 일이 있었는데 바로 일을 시켰어요?"

"막시밀리안은 너보다 멀쩡해."

똑똑.

그때 마침 자기 이야기를 하고 있다는 걸 알기라도 하는 듯 노크 소리와 함께 당사자의 목소리가 들려왔다.

"막시밀리안입니다, 각하."

"들어오게."

막시밀리안이 문을 열었다. 클레어는 컵을 내려놓고 벌떡 일어섰다.

"막시밀리안 경!"

그는 조금 초췌해 보이긴 했지만, 다친 곳은 없는 듯했다. 클레어는 예의가 아닌 것을 알면서도 그를 머리끝부터 발끝까지 훑어보았다.

"다친 곳은 없어요? 총소리를 들었었는데."

"저는 괜찮습니다. 남작님이야말로 별일 없으셔서 다행입니다."

"미안해요. 내가 좀 더 내 입장을 자각하고 조심스럽게 행동했어야 했는데."

"남작님은 그 이상 잘할 수 없을 정도로 용감하게 행동하셨습니다."

막시밀리안이 부드럽게 말했다. 어제 이전보다 훨씬 누그러진, 다정한 태도였다.

그에게 징벌실에 갇혔던 것이나 뒤에 남았던 것은 그리 대단한 일이 아니었다. 상대는 기껏해야 폭력배였다. 총까지 가지고 있는 것은 의외였지만, 제대로 쏴 본 적도 없는 놈들이었다. 그가 걱정한 것은 여주인의 안전을 과연 지킬 수 있는가 하는 문제였다.

클레어가 겁에 질려 주저앉아 움직일 수 없다고 했다면, 그로서도 난감했을 것이다. 비상시이니 그는 두 손을 모두 비워

뒤야 했다.

하지만 그녀는 자기 발로 서 있었다. 창백하게 질린 얼굴이었지만, 그 순간에도 해야 할 일을 생각하고 판단하기를 멈추지 않았다. 그런 사람이 흔치 않다는 것을 막시밀리안은 알고 있었다. 단순히 에리히가 선택했기 때문이 아니라, 그녀는 그녀 자체로 경의를 받을 자격이 있는 사람이었다.

"그래도……. 화상 입은 곳도 없는 거죠?"

그를 뒤에 남겨 놓았던 일이 퍽 마음에 걸리는 듯 클레어가 조심스럽게 말했다.

"남작님이 일찍 무사히 달아나 주신 덕분에 오히려 저는 편하게 몸을 뺐습니다."

"흠."

에리히가 가볍게 소리를 냈다. 클레어가 고개를 갸웃하며 돌아보자 그가 차가운 얼굴로 막시밀리안에게 물었다.

"잡담은 그만하지."

막시밀리안이 쓴웃음을 지었다.

"레비 순보의 기자는 연락처를 받고 일단 집으로 귀가시켰습니다. 경호원을 하나 붙였습니다."

"리나 양은요?"

"리나 그레이스는 오페라 극장의 다른 하녀들과 함께 안전하게 있었습니다. 다친 곳은 없고, 남작님을 걱정하고 있었습니다. 스테판 하인즈의 집으로 돌려보낼 수는 없어서, 객실을 내주었습니다."

"고마워요."

클레어는 안도의 한숨을 내쉬었다. 그리고 소파에 몸을 파묻고 물었다.

"스테판 하인즈라는 자는 어땠나요? 에리히, 왜 웃어요?"

"넌 역시 일 중독이야. 그것부터 챙기다니."

"아니, 지금을 놓쳐서 만나 보지 못하면, 앞으로는 기회가 없는 거잖아요. 특별 조사단 손으로 넘어갈 테니까."

"굳이 만나 볼 필요 없어. 네 말처럼 특별 조사단 손으로 넘어갈 거라서, 입을 열지 않을 테니까."

"아, 그런가……. 섣불리 심문하다가 오히려 이쪽이 뭘 의심하는지 들킬 수도 있겠군요. 그렇다고 다른 곳에 정보를 넘기지 않도록 감금할 수도 없고."

클레어가 생각에 잠겨 들었다. 확인하고 싶은 게 많았다. 그러나 역으로 이쪽의 사고를 읽힐 뿐이라면, 만나지 않는 게 낫다. 지금처럼 피곤한 상태에서는 실수할 가능성도 높았다.

"어쨌거나 모두 우연이라고 주장하더군. 마침 사람을 낚아챌 수 있는 장치가 있는 곳을 약속 장소로 삼은 것도 우연이고, 토마스 보르얀스가 널 알아볼지 어떨지, 납치할지 어떨지도 자기가 어떻게 알겠느냐는 거지."

그자는 자기가 한 일이라고는 1층 휴게실로 안내인을 보내겠다고 한 것뿐이라고 주장했다. 오페라 극장이 안전한 장소라는 것에는 클레어도 동의했다는 것이다.

클레어는 어처구니없어하며 대꾸했다.

"보르얀스가 날 알아보지 못했다면, 다른 사람을 시켜 살짝 알려 줬으면 그만인 일이잖아요. 내게 위험한 정보를 넘길 예정이라고 말하면 효과가 더 좋았겠죠."

"하지만 특별 조사단은 그 변명을 받아들일 거야. 주사위 열 개를 던져서 모두 1이 나오는 경우의 수보다는 확률 높은 우연이지."

"개연성이라는 게 있는데."

특별 조사단이 사건을 묻는 게 목적이라면 틀림없이 그럴 것이다.

"조사단이 어떻게 나오는지를 지켜보면, 그자의 진짜 위치를 알 수 있겠지."

"황후의 생각도요."

클레어는 생각에 잠긴 채 말했다. 에리히가 담담하게 말했다.

"리나라는 하녀가 널 뒤따라간 건 진짜 우연인 것 같더군. 그 얘기를 듣자 스테판 하인즈는 당황하는 얼굴이었어."

"글쎄요. 무대에 오르는 사람이잖아요. 주업이 춤이라고 해서, 연기력이 없다고 볼 순 없을 텐데요. 슈나이더 백작가의 동향은 어때요?"

에리히가 미묘한 얼굴로 그녀를 쳐다보았다. 그리고 가볍게 손을 내저었다. 빌헬름과 막시밀리안을 비롯해 보좌관들이 모두 물러났다. 클레어는 약간 의아하게 생각했다.

그 둘은 에리히가 가장 신뢰하는 사람들이었다. 그런데도 이야기를 듣게 할 수 없을 정도로 슈나이더 백작가가 중요한 건가? 그렇다면 화가 날 것 같았다.

"보르얀스는 슈나이더 백작 부인의 애인이라는군요. 아마 노라 호프만을 살해한 것도 보르얀스일 거예요."

"확실한가?"

"모든 대화를 명확히 기억하는 건 아니에요. 하지만 애인 딸이면 내 딸이나 마찬가지다, 이런 이야기를 들었는데 헷갈릴 수는 없죠. 게다가 레비 순보의 기자가 얼쩡거리고 있었잖아요."

클레어는 레비 순보의 기자가 진짜 탐사 보도 목적으로 오페라 극장에 있었을 리 없다고 생각했다. 송충이는 솔잎을 먹고, 참새는 방앗간을 못 지나치는 법이다. 레비 순보가 귀족을 뒷배로 둔 마약상과 사교계의 꽃에 대한 스캔들 중에 어느 쪽을 쫓았을지는 명백했다.

에리히가 낮은 한숨을 내쉬었다.

"백작에게 힘든 시간이 찾아오겠군."

머릿속에서 뭔가 생각이 빙빙 도는데, 명확하게 구체화되지는 않았다. 클레어는 일어서서 에리히의 책상 곁으로 다가갔다.

"장부를 보여 줘요."

에리히가 책상 서랍을 열었다. 중요한 것이었기에 자신의 책상에 직접 보관한 것이다.

클레어는 장부를 펼쳤다. 그것은 연잎 궐련의 공급 장부였다. 대다수에 지명이 적혀 있었다. 이건 보르얀스의 조직이 중간 공급상으로 움직였다는 뜻이었다.

그리고 그 지명은 모두 아렌 지역의 것이었다. 지명이 아닌 것은, 아렌식으로 작명된 극단의 이름이다. 이 극단들은 대부분 아렌 지역에서 활동하고 있을 것이다. 클레어가 느낀 위화감은 그것이었다.

"이게 장부의 전부일까요?"

"그건 내가 너한테 물어야 할 일이야."

"서랍에 있는 장부는 모조리 훑어봤는데, 그러면서 왜 반쪽밖에 없을까 생각했었어요. 하지만 보르얀스가 장부를 서로 다른 방에 나눠서 보관하고 있을 정도로 영특할 거 같진 않아요."

클레어는 머리를 흔들며 말했다. 그리고 빠르게 장부를 뒤집어 자신이 위화감을 느꼈던 두 번째 부분을 찾아냈다.

"모든 문서에 대부분 아렌 이름뿐이었지만, 굳이 이걸 택해서 가져온 건 이게 지역별로 요약되어 있었기 때문이에요. 에리히, 마약상이 마약을 특정 지역에만 공급할 거라고 생각해요? 그것도 지역별로 공급량을 조절해 가면서?"

"더 위에 두목이 있고, 중간 공급상을 두 개로 분할해서 관리하고 있는 거겠지. 합리적인 운영 방식이야."

"그런데 여기에는 로멜 지방도 일부 포함되어 있어요. 모두 결혼이나 상속 같은 것으로 아렌 혈통의 귀족이 로멜 땅에 영지를 얻은 곳이에요."

여기에 이르자 에리히도 자연스럽게 떠오르는 결론을 부정하지 못했다.

지역을 분할하여 두 곳에 맡긴다면, 지리를 기준으로 하는 것이 자연스럽다. 그러나 이 분할이 영주의 출신 지역으로 나

뉘었다는 것은 분명해 보였다.

"내 생각에 이건 보르얀스가 작성한 게 아니에요. 이렇게 하라는 명령서죠. 무슨 말인지 알고 있죠?"

클레어가 물었다. 에리히는 묵묵히 고개를 끄덕였다. 클레어의 말이 옳다면, 이것은 정치적인 문제다.

"그게 진짜라면, 왜 슈나이더 백작가인가라는 것에 설명이 붙어요."

"슈나이더 백작가는 철저하게 비정치적인 가문이니까."

"그리고 이리스 양의 이미지가 있죠. 사교계의 꽃, 성황청의 솔리스트, 오페라 극장의 프리마 돈나. 이리스 양은 아주 유명하지만, 누구도 그녀를 파벌이나 갈등과 연관 짓지 않을 거예요."

모든 일이 소개와 인맥으로 이뤄지는 시대에, 모든 사람이 이름을 안다는 것은 엄청난 신용을 갖고 있다는 것과 같은 이야기다. 거기에 이리스의 이미지를 결합시키면, 대부분의 사람이 호감을 품는다고 해도 과언이 아니다.

설령 로멜 귀족을 싫어하는 아렌인이라고 해도 말이다. 이리스의 명성은 슈나이더 백작 영애라서 생긴 것이 아니라 훌륭한 가수라는 점에서 생긴 것이니까.

지금 와 생각하면, 출생에 붙은 번잡한 소문이 깨끗하게 그녀 자신에게서 분리된 것도 놀랄 만한 일이다. 백작이 오페라 가수와의 사이에서 낳은 혼외자가 가수가 되었다. 얼마든지 추잡스러운 방식으로 사람들 입에 오르내리기 쉬운 상황이었다.

그렇지만 이리스에 대해서는 그런 말이 전혀 없다. 분명히 황후가 손을 썼을 것이다. 사교계에 아무런 끈도 없었을 슈나이더 백작 부인 혼자 해낼 수 있는 일이 아니다.

"이리스 양을 앞에 내세워 슈나이더 백작 부인이 약을 거래하고 있을 거예요."

그러면 왜 이리스에게까지 불똥이 튈 거라고 토마스 보르얀스가 말했는지도 설명할 수 있다. 마약에 대한 거부감이 적은 이 시대라면, 이리스의 주변 사람이 내준 것이라는 이유만으로도 입에 대는 사람이 있을 것이다.

결국 슈나이더 백작 부인의 쓸모가 이리스에게 있다는 것도 틀린 생각이 아니었던 셈이다.

"이것만으로는 황후가 아렌을 파멸시키려고 하는 거라고 확신할 수 없어."

"당연히 조사를 더 해야겠죠. 하지만 제게는 이제 논리가 맞는 느낌이 드네요. 어째서 황후가 슈나이더 백작 부인을 쓰는지 계속 의문이었거든요."

이리스가 실제로 재능이 있어서 프리마 돈나가 될 수 있었다는 것이 하나, 백작 부인이 약점이 많은 사람이라는 것이 또 하나의 이유다. 쓰고 버리려면, 이런 상대가 편리하다.

"이해가 안 되는 것은 한 가지뿐이에요. 스테판 하인즈도 황후의 사람이라면, 왜 토마스 보르얀스를 제거하려고 하죠? 내부 경쟁 때문에 이렇게까지 위협적인 정보를 저한테 넘기는 건 말이 안 되잖아요."

"아마도 네가 거기서 살아 나올 거라고 생각하지 못했기 때문이겠지. 거기서 죽었다면 내가 보르얀스를 그냥 두지 않았을 거야. 아무런 정보도 밝혀지지 않은 상태에서 오페라 극장이 끝장났을 수도 있겠지."

"그건 스테판 하인즈 자신도 위험에 빠뜨리는 일이잖아요."

"이 세상에 자기 행동의 결과물을 제대로 생각하고 움직이는 사람은 드물어."

에리히가 냉소적으로 말했다. 클레어는 그게 말이 안 된다고 생각했다. 스테판 하인즈는 요한 크로지크와 동종 업계다. 정보를 다루는 사람이 그렇게 생각이 없을 리 없었다.

그렇게 말하자 에리히가 혀를 찼다.

"그자가 정보 요원이라고 누가 그래? 마약은 돈이 되는 일이야."

"설마 황후가 단순히 돈 때문에 마약상을 휘하 조직으로 거두고 있다는 뜻이에요?"

"황후는 황후야. 황제 폐하를 제쳐 놓고 황실을 장악하고 있지만 정식 섭정도 아니고, 황실의 이름만으로 모든 일을 전부 처리할 수는 없어. 반드시 하원을 장악해야만 해."

"정치에는 돈이 아주…… 많이 들죠."

에른스트 공작가는 클라우제너 공작가처럼 절대적이라고 해도 좋을 정도로 일방적으로 부를 쌓지는 못했다. 정책과 법률이 모두 지원한다고 해도 합법적으로 벌어들이는 돈에는 한계가 있다.

결국 이 시대에는 시장에서 받아들여지는 기술을 독점적으로 손에 쥐거나, 원천 재료를 공급할 수 있는 자만이 대성공을 거둘 수 있다. 품위를 생각하면, 타인의 성공을 강탈하는 것에도 한계가 있다.

에른스트 공작가는 부귀하지만, 사실 부라는 건 일정 수준 이상을 넘어가면 윤택한 생활을 누리기 위한 자원과 거리가 멀어진다.

권력자는 부를 탐닉하고, 부자는 권력을 얻으려 하지만, 결국 그 목적은 남을 지배하는 방법을 손에 넣는 것이다.

"내가 너무 복잡하게 생각하는 걸까요? 그자는 그냥 눈앞의 적을 거꾸러뜨리기 위해서 저를 이용하려고 했을 뿐인지도 모르는데."

"그럴 가능성이 크지."

"스테판 하인즈를 한번 만나 봤으면 좋겠는데. 실제로 보면 당신과는 다른 정보를 얻을 수도 있으니까요."

에리히가 선뜻 대답하지 않았다. 클레어는 부연했다.

"당신을 못 믿어서가 아니라, 원래 관점은 위치에 따라 바뀌는 법이잖아요."

"그렇지."

에리히가 드물게도 대화를 끊으려는 듯한 어조로 대꾸했다.

"역시 특별 조사단과 관계가 염려되는 건가요? 일단 내보냈는데 다시 불러오면 너무 눈에 띈다거나?"

"……아니."

에리히는 조금 간격을 두고 대답했다. 포커페이스 위에는 별다른 감정이 떠오르지 않았지만, 클레어의 직감이 뭔가를 말했다.

"흐음."

그녀는 책상을 돌아 에리히의 곁으로 갔다. 그리고 뒤에서부터 가볍게 목을 그러안고 손가락 끝으로 더듬듯이 그의 턱선을 어루만졌다.

"솔직히 말해 봐요. 새삼스럽게 또 추문을 신경 쓰느라 그런 건 아닐 거고."

"……."

"이미 우리 둘 다 소문만으로 따지면 답 없이 문란한 사람인데, 새삼. 아니면, 스테판 하인즈가 상상을 초월하는 미남이었다던가?"

"클레어."

에리히가 엄한 목소리를 냈다. 그러나 클레어에게는 그의 경고가 전혀 통하지 않았다.

"내가 얼굴을 밝히는 게 맞긴 한데."

클레어가 그의 고개를 돌려서 백자를 조각한 듯한 이마와 뺨을 감정하듯 훑어보며 말했다.

인성과 성실성이 제일 중요하고 그다음 말이 잘 통하는 상대라고 생각했는데, 아무래도 이 얼굴을 보고 있다 보면 영혼이 이성의 제안을 받아들여 주지 않고 얼굴부터 찾은 건가 하는 의혹이 들었다.

에리히가 떨떠름하게 그녀를 바라보았다.

"키스하고 싶으면 그냥 그렇다고 해."

그가 고개를 기울였다. 입술이 맞닿고, 이내 그의 손이 클레어의 목뒤를 쓸어 올려 머리칼 안쪽으로 파고들었다. 좀 놀려 볼 작정이었지만, 본전도 못 건진 상황이 되고 말았다.

'결혼 전부터 이런 생활, 과연 괜찮은가.'

"쓸데없는 생각 하지 마."

그녀가 집중하지 않고 있는 것을 깨달은 듯 에리히가 경고했다.

사실 스테판 하인즈에 대해서 그때까지 아무 생각도 없었다. 보안부 요원들이 초콜릿 같은 미남이라는 둥 어쩐다는 둥 소곤댔지만, 남자의 얼굴 따위 그가 알 바가 아니었다.

그런데 클레어가 막시밀리안을 반기는 모습을 보면서 어쩐지 이것저것 껄끄러워졌다. 막시밀리안은 중요한 위치였고, 그가 가장 신뢰하는 이 중 하나였다. 클레어를 구하고 뒤에 남았으니 그녀가 걱정하는 것도 당연한데도.

'남자가 많긴 해.'

에리히는 이제 와서 루이자의 말에 일부 동의했다. 루이자가 말할 때처럼 난잡한 의미로 하는 말은 아니고, 순수하게 성별이 그렇다는 의미지만.

클레어의 일을 방해할 생각은 없었다.

하지만 스테판 하인즈는 귀족을 유혹하여 돈을 우려내는 자다. 딱히 중요한 요건도 아닌데, 그런 남자와 약혼녀를 굳이 만나게 할 필요는 없는 것 아니겠는가.

호위를 여자로 새로 구해야겠다. 비서도. 찾아보면 추천할 만한 인재가 얼마든지 있을 것이다.

매일 일을 맡길 사람이 없다고 불평했으니, 추천하면 거절하지는 않을 것이다.

# 출생의 비밀

그날 사건에 대해서 공식적으로 밖으로 알려진 정보는, 마약상이 발각되었고, 특별 조사단이 편성되리라는 것뿐이었다.

그러나 레비 순보의 나불거리는 펜대를 막을 수 있는 건 오로지 오너의 두둑한 지갑뿐이다. 기자는 귀가해도 된다는 말을 들었지만, 곧바로 신문사로 달려갔다. 편집장이 잠옷 바지를 입은 채 달려오고, 막내가 인쇄소 사장의 잠을 깨우기 위해 밤새 뛰었다.

따로 지침을 내려 주지는 않았지만, 레비 순보는 알아서 낼 수 있는 기사와 그렇지 않은 것을 걸렀다. 윤전기가 과열로 작동을 멈출 만큼 돌린 결과, 뽑혀 나온 것은 모두가 흥분할 만한 추문이었다.

《단독 보도! 공작의 약혼녀를 해친 것은 슈나이더 백작 부인

의 내연남이었다!?》

슈나이더 백작이 진실한 사랑으로 몰락 귀족 출신의 가수와 결혼했다는 신데렐라 스토리의 역풍이 17년 만에 불었다. 호외가 그야말로 날개 돋친 듯 팔렸다.

"오페라 극장에 정부가 있었던 거라면, 이거 새로 사귄 남자가 아닌 거 아냐?"

"그 남자도 중년이라며. 새로 만든 정부면 젊은 남자였겠지."

"아니, 그건 그렇다 치고, 그 남자가 공작의 약혼녀를 왜 납치했다는 거야?"

"기사 봐요. 약혼녀를 납치해서 다른 귀족한테 팔아 치우려고 했다는데."

"그러니까 이게 말이 되냐고."

"레비 순보가 자극적인 이야기만 갖고 와서 그렇지, 항상 알고 보면 사실만 쓰는 신문이잖아?"

행간을 읽는 것은 아주 쉬웠다. 신문을 읽는 호사가들은 이미 상당히 이전부터 슈나이더 백작가와 클라우제너 공작가의 이름을 함께 보고 있었기 때문이다.

"슈나이더 백작 부인이 뭐 괜히 공작의 약혼녀를 납치했겠어? 그 약혼녀만 없어지면, 레이디 이리스한테 이득이 생길 거라고 생각한 거겠지."

"레이디 이리스가 천사 같다고 그렇게들 칭송하더라니. 결국 이거 봐봐. 나는 처음부터 쎄했어."

"지난번에 약혼 파티 때의 소문도 들으셨죠? 보란 듯이 초라하게 입고 와서 공작님을 애절하게 바라봤다잖아요."

"설령 예전에 비밀리에 교제했던 적이 있더라도, 그게 무슨 추태야?"

이날 오전에 레비 순보는 프리미엄이 붙어 중고 거래가 되었다. 오후가 되자 레비 순보의 기사를 받아쓰기한 신문이 나왔다. 어쨌든 레비 순보가 전부 찍어 내지 못한 물량이 수도 전체에 쫙 깔렸다.

이리스가 신문을 볼 수 있었던 것도 이때다. 간밤의 일로 그녀는 좀처럼 잠들지 못하고 뒤척거리다가 새벽에 겨우 까무룩 곯아떨어졌다. 그 탓에 오후에서야 겨우 깨어났던 것이다.

"오늘 자 신문 가져다줘, 전부."

다시 생각해도 어젯밤에 있었던 일이 무엇이었는지 이리스는 이해할 수 없었다. 에리히가 그렇게 무서운 얼굴을 한 것을 처음 보았다. 약혼 파티에서 자신을 외면하긴 했지만, 그때는 무심한 태도였을 뿐이다.

사실 그는 늘 무심했기 때문에, 이리스는 자신을 역성들어 주지 않는 것에 놀라고, 또 클레어와 다정한 모습을 보인 것에 상처받아 많이 울었지만, 그가 다른 사람 같다고 생각하지는 않았다.

하지만 어젯밤의 그는 완전히 달랐다. 대체 무슨 일이 있어야 오페라 극장을 그 자리에서 때려 부수게 하는지 짐작도 할 수가 없었다. 지배인이 그녀를 무시한 것은 처음 있는 일이었다. 사람들은 소곤대면서도 이리스를 피했다.

집에 돌아와 하소연하자 백작은 크게 놀라면서 그녀를 위로했다.

'아빠가 알아보마. 넌 이만 잠자리로 가려무나.'

하지만 그 자리에서 무얼 해 주지는 않았다. 그럴 수도 없었고. 그래서 일어나자마자 신문부터 찾았던 것이다.

하녀들은 머뭇거리면서 좀처럼 움직이려 하지 않았다. 이리스는 화를 낸 끝에 겨우 신문을 받아 볼 수 있었다.

"아가씨, 마음 단단히 하시고……."

"분명히 뭔가 오해가 있을 거예요. 쓰레기 같은 신문사잖아요."

"안 그래도 계속 어떻게든 아가씨를 비난해서 판매고를 올려 보려고 난리였던 곳이니까요."

이리스의 손이 바들바들 떨렸다. 그 여자는 미친 건가? 아무리 자신이 미워도 그렇지, 이런 식으로 엄마를 모함할 수는 없었다.

분명히 제가 한 일을 뒤집어씌운 것이다. 이리스는 오페라 극장의 뒤 통로를 이용하는 고객 중에 다수가 남몰래 가수나 무용수를 만나러 다니는 귀족이라는 것을 알고 있었다.

'거기에 정부를 둔 건 본인이겠지!'

클라우제너 공작 대부인의 말이 맞았다. 남자한테 미친 여자인 게 분명했다.

'불쌍한 에리히 님. 그것도 모르고, 그 여자가 둘러대는 말에 속으신 거야.'

그녀는 황급히 뛰어나가 백작 부인의 방으로 향했다. 하지만 집사가 복도를 지키고 서서 이리스를 막았다. 이리스는 초조하게 말했다.

"엄마 보러 갈 거야."

"마님께서는 오늘 아침부터 편찮으셔서요. 사람을 만나지 않겠다고 하셨습니다."

설령 면회 사절이라고 해도 딸인 이리스는 예외일 테지만, 그렇다고 사실을 말할 수도 없어서 집사는 곱게 돌려 말했다. 사실상 연금 상태라는 걸 이해하지 못할 정도로 어리석지 않았기 때문에 이리스는 충격을 받았다.

"그러면 아빠는?"

"주인님께서는 마님 곁에 계십니다."

이리스는 그 자리에서 뛰쳐나가, 이번에는 큰오빠 로베르트의 거처로 향했다.

그녀는 일단 응접실로 안내되었으나 좀처럼 로베르트가 나오지 않아 안으로 들어갔다. 하지만 거실까지 들어가지 못했다. 싸움 소리가 들렸기 때문이다.

"내가 낯부끄러워서 고개를 들고 다닐 수가 없어요. 난 처음부터 반대였어요. 아버님이라면 좋은 가문과도 재혼할 수 있었을 텐데, 하필 가수 출신의 천한 여자라니, 언젠가 이런 일이 생길 줄 알았죠!"

"이리스를 입적하기 위해서였잖소. 당신도 그 일에는 동의해 주었고."

"이리스를 입적한 게 불만인 게 아니에요. 배우자 동의가 필요해서 재혼하신 거면, 하다못해 집안이 좀 가난해도 좋은 집안에서 시녀나 가정교사로 일한 숙녀를 찾아도 됐었잖아요."

로베르트의 아내가 격하게 말했다.

"어차피 친모도 아닌데!"

이리스는 저도 모르게 문을 손으로 밀었다.

두 사람이 깜짝 놀라 이리스를 돌아보았다. 이리스가 눈을 크게 뜨고 로베르트를 바라보았다. 투명한 물방울이 방울방울 푸른 눈동자에 맺혔다. 로베르트가 당황했다.

"이리스."

"오빠, 어떻게…… 어떻게 그런 말을 할 수가 있어?"

"오해다."

"뭐가 오해야? 엄마가 아빠한테 얼마나 헌신적인지, 날 얼마나 사랑하는지 알면서, 계속 그렇게 생각했어?"

"이리스, 그렇게 울지 말고. 오빠 말을 좀 들어 보렴."

로베르트가 안절부절못하며 이리스의 눈물을 손으로 닦아 주었다.

"절대 널 무시해서 그런 거 아니야. 오해가 좀 있어서 그래. 저이가 널 미워해서 그럴 리가 없잖니."

"새언니는 내가 아빠의 친딸로 받아들여진 게 싫은 거잖아.

나는 아빠 딸인데. 내가 미워서 엄마까지 싫어하는 거잖아."

"그럼, 넌 우리 집 딸이지. 아버지 딸이고, 내 동생이지."

이리스가 흐느끼며 하소연하자 로베르트가 얼른 그녀를 보듬어 안고 토닥거렸다. 그 모습을 보며 그의 아내가 헛웃음을 머금었다.

"진절머리 나네, 진짜."

"그만해요, 여보. 이렇게 순진한 아이한테 오해할 만하게 말한 건 당신 아니오."

"순진이요? 영악한 거겠지."

로베르트의 아내는 코웃음만 쳤다.

이 집에서 이리스는 화가 났을 때 절대 상대방에게 직접 말하는 법이 없었다. 세상에서 제일 서러운 사람처럼 울면서 백작이나 오빠들에게 호소했다. 그러면 아직도 그녀를 여섯 살 아이처럼 사랑하는 집안 남자들은 일방적으로 상대를 꾸짖는 것이다. 그렇게 당한 사람이 하나둘이 아니었다.

어릴 때는 감정이 풍부해서 잘 울고, 수줍어서 직접 말을 걸지 못한다고 생각했다. 하지만 스물세 살이 된 지금까지도 그런다면, 자기 행동이 어떤 결과를 불러올지 알고 하는 것이다.

그리고 이리스는 다른 사람들이 조금만 큰 소리를 내도 겁먹은 얼굴을 했지만, 자기편을 드는 남자들이 코앞에서 고함을 지를 때는 눈 하나 깜짝하지 않았다.

"많이 달래고 많이 예뻐하며 잘 사세요. 나는 애들 데리고 친정에 좀 가 있겠어요."

"뭐? 여보?"

"이런 집에 어떻게 남아 있어요? 아버님이 밖에서 낳은 자식을 입적하려고 만든 가짜 모친이 불륜을 저지른 탓에 클라우제너와 척을 지다니."

"여보!"

"꼴사나워서, 진짜."

로베르트가 언성을 높였지만, 그녀는 몸을 돌려 내실 쪽으로 들어가 버렸다.


이리스는 한참 울었지만, 로베르트에게 평소처럼 맘껏 어리광을 부리지 못했다. 로베르트가 그녀를 두고 가지는 않았지만, 계속 내실 쪽을 신경 쓰며 초조해했기 때문이다. 이리스는 결국 그에게 얼른 들어가 보라고 말할 수밖에 없었다. 진짜로 걱정되기도 했다.

슈나이더 백작가의 평판이 이것 때문에 바닥까지 떨어질 수도 있단 말인가? 이런 거짓말 때문에? 상상도 할 수 없었다.

"이 일을 해결할 사람은 나밖에 없어."

그녀는 결심을 굳히고 외출 준비를 했다.

청초하고 고운 살구색 드레스를 걸치고, 머리는 자연스럽게 말아 내렸다. 목에는 풀잎을 엮어 만든 듯한 녹색 보석 목걸이를 걸었다. 여리여리하고 우아한 자태였다.

시중을 들며 하녀가 조심스럽게 물었다.

"어딜 가시려고요, 아가씨?"

"에리히 님을 만나러 갈 거야."

"그러시면 안 돼요. 백작님이 근신하라고 하셨잖아요."

"에리히 님도 상황을 아셔야 해. 이대로 있으면 우리 집이 엉망이 되어 버릴 거야. 에리히 님이 그걸 원하고 있을 리 없어."

잘 이야기해 보면 그게 아니라는 걸 아빠도, 에리히도 이해해 줄 것이다.

'내연남이라고 소문난 건 아마 엄마의 옛 친구일 거야. 엄마는 오페라 극장의 가수였으니까, 거기 아는 사람이 잔뜩 있는 게 당연하지.'

무엇보다도 에리히가 속고 있는 것이 너무 속상했다. 그 여자가 무슨 짓을 저질렀는지도 모르고, 오히려 그 여자를 걱정하고 보살피고 있을 거라고 생각하니까 그것만으로도 눈물이 핑 돌았다. 자신이 어떻게든 해야만 했다.

그녀는 각오를 단단히 세우고 클라우제너 공작저로 향했다.


그때 클레어는 리나와 함께 정원을 거닐던 중이었다. 리나가 중앙 정원의 분수대를 구경하고 싶어 했기 때문이다.

"제가, 폐를 끼치고 있는 건 아니지요?"

"폐라뇨. 리나 양이 먼저 요청해 준 일이 있어서 얼마나 좋은지 몰라요."

클레어는 웃으면서 대답했다. 리나가 얼굴을 발갛게 물들였다.

"정원에 나가도 된다고 듣긴 했지만, 혼자서 나갈 자신이 없

더라고요. 그렇다고 남작님께 부탁드리는 건 너무 이상한 일인
가 했는데."

"우리는 같이 생사의 위험을 헤쳐 나온 사이잖아요?"

"고맙습니다."

"감사 인사를 해야 하는 건 나죠. 지금도 하는 중이고요. 불
편한 건 없죠?"

"이제 집에 어떻게 가나, 걱정하고 있어요."

리나가 키들키들 웃었다.

처음 불려 온 날에는 너무 긴장해서 거의 잠들지 못했다. 애
꿎은 사람이 다치는 걸 볼 수 없어서 끼어들긴 했지만, 일이 이
렇게까지 커질 줄은 생각하지 못했다. 사실 그녀는 옷궤를 열
어 살짝 클레어를 꺼낸 다음, 비밀 통로로 오페라 극장으로 되
돌아오면 끝나리라고 생각했던 것이다.

그랬는데 토마스 보르얀스의 아지트는 화재 뒤에 경관들이
포위 진압하여 완전히 박살 났고, 오페라 극장에서는 지금도
뒤 통로를 드러내기 위해 철거 작업이 진행되고 있다.

고용인은 대부분 경찰서로 끌려갔다. 누가 토마스의 조직원
인지 조사하기 위해서였다. 그리고 이 시대에 용의자는 대개
죄인 취급이었다. 그녀도 경관들이 찾을 때는 몹시 두려웠다.

하지만 그녀는 더 무섭게 경찰서가 아니라 공작저로 불려
왔다. 리나는 불안해서 소파에 제대로 앉지도 못하고 엉덩이만
걸치고 있다가 결국 푹신한 카펫에 웅크리고 꾸벅꾸벅 졸았다.

얼굴을 아는 막시밀리안이 찾아와 사정을 설명해 준 다음에

야 안심할 수 있었다.

'남작님께서 리나 양을 몹시 걱정하고 계셨습니다.'
'아, 그분은 괜찮으신가요? 다친 곳 없이 무사하시죠?'
'무사하십니다. 다만, 기진맥진해서 잠드신 터라 회복하려면 시간이 좀 걸릴 것 같습니다.'

막시밀리안은 친절한 미소를 지으며 말을 이었다.

'아시다시피 상황이 상황이라, 리나 양에게 공연한 불똥이 튈 수도 있을 것 같아 따로 모셨습니다. 남작님께서 일어나시면 리나 양을 보고 싶어 하실 테니, 한동안 여기서 푹 쉬시면 좋을 것 같습니다.'

그런 이유가 있다면, 리나도 안심하고 쉴 수 있었다.
당연히 사람으로서 했어야 하는 조그만 선행에 커다란 보답을 받은 기분이었다.
부족함이라고는 하나도 없었다. 객실은 호화로웠고, 아침저녁으로 큼직한 욕조에 뜨거운 목욕물이 준비되었다. 옷장에는 깔끔하고 잘 만들어진 데이 드레스가 여러 벌 걸려 있었다. 삼시 세끼 정시에 새로 만든 따끈따끈한 식사가 방으로 날라졌고, 수시로 간식과 예쁘게 플레이팅 된 다과상도 들어왔다. 테라스로 나가면 아름다운 정원을 내려다볼 수 있었고, 훌륭한 음악실도 빌릴 수 있었다.

리나는 사흘 만에 완전히 몸과 마음이 녹아 버리고 말았다. 클레어가 자부심을 가지고 준비한 대접이었다.

"사람을 사육해 주는 공짜 호화 럭셔리 리조트 휴가가 최고지."

금수저 귀족 나리라면 모르겠지만, 밖에서 일을 해야 돈이 생기고, 그 돈을 가지고 집에서 또 일을 해야 밥이 생기고 인간 다운 생활이 유지 가능한 사람에게 이 행복은 백 프로 먹힌다.

"그런데, 전 언제까지 여기 있게 되나요?"

"나가고 싶어요? 내 대접이 모자란가?"

"그건 아니고요. 스테판의 참고인 조사가 끝나면 저도 돌아가야 할 것 같아서요."

자기가 말하는 게 스테판을 내보내 달라는 청탁처럼 들릴까 봐 리나는 무척 조심스러웠다.

"나오면 돌봐 줄 사람이 필요할 거예요."

"하인즈 씨의 고용인들은 대부분 도망쳤다고 들었어요. 물론 많은 수가 다시 조사를 받게 되긴 했지만요."

클레어는 리나가 겁먹지 않도록 조심스럽게 말했다. 리나가 난처한 얼굴로 말했다.

"그냥 말씀하셔도 돼요. 다 잡혀갔나요?"

"음⋯⋯."

"어쩔 수 없죠. 저도 알아요. 스테판은 보르얀스 씨와 경쟁 관계였으니까."

연잎 궐련의 문제만이 아니다. 리나도 알고 있었다.

스테판은 미모를 이용해 사람을 꾀어서 자기 좋을 대로 이용했다. 패가망신할 정도로 돈을 가져다 바친 자도 있고, 제 손을 더럽히는 것을 개의치 않는 사람도 있었다. 하녀들에게 손을 올리기도 하고, 발레단원들에게 패악도 떨었다.

그래도 리나는 그를 걱정했다. 왜 그런 마음이 드는지는 스스로도 모를 일이었다.

"스테판은 벌을 받아야 한다고 생각해요. 하지만…… 그 벌을 받고 나왔을 때 옆에 있어 줄 사람이 필요하지 않을까 싶어서요."

"리나 양이 그렇게까지 해야 할 의리가 있어요?"

"스테판은 그렇게 생각 안 할지 몰라도, 저는 가족 같다고 생각하거든요. 미운 정이라도 들었나 봐요."

리나가 어색하게 웃었다.

"할머니가 절 업고 나쁜 사람들에게 쫓기고 있을 때 스테판의 어머니가 구해 줬거든요. 그때부터 한집에서 자랐어요."

"그러면 다른 가족은 아예 없는 거예요?"

"아마 그럴 거예요. 할머니한테 여쭤본 적도 있는데, 알아봐야 좋을 게 없다면서 알려 주지 않으셨어요. 돌아가셨을 때도 스테판만 저랑 같이 장례를 치러 줬어요."

"그랬군요……."

클레어는 대답하면서 마음속으로 카드를 뒤집듯 여러 가지 생각을 꺼냈다가 내려놓았다. 긴장이 풀린 리나는 평화롭게 말했다.

"어렴풋이 엄마가 기억나긴 해요. 엄청 예쁜 사람이었다고 생각했었는데, 얼굴까지 기억나는 건 아니라서……."

리나는 그 이야기를 할머니에게 해 봤던 적이 있었다. 그러자 할머니는 무서운 얼굴로 잊어버리라고 리나를 꾸짖었다. 그런 다음 그녀를 끌어안고 울었다. 불쌍한 아이라고.

리나는 자기가 객관적으로 불쌍한 처지라는 건 알았지만, 그렇게 불행하다고 생각하지는 않았다. 설령 할머니도 없이 완전히 고아였어도 그녀는 그곳에서 그렇게 불행하지는 않았을 것이다.

무대에서 들려오는 음악 소리를 듣고 있노라면, 괴로움 같은 것은 어느새 전부 잊혔으니까.

클레어가 웃으면서 말했다.

"어머님이 아름다우셨으리라는 건 알겠어요. 리나 양도 예쁘니까."

"저, 저 같은 게 무슨……."

리나의 얼굴이 새빨개졌다.

"아니, 농담으로 하는 말 아니에요. 극단에서 오래 일했는데, 아무도 리나 양에게 무대에 서 보라는 말을 하지 않았다는게 너무 이상해요."

"그런 이야기는…… 들은 적 없어요. 오디션을 보려고 했던적은 있지만, 스테판이 저한테는 재능이 없다고……."

리나가 쪼물거렸다. 클레어는 겉으로는 웃는 낯을 유지했지만 마음속으로는 야차처럼 포효했다.

이것으로 확실해졌다. 그 새끼는 최악의 경우 가스라이팅 하는 남사친 놈이고 최선의 경우 가스라이팅 하는 오빠 놈이다. 최악부터 최선까지 똑같은 수준이었지만.

자연스럽게 과거 이야기를 들어 내리려고 했을 뿐인데, 진심으로 열이 받았다. 이렇게 예쁘고 착한데, 보답해 주는 사람이 하나도 없었다니?

"리나 양, 데뷔하죠."

"네?"

"아니, 안 그래도 이 이야기 하려고 했었거든요. 순서가 있다 싶어서 좀 꼬신 다음에 하려고 했는데."

클레어는 그녀의 손을 맞잡고 격하게 말했다.

"전속 계약해요. 다이아몬드 모델로. 의식주 전부 최상급으로 제공하고, 모델료로는 10년 4백만 골드를 줄게요."

"네?"

무슨 말인지 알아듣지도 못한 데다가 4백만 골드 같은 건 들어 본 적도 없는 숫자라 리나는 눈만 휘둥그레 굴렸다. 클레어가 입술을 깨물고 주먹을 움켜쥐었다.

"내가 너무 후려친 가격을 불렀나요? 하지만 리나 양은 아직 신인이니까. 좋아요, 이쪽의 사정이 좋아질 때까지 독신을 유지한다는 조건으로 20년 1천만."

리나가 무심코 웃음을 터뜨렸다.

"농담이신 건 알겠어요. 듣기만 해도 좋네요. 1천만 골드가 있으면, 평생 늦잠 자면서 기분 좋은 일만 하고 살 거예요."

"내가 농담으로 1천만 골드 같은 거액을 입에 담는 걸로 보여요? 저 위빙 상단의 상단주예요."

흩어지는 분수대의 물소리 사이로 클레어의 목소리가 뾰족하게 솟았다. 리나의 뺨이 이유도 모르게 달아올랐다. 그녀는 괜스레 눈가가 촉촉해지는 걸 느끼며 말했다.

"남작님은 정말 신기한 분이에요."

"네?"

"다른 사람이 남작님 위치에 있었으면, 자신을 믿으라고 말할 때 상단주라는 신분을 제일 먼저 꺼내지 않을 거예요. 클라우제너 공작 부인이 되실 분이라고 말씀하셨겠죠."

"아."

클레어는 새삼스럽게 깨달은 듯한 목소리를 냈다.

"전 그래서 남작님이 좋아요."

리나는 진심으로 말했다.

그때 멀리 마차가 들어오는 것이 보였다. 슈나이더 백작가의 마차였다. 클레어는 그 마차에 탄 것이 백작 본인이거나 장남이리라고 생각했다.

"손님이 오신 것 같은데, 저 먼저 들어가 볼게요. 괜찮겠지요?"

"아, 그럼요. 같이 산책해 주셔서 감사합니다."

리나가 공손히 고개를 숙였다.

클레어는 빠른 걸음으로 돌아섰다. 슈나이더 백작가에서도 황실까지 나서서 중재하여 만들어지는 특별 조사단에 무슨 말을 하지는 못할 것이고, 레비 순보의 입이라도 다물게 해 달라고 부탁하려는 것일 터이다.

그런 이야기를 에리히가 하게 만드는 게 꺼려졌다. 안 그래도 그가 슈나이더 백작 때문에 마음 쓰고 있다는 것을 알고 있었다.

'레비 순보가 도를 지나치긴 했지.'

맹세코 첫날 쏟아져 나온 호외에 그녀는 관여하지 않았다. 잠들어 있을 때 이미 발행되었으니까.

윤전기가 돌아가고 있는 시점에서 갑자기 기사를 전부 눌러 없앨 방법이 없었다. 삭제하면 사라지는 게 아니라 이미 인쇄된 신문들이 남아 있기 때문이다. 그러니까 적당한 때에 정론지부터 시작해서 본래 사건인 마약상 문제로 추문을 덮을 작정이었다.

'사과도 해야 하나.'

그건 좀 싫다고 생각하면서 현관에 도착했는데, 마차에서 내린 것은 백작이나 백작의 장남 로베르트가 아니었다. 현관을 지키고 있던 호위가 난감하다는 듯 이리스를 몸으로 막아서며 말했다.

"각하께서는 오늘 아무도 만나지 않으십니다."

"접견 대기실에만 가 있겠다고 했잖아요. 거기는 개방 공간이잖아요. 이야기는 집사를 시켜 전하겠어요."

"곤란합니다, 레이디 이리스."

"전 언제든 방문할 수 있는 사람이 아니었어요?"

클레어가 당도한 것은 이때의 일이다.

"슈나이더 백작 영애?"

그녀는 조금 놀랐다. 설마 이리스가 직접 찾아오리라고는 생각지도 못했다.

호위가 안도한 얼굴로 그녀를 바라보았다. 귀한 숙녀와 몸으로 실랑이하는 일이 생기지 않아서 다행이었다.

"여긴 어쩐 일이죠?"

"당신……!"

이리스가 발끈하여 새빨간 얼굴로 성큼성큼 다가왔다. 클레어는 이리스가 이번엔 도대체 무슨 턱도 없는 소리를 할까 싶어 거의 두근거리는 마음으로 기다렸다.

하지만 그녀는 씩씩거리며 뺨따귀를 날렸다.

짝!

경쾌할 정도의 소리에 저택 현관에 있던 모든 사람이 얼어붙었다.

클레어는 맞아 놓고도 무슨 일이 벌어졌는지 한순간 이해하지 못했다. 너무 비상식적인 일이었던 것이다. 천천히 맞은 뺨에서부터 통증이 퍼졌다.

경악한 호위들이 순식간에 이리스의 팔을 잡아 제압했다. 그러나 그녀는 아랑곳하지 않고 악을 썼다.

"신문에 이상한 기사를 내게 한 거, 그쪽 맞죠? 제정신이에요? 어떻게 사람을 모함해도 이런 식으로 모함할 수 있어요? 그쪽도 같은 여자면서, 어떻게 이런 거짓말을 기사로 쓰게 하냐고요!"

짝!

이번에는 클레어의 손이 이리스의 뺨을 후려갈겼다.

"꺄악!"

이리스가 요란한 비명을 내질렀다. 그리고 울음을 터뜨리며 소리쳤다.

"이게 대체 무슨 짓이에요!"

"무슨 짓이냐니. 방금 이리스 양이 내게 한 짓이요."

클레어는 싸늘하게 내뱉었다. 화가 나다 못해 머리끝까지 찬물에라도 들어간 것처럼 한기가 서렸다.

"이리스 양이 자기중심적인 줄은 알았지만, 정말 놀랍네요. 다짜고짜 찾아와 사람 뺨을 때려 놓고 이게 무슨 짓이냐고 묻다니."

"어떻게, 어떻게 나한테 이런 짓을……."

"그러면 나한테는 이런 짓을 해도 돼요? 아니면, 이리스 양은 해도 된다는 건가요?"

이리스가 충격받은 얼굴로 그녀를 올려다보았다.

"뺨을 때려 주셔서 영광입니다, 하고 인사라도 할까요? 아, 혹시 본인을 진짜 천사라고 생각하고 있는 건 아니겠죠? 나는 천사한테 맞아도 마주 때릴 거지만."

"사람 함부로 모욕하지 마세요! 이게 다 그쪽이 이상한 음모를 꾸민 탓이잖아요!"

"음모라뇨? 내가 무슨 음모를 꾸며요?"

"우리 엄마가 아빠랑 얼마나 금슬이 좋은데, 엄마가 불륜을 저질렀다는 거짓말로 집안을 풍비박산으로 만들려고 해요? 아무리 내가 미워도 그렇지, 이건 선 넘은 일이잖아요!"

클레어는 어처구니가 없어서 이리스를 빤히 바라보았다. 새빨개진 얼굴로 울 듯이 소리치는 모습이 아무리 봐도 진심처럼 보였다. 이게 연기라면, 투자를 해야 마땅한 대배우였다.

"아니, 세상에!"

그때 뒤에서 리나가 큰 소리로 외쳤다.

클레어가 들어가고 나자 괜히 혼자 외로워져서 분수대를 보고 있어도 재미가 없었다. 그래서 그냥 방으로 들어갈 작정으로 걸음을 서둘렀다가 이 광경을 목격하게 된 것이다.

"남작님! 괜찮으세요?"

리나가 한달음에 달려와 클레어의 얼굴을 살폈다. 뺨에 빨갛게 자국이 남아 있었다.

"세상에, 레이디 이리스가……."

그녀는 숨이 멎을 듯이 놀라 헐떡거리며 이리스를 돌아보았다. 이리스가 숨을 삼키고 그녀를 올려다보았다. 리나는 바들바들 떨며 말했다.

"슈나이더 백작 부인 때문에 오신 거라면, 제가, 제가 증인이에요."

심장이 떨렸다. 그녀는 귀족 앞에서 당당하게 말해 본 적이 없었다. 하물며 상대는 이리스였다. 귀족이면서 프리마 돈나였고, 고귀한 성황청 솔리스트였다.

저승에서 올라온 여신처럼 고귀하고 무서운 존재였다. 오페라 극장에서 리나는 늘 이리스의 노래를 훔쳐 들었고, 후광에서 달아나듯 먼발치에서 동경했다.

그러니 이렇게 먼저 나서서 말하는 것이 무서웠다. 여기가 다른 곳이었다면 매질을 당했을 것이다. 이리스는 천사처럼 관대하게 웃으며 용서해 주겠지만, 그녀를 받드는 사람들이 무례한 하녀를 내버려 둘 리 없으니까.

하지만 클레어가 터무니없는 말로 모욕당하는 걸 참을 수 없었다.

"분명히 들었어요. 토마스 보르얀스의 옛날 애인이 슈나이더 백작 부인이었고, 지금도 애인 딸을 자기 딸처럼 여겨서 레이디 이리스를 딸처럼 생각하고 있다고."

이리스가 눈을 부릅뜨고 그녀를 바라보았다. 들은 말을 옮겼을 뿐이지만, 귀족을 모욕한 꼴이 될 것 같아 리나는 덜컥 겁이 났다. 하지만 굽히지 않았다.

"신께 맹세해도 좋아요. 제가 거짓말을 한 거라면 벼락이 내리쳐서 죽을 거예요."

"리나 양."

클레어가 의외롭다는 얼굴로 리나를 바라보았다.

리나는 침을 꼴깍 삼켰다. 괜찮다. 클레어가 자신을 보호해 줄 것이다. 리나는 그녀만은 다르다는 걸 알고 있었다.

"오페라 극장의 지배인도 알고 있을 거예요. 보르얀스 씨가 카탸 부인과 가까운 사이인 걸 모르는 사람은 별로 없어요."

그 말에도 이리스는 반박하지 않았다. 숨조차 쉬지 못하고 있는 것 같았다. 클레어는 호위에게 손을 풀어 주라고 눈짓했다.

털썩.

이리스가 바닥에 주저앉았다. 그녀의 시선은 여전히 리나에게 못 박힌 채였다.

"슈나이더 백작 영애?"

태도가 아무래도 너무 이상해서, 클레어는 조심스럽게 불렀다. 이리스가 혼잣말처럼 중얼거렸다.

"그럴 리가……. 그럴 리가, 없어……."

그 말은 리나의 증언을 부정하는 것 같기도 하고, 혼잣말인 것 같기도 했다. 그러더니 벌떡 일어서서 마치 달아나듯이 저택을 빠져나갔다.


'말도 안 돼. 말도 안 돼!'

기어오르듯이 마차에 올라 문을 닫으며 이리스는 손을 사시나무 떨듯 떨었다. 식은땀이 뻘뻘 흘렀다.

"아가씨, 아가씨? 어디 편찮으십니까?"

마부가 놀라 마차 문을 두드렸다. 이리스는 두 손으로 머리를 감싼 채 흐느끼는 듯한 소리를 냈다.

"집, 집으로."

"예."

마부는 당황한 채 대답하고 마부석에 올랐다. 곧 마차 바퀴가 구르기 시작했다. 이리스는 겁에 질려 그 마차 안에서도 숨

듯이 바닥에 앉았다.

'그 얼굴, 그 얼굴! 알고 있어!'

백작이 서랍 깊은 곳에 숨겨 놓은 초상화 속에서 그 얼굴을 본 적 있었다. 그게 누구냐고 묻는 이리스의 질문에 슈나이더 백작은 멋쩍은 얼굴로 대답했었다.

'아빠가 옛날에 팬이었던 여가수란다.'

'진짜요? 엄마한테 말해도 돼요?'

놀리고 싶은 마음으로 그렇게 말했는데, 슈나이더 백작은 어두운 얼굴로 말했다.

'네 엄마도 안단다. 엄마의 친구이기도 하거든.'

이리스는 아빠가 그런 얼굴을 하는 것을 그때 처음 봤다.

'정말 아름답게 노래하는 사람이었지. 합창단의 일원이었을 때부터 뭔가 달랐어. 그 사람한테만 빛이 내리쬐는 것처럼 보였거든.'

'아빠.'

'오페라 극장이 아니라 성가대에 있어야 하는 게 아닐까? 하고 생각했었는데 말이다.'

그런 말을 하다 말고 백작은 다정하게 웃으며 이리스를 끌어안고 뺨에 입 맞추었다.

'이젠 다르지. 이제 아빠에게 최고의 가수는 우리 이리스니까.'

슈나이더 백작은 두 번 다시 그 초상화 속의 사람에 대한 이야기를 꺼내지 않았지만, 이리스는 나이 들면서 그게 누구인지 깨달았다. 아마 자신의 친모이리라.

그녀도 자기 출생에 대해 알고 있었다. 소문이 언젠가 그녀의 귀에 들어가기 전에 알리는 게 낫겠다고 백작이 판단했던 것이다.

그러나 심각하게 생각하지 않았다. 엄마가 친엄마였든, 친엄마가 따로 있었든, 그녀가 남들과 달리 서로 사랑하는 진실한 연인 사이에서 태어난, 아주 특별한 아이라는 것만은 사실이었다.

엄마는 그런 특별한 아이인 자신을 사랑하여 아빠와 결혼했고, 아빠도 자신이 엄마라고 부른다는 이유만으로 신분 차를 감수하고 결혼했다. 그리고 정이 깊어져 이제 세상에 둘도 없이 다정한 부부였다.

그녀의 세상은 그야말로 오로지 자신을 사랑하는 사람과 그 사랑으로 인한 행복이 가득한 곳이었던 것이다.

하지만.

'내가 아빠 딸이 아니면?'

직감과 의식 밑에 묻힌 기억들이 의혹을 들쑤셨다.

그녀는 오페라 극장에 가끔 자신을 유심히 보는 중년 남자가 있는 것을 알고 있었다. 남의 시선을 받는 것은 흔한 일이라 굳이 책망하여 꾸짖지는 않았다. 하지만 그 남자를 기억하고 있는 이유가 있었다.

'평민치고도 천해 보이는 남자인데, 왜 말을 건다고 자꾸 받아 주세요?'

'엄마의 옛 친구야. 넌 기억하지 못하겠지만, 네가 아주 어려서 밖에서 살 때 귀여워해 주었단다.'

그 말은 다시 생각하면 이상한 이야기였다. 지금도 교류를 이어 가고 있는 사람을 카탸는 왜 굳이 '옛 친구'라고 했을까? 그 '옛' 다음에 들어가야 할 단어는 다른 게 아니었을까?

그로부터 어렴풋하게 떠오른 어린 시절의 기억이 들불처럼 이리스를 휩쓸었다.

'이리스! 내일 또 놀러 와!'

그녀에게는 소꿉친구가 있었다. 엄마와 함께 손을 잡고 좋은 집에 놀러 가면, 늘 그 아이가 반가워하며 맞이해 주었다. 이리스는 그 아이가 미웠다. 항상 자기보다 좋은 옷을 입고, 예쁘게 머리를 빗고, 꽃병이 있는 깨끗한 자기 방을 갖고 있는 게 너무 미웠다.

잊어버린 지 오래된 일이다. 엄마가 잊어버리라고 했으니까.

하지만 중요하지 않아서 마음 밖으로 밀어 놓았던 것이지, 진짜로 기억 속에서 사라진 것은 아니다.

여섯 살 때까지 그녀는 백작가 밖에서 카탸가 키워 주었다. 그때도 이웃과 친구가 있었다는 게 놀랄 일은 아니다.

'그 초상화, 그 얼굴, 그 머리칼……!'

이제야 깨닫고 이리스는 마음속으로 부르짖었다.

백작이 소중하게 간직하고 있는 초상화 속의 여자가 낳은 것이 백작의 딸이라면, 그것은 자신이 아니다.

그 순간, 마차 문이 벌컥 열렸다. 이리스는 숨이 넘어갈 듯이 놀랐다.

"스테판!"

마차에 올라탄 것은 윤이 흐르는 진한 초콜릿색 머리와 요염한 눈매를 가진 아름다운 남자였다. 이리스는 물론 그를 잘 알고 있었다. 같은 무대에 선 일도 있다. 친하지는 않았다. 주역 무용수와 주역 가수 사이라고 해도 신분의 차이가 엄연히 있었으니까.

지금 여기에 스테판이 왜 있는지 모르겠다. 이리스는 당황해서 마부를 외쳐 불렀지만, 응답은 없었다. 스테판이 딸깍 소리가 나도록 마차 문을 닫았다.

"잠깐 재워 두었으니 부르셔도 소용없습니다. 마차도 한적한 곳에 세웠고요."

"이게 무슨 짓이야?"

이리스는 표독하게 소리쳤다. 스테판이 입꼬리를 비틀고 웃었다.

"아, 뭔가 시원하군요. 이리스 님의 그런 얼굴을 봐서."

"뭐?"

"대신 화내 줄 사람이 있을 때는 항상 청순한 얼굴만 하고 있지 않습니까? 생리적으로, 무대 아래서까지 연기하는 사람에게는 구역질이 나서."

"너……!"

이리스가 곧이라도 폭발할 것처럼 분노를 머금고 그를 노려보았다. 스테판은 대수롭지 않게 그것을 받아넘겼다.

"저한테 화내실 때가 아닐 텐데요. 백작 부인의 입장이 난처하고, 슈나이더 백작가의 평판은 땅에 떨어졌고, 무엇보다도 이리스 님 자신이 위험하고."

"그게, 무슨 소리야?"

"다녀오셨으니, 이미 아실 텐데."

스테판이 가볍게 손가락으로 뒤를 가리켜 보였다. 지금 떠나온 클라우제너 공작가가 있는 쪽이었다.

"예뻤죠? 너무 미인으로 자라서, 남들 눈에 띄지 않게 숨겨놓느라 고생했죠. 멀리 보내는 건 윗분께서 원하시지 않고, 그렇다고 어디 깊이 처박아 두고 눈을 떼면 백작 부인께서 순식간에 해치우실 테니."

"나한테 무슨 소리를 하고 싶어? 뭐가 목적이야?"

"목적은 제게 있지 않습니다. 개가 목적을 가지고 주인을 따르는 건 아니니까요."

무슨 말을 하고 싶은 건지 이해할 수가 없어서 이리스는 파랗게 질린 채 할딱거렸다.

"주인이라니? 네 스폰서 말이야?"

"……백작 부인께서 진짜로 아무것도 모르도록 키우신 거 같군요."

스테판이 급격히 이리스에게서 흥미를 잃은 태도로 쪽지 한 장만 내밀었다.

"토마스 보르얀스가 숨어 있는 장소입니다. 직접 쓰시든, 백작 부인에게 가져다드리든 하십시오."

"뭐?!"

이리스는 무심코 내밀어진 것에 손을 뻗다가, 토마스 보르얀스라는 이름에 화들짝 놀라 손을 치웠다. 쪽지가 마차 바닥에 떨어졌다.

"쓰시지 않아도 상관없고."

스테판이 짧게 말하고, 마차 문을 열었다. 이리스는 기겁해서 그의 옷자락을 잡았다.

"대체 목적이 뭐야? 어디서 왔어? 너도 경시청 구치소에 있던 거 아니야?"

"제가 갇혀 있는 걸 원치 않는 분이 계셔서요."

"그, 그게 네 주인이야? 그 사람의 목적은 뭔데?"

"……."

스테판이 잠깐 침묵했다가 말했다.

"글쎄요. 이리스 님을 살려 두는 게 아닐까요? 인질은 죽어 버리면 쓸모가 없어지니까."

"인질이라니?!"

그가 훌쩍 내리면서 문을 닫았다. 뒤에서 이리스가 다시 '스테판!'이라고 외쳐 불렀지만 무시하고, 그는 마부석에 신호했다. 기절한 마부 대신 말고삐를 잡고 있던 남자가 경쾌하게 말을 몰았다.

스테판은 마차가 사라지는 모습을 지켜보고 나서 돌아섰다.

이거면 판은 전부 깔렸다. 황후의 목적이 성취되든 아니든 알 바 아니지만, 자신의 목적은 달성할 수 있을 것이다.

리나는 걱정할 것 없다. 클라우제너와 델포드 남작이 리나를 위태로운 자리에 놔둘 정도로 어리석지는 않으니까.

"스테판 씨."

골목 한쪽에서 부르는 목소리가 들렸다. 스테판은 시니컬한 표정을 지우고 달콤한 미소를 지으며 그쪽을 돌아보았다. 황후의 시녀가 부드럽게 그에게 인사했다.

"어떤가요? 슈나이더 백작 영애가 '그 물건'을 찾아오겠다고 하던가요?"

"그러기를 바랄 수밖에 없지요. 그러나…… 아우구스타 님께 말씀드리긴 어렵지만, 백작 부인이 찾지 못한 것을 영애가 찾을 수 있겠습니까?"

"그래도, 부인보다는 영애가 백작의 서랍에 더 접근하기 쉬우니까요."

"잘되기를 바라고 있습니다만, 혹시 안 되더라도 레나테 님이 제 편을 들어 주셔야 합니다."

스테판은 자연스럽게 허리를 구부리며 시녀에게 얼굴을 가까이하고 말했다. 시녀의 뺨이 살짝 붉어졌다.

그날 귀족원에 나갔던 에리히는 저녁 늦게 귀가했다.

카탸 쪽에서 연잎 궐련을 받아 피운 자가 하나둘이 아니었지만, 스테판 하인즈 쪽은 정말로 상당한 숫자가 걱정하며 에리히를 떠보려 했다. 그것을 상대하려다 보니 늦어진 것이다. 연잎 궐련만이 아니라 다른 방식으로 발생시킨 온갖 추문을 그자가 쥐고 있는 건 확실했다.

"처음에는 돈 때문이라고 생각했는데, 그게 아니라 약점을 쥐기 위해 부리는 자인가 하는 생각이 들더군."

에리히는 그렇게 말하면서 거실에서 코트와 구두를 벗었다. 그리고 곧바로 욕실로 들어갔다. 이미 자리옷을 입고 침대에 들어갈 태세를 갖춘 클레어가 욕실까지 따라 들어갔다.

그가 칸막이 앞에서 걸음을 멈췄다. 그의 시선이 클레어의 몸을 발가락부터 얼굴까지 찬찬히 훑어 올렸다.

"굳이 욕조로 들어오겠다면 막진 않겠어. 그런 취미가 있는 줄 미처 몰랐군."

"아니, 특별히 그런 취향이라서가 아니었다고요!"

클레어는 항변했다. 에리히가 그녀의 어깨에 늘어진 머리칼을 가볍게 쥐었다.

"맞춰 주지 못할 취향도 아닌데, 사양할 것 없어."

"사양 아니거든요. 밖에서 먼지 끌고 들어온 사람이랑 같이 들어가진 않을 거예요!"

그렇게 말하면서 클레어는 두리번거렸다. 애초부터 그녀가 진짜로 그런 목적으로 따라 들어온 게 아니라는 것을 알고 있었으므로 에리히는 손가락만 딸각 울려 사람을 불렀다.

"의자를 가져와. 뭐 그리 급한 이야기가 있는 거야?"

"딱히 이야기가 급하다기보단 그냥……."

"그냥?"

칸막이 너머에서 물이 출렁거리는 소리가 났다. 욕실은 넓고 층고도 높아서 전혀 습하지도, 덥지도 않았다. 그래도 클레어는 괜스레 얼굴이 빨개져서 손부채질을 하면서 허공을 노려보았다.

하인이 드레스룸에 있던 작은 의자를 가져다주었다. 클레어는 거기 앉아서 라임이 들어 있는 찬물을 꼴깍꼴깍 마셨다.

"아무튼 하던 이야기를 계속해 봐요. 내 이야기도 스테판 하인즈와 연관이 있는 거라서."

"흠."

에리히가 짧게 불만스러운 소리를 냈다.

"뭐, 대단한 건 없어. 그자는 여러 귀족들에게 향응을 제공하고 있었어. 그 과정에서 여러 가지 비밀을 털어놓거나 했던 모양이야."

"술을 마시면 입이 가벼워지듯이?"

"비슷해. 아무튼, 나도 나지만, 특별 조사단을 통해서 하원에 그런 이야기가 넘어갈까 봐 초조해하더군."

"그러게 사람은 죄짓고 살면 안 돼."

"죄보다는 체면의 문제지."

나른해진 에리히의 목소리가 칸막이를 넘어왔다.

"그리고 네 생각에 근거가 하나 붙었어."

"무슨 생각이요?"

"슈나이더 백작 부인에 관해 질문해 오는 자 대다수가 아렌 귀족이더군."

"그런……."

"물론 아렌 귀족만 있다는 건 아니야. 하지만 슈나이더 백작가의 교제 관계를 생각했을 때, 8할 이상이 아렌 귀족이라는 건 이상한 일이지."

"스테판 하인즈 쪽은 어때요? 만일에 그쪽의 주거래 대상이 로멜 귀족이라면, 당신 말처럼 그냥 조직을 둘로 나눠 관리하고 있었던 것뿐일 수도 있어요."

"그쪽은 뒤섞여 있기도 하지만, 양상 자체도 완전히 달라."

"그렇군요……."

잘박거리고 다시 물소리가 났다. 잠깐 뾰족해졌던 클레어의 집중력이 도로 흐트러졌다.

"넌 어때? 오늘은 집에서 리나 그레이스를 꼬실 거라더니."

"이리스 양이 왔었어요."

"뭐?"

에리히가 욕조에서 몸을 일으켰다. 클레어는 소리를 듣고 그러지 말라고 말했다. 그리고 오후의 일을 간략하게 설명했다.

"그래서, 이리스 양 자신이 퍼즐의 마지막 조각을 맞춰 준 셈이에요."

레비 순보의 기자가 쫓던 죽은 프리마 돈나의 유령.

이리스가 자기 딸이나 되는 것처럼 행동한다고 토마스에게 이죽거리던 남자의 말.

리나가 그 용모에도 불구하고 숨기듯 무대 뒤에서 키워진 이유와 그녀의 주인이었던 스테판 하인즈가 황후의 사람이었다는 것.

토마스 보르얀스가, 단지 자신이 스테판을 만나는 것만으로도 슈나이더 백작 부인과 이리스를 위협하게 되리라고 믿었다는 사실.

그럼에도 불구하고 리나를 미리 해치지 못했던 이유.

그걸 전부 합쳐 보면 그럴듯한 한 방향을 가리키고 있다.

"황후가 이 약점을 쥐고 있기 때문에 슈나이더 백작 부인을 쓰기로 한 건지, 그러기로 마음먹고 나서 비상선을 치기 위해 확보한 건지는 알 수 없지만요."

사실 레비 순보의 기자에게 이야기를 들었을 때부터 의심하고 있었다.

유령이 존재할 리가 없다. 그러니, 죽은 프리마 돈나와 닮은 사람이 있다는 게 합리적이다. 하필 같은 장소에, 하필 같은 얼굴인데, 알아보는 사람이 많을 텐데도 아무도 그 사실을 입 밖에 내지 않았다.

비밀이 있고, 그걸 지켜야 할 이유가 있지 않고서는 그럴 리가 없었다. 거기까지 황후가 개입했는지, 아니면 스테판이 알아서 처리했는지는 알 수 없다.

"리나 양은 전혀 몰랐고, 이리스 양도 극장에서 리나 양의 얼굴을 본 적이 없는 것 같더라고요. 잘 숨긴 셈이죠."

클레어는 자기가 억측하고 있는 것일 수도 있다고 생각했었다. 레비 순보가 아무리 팩트 체크를 주장한다고 한들, 그들은 흥밋거리를 제일 중요하게 여겨 유령을 추적하는 신문사다.

애인의 자식을 제 자식처럼 사랑하는 사람도 있다. 스테판 하인즈가 리나를 그저 가스라이팅 했을 수도 있다. 토마스 보르얀스가 겁이 많고 신중하지 못해서, 자신이 스테판을 만나는 것을 알고는 지레 일을 저질렀을 수도 있다. 리나가 아무것도 아니라 굳이 해칠 이유가 없었을 수도 있다.

하지만 이리스는 리나를 보고 주저앉았다. 그녀가 떠나고 나서 클레어는 리나에게 농담 삼아 네가 너무 예쁘니까 놀라서 주저앉은 것 아니냐고 말했지만, 그럴 리가 없지 않은가.

"아마 얼굴을 알고 있었던 거겠죠. 리나 양의 얼굴은 몰라도, 죽은 프리마 돈나의 얼굴은 알 수도 있으니까."

"확실히, 백작은 이리스에게 친모의 존재와 얼굴을 숨길 사람은 아니야. 아마 자신이 진심으로 네 어머니를 사랑했다고 말해 주었겠지."

이제는 '친모가 맞다면'이라는 조건이 붙겠지만 말이다. 클레어가 곰곰이 생각에 잠긴 채 중얼거렸다.

"아이러니하네요. 일부러 친모라고 하고 결혼과 동시에 입적했는데, 소문 때문에 어려운 결정을 했어야 했을 거고."

아이에게 친모가 따로 있다는 걸 알려 주면서도 충분히 사랑한다는 것을 알려 주고 이해시키는 것은 쉽지 않은 일이다. 클레어는 이모면서도 늘 그런 고민을 안고 있었다.

"그런데 알고 보니, 친모는 백작 부인 쪽이고 오히려 자기 딸이 아닌 셈이잖아요."

"좀 의아하긴 하군. 이리스는 자기가 백작의 친딸이 아니라는 걸 이미 알고 있었던 건가? 그게 아니라면, 닮은 사람을 봤다는 것만으로 그렇게 충격을 받지는 않았을 테니."

"백작가에 들어올 때 여섯 살이었다면서요. 뭔가 기억하는 게 있을 수도 있겠죠."

환경이 통째로 바뀐 데다가 부모가 추억을 재구성해 주지 않는다면 잊어버리는 것이 많을 나이였지만, 기억하는 것도 있을 것이다.

"백작의 심경을 상상도 할 수 없군."

에리히의 말은 짧막했지만, 들어 있는 감정은 깊었다. 클레어는 그 말을 두 번째 들었다. 클레어는 잠깐 망설였지만, 칸막이 너머라 얼굴이 보이지 않는 것을 핑계 삼아 물었다.

"슈나이더 백작에게 정이 많은 것 같아요."

"정이라기보다는, 의무감을 느끼긴 하지."

"의무감이요?"

"아버지가 돌아가셨을 때, 슈나이더 백작이 많이 울었어. 아마 빈소에 흘려진 눈물 태반이 백작의 눈물이었을걸."

에리히가 말했다.

로멜 귀족의 장례식이다. 감정을 드러내는 것은 천박한 일로 여겨지니, 장례식장에 머무르는 것은 슬픔과 비탄이 아니라 엄숙함과 장엄함이었다. 루이자조차도 눈가만 빨갛게 붉히고 용감하게 견디고 있는 미망인 노릇을 했다. 집에서는 까무러칠 정도로 울었지만.

하지만 에리히는 그녀의 눈물보다 아마 슈나이더 백작이 소리 없이 관 앞에서 흘린 눈물이 더 진실할 거라고 생각했었다.

"낯설긴 했지만, 고맙다는 생각이 들더군. 아버지는 고독하셨을 거라서."

"에리히……."

"백작은 감정이 풍부한 사람이니까. 뭐, 아버지가 보살펴 주라고 했던 것도 사실이고."

에리히의 목소리는 덤덤했다. 그러나 클레어는, 아마 고독했던 것은 부친이 아니라 에리히 자신이었으리라고 생각했다.

"당신이 느낀 건 의무감이 아니라 고마움이라고 생각해요. 우정이거나."

"……."

역시나 로멜 귀족께서는 그런 단어를 긍정하진 않으셨다. 하지만 부정이 나오지 않은 것만 해도 의사는 충분히 전달되었다. 클레어는 살짝 웃었다.

"그리고 선대 공작님은 외롭지 않으셨을 거라고 생각해요. 어머님과의 결혼 생활도 행복했던 것 같고, 당신도 있었고, 그렇게 울어 주는 친구도 있고."

"그렇긴 하지."

클레어는 아주 잠깐 동안, 전생과 현생의 자신을 생각했다.

두 번 모두 닮은꼴이었다. 친척들이 있었고, 부모님의 친구와 지인들이 슬퍼해 주었다. 자신의 친구들도 와서 위로의 말을 건넸다.

하지만 그녀는 그렇게 많이 울지는 않았다. 슬픔이 대수롭지 않아서가 아니라 삶이 무엇인가에 대한 생각에 잠겨 있었다. 별것 없이 살다 간 평범한 사람들이었는데도, 그 인생이 무거웠다. 자신의 삶 위에 죽은 이의 삶이 얹어지는 기분이라 클레어는 등이 부러질 것만 같았다.

가끔 물어보고 싶을 때도 있었다. 엘리사에게도. 혹은 다른 사람들에게도. 당신들은 그러지 않았느냐고. 부모님이 어차피 내 삶의 무게를 같이 짐 져 주는 것도 아니고, 그들의 삶은 그들의 삶으로 온전히 끝났을 터인데 왜 이토록 죽음이 무겁냐고.

그녀는 두 번째 생에서는 부모님의 장례식에서 울지 않았던 것 같다. 운이 좋게도, 로멜의 영향이 이미 남부까지 내려오고 있었기에 뒤에서 손가락질당하는 대신 고결하고 품위 있다는 말을 들었다.

용감함, 슬픔, 비탄. 장례를 그런 것으로 표현하는 것은 이 상하다는 느낌이 든다.

그녀가 침묵하는 사이에 에리히는 몸을 전부 씻고 가운을 걸치고 나왔다.

"너무 조용해서 일이라도 하고 있는 줄 알았더니."

갑자기 가까이에서 목소리가 들려와 클레어는 깜짝 놀라며 정신을 차렸다.

"음, 아뇨. 생각 좀."

에리히의 손이 그녀의 팔걸이를 잡았다. 몸 아래에 갇힌 듯이 되어 클레어는 몸을 움츠렸다. 비누 냄새와 물 냄새가 그의 체향과 섞여 클레어에게로 흘러내렸다. 머리카락 끝에 맺힌 물 방울이 차갑게 식어서 그녀의 뺨에 떨어졌다.

"모든 일을 한꺼번에 끝낼 수는 없어. 차근차근 해."

"그게 아니라요."

한순간에 머릿속이 뒤죽박죽 되어, 클레어는 본래대로라면 할지 말지 열흘은 망설였을 말을 입 밖에 냈다.

"편지, 썼었어요."

"무슨 편지?"

"선대 공작님이 돌아가셨다는 소식을 들었을 때요. 델포드에도 귀족원에서 보낸 부고가 왔었으니까."

"받지 못했어."

에리히가 미간을 찌그렸다. 클레어는 비로소 말 꺼낸 것을 후회하지 않고, 미소를 지으며 그의 뺨에 손을 얹었다.

"시골구석의 남작이 보낸 편지였는데요, 뭐. 비서진이 처리했겠죠. 그냥 그 말 해 주고 싶었어요."

클레어는 그의 목에 팔을 감았다.

"연락할 생각 한 번도 안 한 거 아니었다고."

에리히가 가만히 그녀의 등을 쓸어안았다. 가슴 안에서 뭔가가 물처럼 녹아 흘렀으나 그는 그것의 이름을 몰랐다.

"그때, 나 보고 싶다고 생각했었어요?"

"……그래."

대답 앞에 망설임이 긴 것은 그가 스스로 인정하지 않아도 그때 의지할 사람이 필요했기 때문이었으리라.

그에게는 다른 가족도 없고, 의지할 사람은 더더욱 없었으니, 그녀가 엘리사를 끌어안고 이겨 내 온 시간 동안 그는 혼자였을 것이다.

클레어가 웃자 가벼운 키스가 내려왔다. 그다음은 무릎 아래로 손이 들어와 그녀를 안아 올렸다.

"체력이 남는 모양이지?"

"음, 곤란한데요. 당신 방에서 엘리엇이 자고 있어서."

침실 문 앞에서 에리히의 발이 멈췄다. 클레어의 손이 놀리듯이 그의 가슴팍으로 파고들어 물기를 훑었다.

짧고 격렬한 갈등이 있었다. 에리히는 발길을 돌렸다.

"잠깐, 어디로 가려고요?"

"네 대답은 이미 확인했어."

클레어는 재빨리 손을 조신하게 그의 어깨에 감았지만, 소용없었다.

어차피 침실이 많다고 안심했는데, 도착한 곳까지 다섯 걸음이었다. 에리히가 그녀를 소파에 내려놓았다.

"잠깐, 에리히."

"염려 마. 금방 끝나."

그거 여자에게 무례한 소리 아닌가 생각했지만, 사실이었다. 욕조에 달구어진 손이 식기도 전에 클레어는 소파에 축 늘어졌다.

그다음 클레어는 침대로 안겨 갔다기보다 실려 갔다. 그리고 커다란 침대 한가운데서 도롱도롱 코를 골며 잠든 엘리엇의 옆에 눕혀졌다.

"그런데 엘리엇은 왜 여기서 자고 있는 거지?"

"당신을 기다리다 잠든 거죠, 뭐. 내 생각엔 나를 엄마라고 부르는 것보다 당신을 아빠라고 부르게 되는 게 빠를걸요?"

그건 좀 기쁜 이야기였다.

에리히는 사람을 불러서 아이를 데려가라고 하는 대신 자신도 그 옆에 누웠다. 촛불 빛을 반사한 샹들리에가 천장에 반짝임의 파편을 흩뿌렸다. 클레어의 시선이 그것을 따라가는 것을 보면서 에리히가 경고했다.

"일 늘리지 마."

"안 해요. 결혼식 때까지는 진짜 쉴 거라고요. 그냥 예쁘다 싶어서요."

에리히가 코웃음을 쳤다.

"내일도 일정 있잖아?"

"그건 결혼식 준비 중 하나죠. 아렌 귀족이 클라우제너 공작과 결혼하면서 공왕 전하께 인사 한번 드리지 않을 수는 없고."

잠든 엘리엇의 머리칼을 만지작거리면서 클레어가 말했다.

"전에도 인사 가려고 했었는데 이래저래 늦어졌네요."

"음……."

에리히의 손이 올라간 아이의 상의를 끌어 내려 배를 덮었다. 그 손을 지켜보며 클레어가 말했다.

"결혼 같은 건 인생 계획에 단 한 번도 없었는데."

"……."

"그런 얼굴 하지 말아 줄래요? 원래 세웠던 건 결혼 계획이 아니라 가문 경영 계획이었으니까."

셔우드 놈도 과연 그렇게 생각했을까?

그 질문을 던지는 것은 현명하지 않았으므로 에리히는 입을 다물었다. 다른 현명하지 않은 생각도 하나 더 스쳤지만, 그것도 참았다.

"가족 관계를 늘리는 게 싫었거든요. 책임이 늘어나는 거 같아서. 무엇이든, 거래 관계나 계약 관계인 게 제일 확실하죠."

그것은 이번 생의 이야기라기보다는 전생의 이야기였다.

"하지만 이렇게 되기도 하는군요. 사람 인생 모를 일이에요. 아니, 근데 그런 식으로 말하면, 당신이 여기서 제일 어색한 존재라고요."

"내가 뭘?"

"애 배를 쓰다듬고 있는 에리히 클라우제너라니. 이거."

사진도 없고, 영상도 없고, 남길 수단이 없었다. 에리히는 어이없어하는 얼굴로 그녀를 쳐다보았다.

"넌 이해할 수 없는 구석이 너무 많아."

"그림은 아무런 증명도 안 된다고 생각하니까 애통할 뿐이라고요."

"우웅."

그때 엘리엇이 잠투정하며 끙끙댔다. 클레어가 입을 다물었다. 에리히가 엘리엇을 어색하게 토닥였다. 엘리엇이 입을 달싹거리더니 곧 다시 잠들었다.

엘리엇은 다정한 아이다. 에리히의 마음에도 그것이 전해지는 것 같아 클레어는 그게 기뻤다. 그녀는 가만히 두 사람을 바라보고 있다가 나직하게 속삭였다.

"당신이 원한다면, 슈나이더 백작가는 그냥 놔둘게요."

"그럴 필요 없어. 백작 부인은 처벌을 받아야 하고, 이리스도 일부 책임을 져야 해."

"조금이라도 온건한 방법이 있을지도 몰라요. 급하게 처리해야 할 일은 아니잖아요. 조사 결과도 나오려면 멀었고."

"어떻게 해도 백작이 상처받지 않을 방법은 없어. 하려던 대로 해. 백작 쪽은 내가 신경 쓰도록 하지."

"당신이 신경 안 쓰게 해 주려고 한 말인데."

"그러면 그냥 내일 당장 이혼시키고 이리스도 끌어내지."

"뭐라고요?"

에리히가 맞닿아 있던 클레어의 손을 끌어당겨 손끝에 입술을 댔다.

"네게 패악을 떨었다며."

"그걸로 남을 이혼시킬 수는 없어요."

"왜 못 하겠어."

에리히는 의문형이 아닌 어조로 말했다. 클레어는 그의 입술에 닿아 있던 손을 뻗어 잘생긴 코를 꽉 꼬집었다.

"이러니까 내가 당신을 싫어했지."

그녀가 돌아눕자 에리히가 몸을 일으켰다. 그러나 물리적인 화해를 시도할 수는 없었다. 엘리엇이 에리히의 가슴 쪽에 달라붙었기 때문이다.

잠투정하는 아이를 어색하게 달래는 소리를 들으며 클레어는 킬킬 웃었다. 그러다가 어느 틈에 잠이 들었다.

# 핏줄

마사가 엘리엇의 몸차림을 단정하게 고쳤다.

클레어는 평소에 엘리엇에게 활동하기 편하고 질긴 옷을 입혔다. 하지만 오늘만은 하얀 리넨 셔츠와 벨벳 리본 타이, 잘 만들어진 모직 정장을 입혔다. 머리에 페도라를 씌우자 작은 신사가 나타났다. 그 귀여움에 지켜보던 사람들이 몸서리를 쳤다.

하지만 정작 엘리엇 본인은 불만으로 볼을 부루퉁하게 부풀리고 있었다. 마사는 웃음을 참으려고 애쓰며 물었다.

"왜 그렇게 화가 나셨어요? 오늘은 주인님이랑 같이 외출하실 거잖아요."

"또 일일 거야. 분명해."

이모는 델포드에 있을 때도 늘 바빴지만, 수도에 온 뒤로는 더 바빴다.

바빠질 거라는 이야기를 듣긴 했었다. 하지만 4살짜리 아이가 그걸 얼마나 심각하게 받아들였겠는가. 클레어도 이렇게까지 될 줄은 몰랐으니까 어쩔 수 없었다.

"집에 가고 싶어."

엘리엇이 시무룩하게 말했다. 마사가 방글방글 웃으며 물었다.

"그러면 공작님은 못 보는데요?"

"같이 가자구 할 거야!"

"파벨도요."

"파벨은 내가 어디 가든 같이 가 준댔어!"

엘리엇은 의기양양했다. 마사가 웃음을 숨기려는 듯 입을 손으로 가리고 알려 주었다.

"해적선이랑 산적성은 못 가져가실 거예요. 분수대도 그렇고요."

"아, 안 돼!"

엘리엇이 소리쳤다. 생각만 해도 서러운지 눈물이 그렁그렁해졌다. 파벨이 남몰래 가슴을 부여잡았다.

'우리 도련님이 세상에서 제일 귀여워……!'

에리히의 어린 시절 무뚝뚝함을 생각해 보면, 그 피 어디에서 이런 사랑스러운 도련님이 튀어나왔단 말인가.

곧 준비를 마친 클레어가 엘리엇의 방으로 들어왔다. 그녀도 오늘은 평소보다 신경 쓴 차림새였다. 머메이드라인의 실크 스커트는 묵직하면서도 우아했고, 깃털 꽂힌 하얀 모자가 적갈색 머리칼과 대비되어 시선을 확 끌어당겼다.

레이스로 만들어진 장식용 양산까지 손에 걸친 채 들어오자, 이모를 세상에서 두 번째로 예쁘다고 생각하는 엘리엇이 토라진 것도 잊고 우와 하고 입을 벌렸다.

첫 번째는 물론 엄마다. 그러나 초상화로밖에 보지 못했기에, 제일 예쁠 거라는 생각만 있지, 실제로 어떤 모습일지는 잘 상상할 수가 없었다.

"엘리엇, 어디 보자. 아주 잘 어울리네."

"앗."

예쁘다고 생각할 때가 아니었다. 엘리엇은 인상을 쓰고 다시 토라졌다. 팔짱을 끼고 팩 고개를 돌리는 얼굴을 보고 클레어가 '어머' 하고 소리를 냈다.

"왜 삐쳤어?"

"흥!"

"어제 이모 계속 집에 있었는데? 엘리엇, 이모가 집에서 일하는 거에는 화 안 내는 거 아니었어?"

"흥!!"

들으라는 듯이 엘리엇이 더 큰 소리로 콧방귀를 뀌었다. 마사가 웃었다.

"이 집이 너무 넓고 지키는 사람도 많아서, 도련님이 주인님 서재에 놀러 가지 못해서 그런가 봐요."

"너 물놀이 하느라 이모한테 안 오는 거였잖아."

그것도 그랬다. 놀 거리가 적은 델포드 영주관에 비해 클라우제너 공작저는 그냥 돌아다니기만 해도 하루가 홀랑 가 버렸다.

게다가 에리히가 들이게 한 물건들이 하나둘씩 저택 정원에 설치되면서 활동 범위가 늘어났다. 클레어의 서재에서 창틀을 오르락내리락하며 떼쓰지 않아도 시간이 금방 가는 것이다.

하지만 그것은 그것, 이것은 이것. 이모가 놀아 주지 않는 것은 사실이었다.

"결혼식 끝나면 많이 놀아 줄게."

"싫어! 지금!"

"이모랑 아저씨랑 결혼하는 거 싫어?"

"우웅."

저번 달이었으면 확실하게 싫다는 말이 나왔겠지만, 이제 엘리엇은 고민하게 되었다. 아빠가 생기는 것은 좋지만, 이모가 엄마가 되면 원래 엄마는 어떻게 되는 걸까?

마사는 원래 엄마도 엄마고 이모도 엄마가 되는 거라고 했지만, 이모가 없어지는 건 그것대로 싫었다.

"천천히 고민해. 자, 가자."

클레어는 그렇게 말하고 엘리엇에게 손을 내밀었다. 엘리엇은 화가 풀리지 않았다고 주장하고 싶었다. 그래서 입술을 한 치나 내민 채 고개를 돌리고, 그러면서 두 손으로 클레어의 손을 잡고 매달렸다.

"아저씨 같은 신사가 되려면 멀었네."

"내가 뭐."

"훌륭한 신사분이시면 숙녀를 에스코트해 주셔야지요? 고개를 돌리는 게 아니라?"

엘리엇이 움찔거렸다. 그건 어깨가 들썩일 만한 이야기였다. 이모한테 신사라는 말을 듣는 건 처음이었다.

델포드에서는 본보기가 될 만한 남자 어른이 없었다. 오촌 아저씨인 찰스는 소심하고, 작은할아버지인 제임스는 멋있지 않았다. 가끔 방문하는 그레이는 어려웠고, 로저는 친구 같았다.

에리히는 멋진 어른이었다. 엘리엇은 그를 동경했다. 멋있고, 키도 크고, 부하도 많고, 이모랑 싸워서도 자주 이겼다. 그리고 어린애인 자신에게도 항상 진지하게 말해 주고, 막 웃지 않았다.

신사라는 말을 듣자 에리히처럼 된 것 같아서 기분이 좋았다.

"으흠."

엘리엇은 등을 꼿꼿이 세우고 가슴을 폈다. 그리고 오연한 표정을 했다.

'애 좀 봐.'

클레어는 어이없음 반, 웃음 반으로 뱃속을 끓였다. 터뜨리지는 않았다. 웃으면 놀리는 게 된다.

아무튼, 교육적으로 좋아 보이긴 했다. 그러고 보니 에리히의 가정교사에게 엘리엇을 맡기고 싶다고 생각한 적이 있는데, 결혼식이 끝나면 찾아봐야겠다.

엘리엇이 내미는 작은 손을 잡고 클레어는 저택을 출발했다.

백 년 전, 로멜과 아렌이 합병한 이래 아렌 귀족들은 항상 조금 애매한 위치에 있었다.

양국은 동등한 위치에서 군주의 결혼에 의해 하나로 합쳐졌다. 그러나 수도는 로멜의 수도였으며, 자연스럽게 황궁에 영향을 미치는 중앙 귀족들의 다수가 로멜 귀족이었다.

결혼 자체도 그랬다. 아렌의 세레니티 여왕은 현군이었으나 그 위엄이 로멜의 프리드리히 대제에게는 미치지 못했다.

현실적으로 결혼은 대개 남자 쪽을 중심으로 기울었다. 딸이 가문을 상속하기 위해 데릴사위로 결혼 계약서를 쓰는 경우에도, 여자의 아버지가 가주로서 자리에 버티고 있지 않으면 외부인들은 대개 남편 쪽을 가문의 대표로 여겼다.

황실도 거기에서 크게 벗어나지 못했다. 이 경우 로멜이 일방적으로 아렌을 지배하려 들 수 있다는 문제까지 있었다. 프리드리히 대제와 세레니티 여왕은 그것을 염려하여 로멜-아렌 계승법을 만들고, 황실 직계 자손들의 이름을 아렌식으로 짓게 하는 등 여러 가지로 방법을 강구했으나, 그것만으로 충분하지는 않았다.

그 뒤로 공업이 발달하기 시작하면서 경제력 격차에 따라 로멜로 기울어지는 경향도 현저했다.

법적인 대등함은 실제 세력의 균형을 보장하지 않는다. 아렌 귀족은 자신들을 로멜 귀족에 비해 반 단계 낮은 위치에 있다고 느꼈고, 실제로 사회적인 인식도 그랬다. 아렌 귀족들이 연대하여 로멜 귀족에게 저항하고자 한 것은 자연스러운 일이다.

클레어는 개인주의자인 데다가 귀족 제도에 냉소적이었다. 저항은 귀족이 할 게 아니라 평민들이 해야 했다. 많이 쳐줘도 중산 계급이 하든가. 작위 귀족은 그것만으로도 기득권 중의 기득권이다.

고향에서야 이웃 영지와 친분을 갖고 교류했지만, 지연이라면 모를까, '아렌 귀족'이라는 계급에 소속감을 가진 것이 아니다. 에리히에게는 자신을 지칭해 고작 아렌 귀족 따위가 어쩌고 하면서 대꾸하곤 했지만, 그건 로멜 귀족의 시선을 비꼰 것이지 진심으로 자신이 낮은 위치라고 생각해서 그런 것이 아니다.

그러니 인생 계획에 아렌 공왕을 알현할 예정은 없었다.

하지만 일개 남작이면 모를까, 클라우제너 공작 부인이라면 처신이 완전히 달라져야 했다.

'이런 날이 다 오는구나.'

마차에서 창밖을 내다보며 클레어는 새삼스럽게 생각했다.

아렌 왕가가 수도에서 억압되는 느낌을 받지 않도록 프리드리히 대제가 특별히 신경 썼다는 궁전 부지는 넓었다. 경비병들은 마차를 세우는 대신에 그냥 문을 열어서 통과시켰다.

"와, 이모, 지금 봤어요? 창을 들고 있었어요!"

엘리엇이 신기한 듯 외쳤다.

"옷 구겨져, 엘리엇."

"멋있다."

엘리엇이 듣지도 않고 황홀해했다. 내일부터는 기사 놀이를 시작할지도 모르겠다. 뭔들 해적놀이보다는 나을 것 같았다.

마차가 궁전 정문 앞에서 멈췄다. 시종이 열어 주는 문으로 내리다가 클레어는 당황했다. 정문까지 아렌 공왕이 나와 있었다.

"공왕 전하."

클레어는 황급히 가슴에 한쪽 손을 얹고 무릎을 구부려 인사를 올렸다. 뒤따라 시종의 도움을 받아 내린 엘리엇이 그를 기억하고 있었던 듯 깜짝 놀라 소리쳤다.

"앗, 울보 할아버지다!"

"엘리엇!"

클레어는 황급히 엘리엇의 입을 막으려 했지만, 이미 늦었다. 사람들이 어찌할 바를 몰랐다. 아렌 공왕의 뒤에 도열해 있던 시종과 호위들은 창백하게 질렸다.

아렌 공왕이 이제 나이 들고, 또 딸과 외손자를 연이어 잃으면서 기운이 많이 빠지긴 했다. 그러나 젊었을 때에는 황제를 제외하고는 감히 그 앞에서 고개를 드는 사람이 없었던 엄중한 권력자였다.

지금도 엄격하기는 마찬가지였다. 시종들은 감히 그의 앞을 가로질러 걷지 않았고, 발소리를 내지도 않았다. 그런 사람에게, 아무리 어린아이라지만 이렇게 무엄하게 굴다니. 다들 앞일을 걱정하며 눈을 질끈 감는데, 아렌 공왕이 다정한 목소리로 말했다.

"오랜만이구나, 아가. 할애비가 기억나니?"

"주스 가게에서 엄청 울었던 할아버지! 이제 괜찮아요? 아픈 건 다 나았어요?"

"그래."

아렌 공왕이 손을 뻗었다. 엘리엇은 한번 낯을 익힌 사람이라고 망설이지도 않고 활짝 웃으면서 공왕의 손을 잡았다.

공왕은 무심코 엘리엇을 훌쩍 안아 올렸다. 그러고 나서야 남의 아이에게 너무 허물없이 굴었나 싶어 후회했지만, 보드라운 아이의 뺨에 뽀뽀하고 싶어 견딜 수가 없었다.

클레어는 안도의 한숨을 내쉬고, 공손히 인사를 올렸다.

"이렇게 초대해 주서서 감사합니다."

"흔쾌히 방문해 주어서 내가 고맙다고 해야지."

아렌 공왕이 미소 지으며 말했다. 클레어는 지금까지 한 번도 그에게 알현을 청한 일이 없었다. 아렌 귀족이라면 누구라도 한 번쯤 공왕을 알현하기 위해 찾아온다는 것을 생각하면 이례적인 일이었다.

적어도 에리히의 청혼을 받아들인 직후에는 만나러 오는 게 보통이었으리라. 그녀에게 부친과 조부가 이미 없고, 대귀족 친척도 없다는 것을 감안하면 더욱 그랬다. 아렌 왕가를 제외하면 아렌의 그 어떤 가문도 클라우제너와 마주 앉을 수 없을 테니 말이다.

그리고 그러는 이유를 짐작하지 못하는 바도 아니었다.


'클라우제너 공작은 지금까지 황궁 정치에 그다지 관여하지

않았습니다. 델포드 남작도 정치를 하고 싶지 않아서 전하를 알현하지 않은 것으로 보이고요.'

무어 공작도 염려스럽게 말했다.

황궁 정치는 하원 의원을 후원하거나 정책에 의견을 내는 것과는 다른 일이다. 황좌를 둘러싼 암투는 은밀하고 지독했으며, 지배력을 유지하기 위해 물밑의 싸움을 하는 것은 고고한 자에게는 어울리지 않는 일이다.

클라우제너는 그런 일에 관여할 필요가 없었다. 새 시대의 산업에 핵심적인 에너지와 자원을 쥐고 있는 이상 다른 땅을 탐낼 필요가 없었고, 그 어떤 권력도 클라우제너의 눈치를 보지 않을 수 없었기 때문이다.

그러나 이제는 사정이 달라졌다.

'아렌 귀족과 결혼하여 후계자에게 아렌의 피를 섞는 이상, 보다 더 확실하게 거리를 두지 않으면 암투에 휘말릴지도 모른다고 염려하고 있을 겁니다. 클라우제너 공작은 방계 황족이기도 하니까요.'

'……알아.'

'자칫하면 아렌 귀족들이 세를 모아 그 아이를 밀어주려는 형상으로 보일 수도 있습니다.'

그래도 아이를 다시 한번 보고 싶었다.

그는 몇 번이나 아이의 꿈을 꾸었다. 아니, 아무리 닮았어도, 엘리엇은 제러드가 아니고, 제러드의 아이도 아닌데. 아마자신이 늙어서 망령된 생각을 하는 것일 터이다.

아마 다시 만나 보면 제러드보다는 에리히를 훨씬 닮았으리라. 자신이 너무 늙어 판단력이 흐려지고, 그리움에 눈이 먼 탓에 착각을 일으켰으리라.

그렇게 생각하면서도 그리워했다. 추억 속에만 남은 아이의 그림자를 갖고 있더라도, 그것이라도 보고 싶었다.

그리고 고맙게도 클레어는 그 마음을 알아준 것 같았다.

"아닙니다. 저희 아이를 귀엽게 여겨 주시는 건데요. 무엇을 염려하시는지는 알고 있지만, 그것도 저희가 원래 감당해야 할 일입니다."

"고맙네. 요 강아지가 자꾸만 생각이 나서 꼭 한 번 다시 만나 보고 싶었거든."

"강아지 아니에요."

엘리엇이 항의했다. 클레어는 미소를 지었다. 두 사람이 아무 일도 없이 똑 사이좋은 조손처럼 보였기 때문이다.

사실 클레어는 그에게 감사 인사를 들을 것이 아니라 사죄를 해야 마땅했다.

지난번에 소다숫집에서 마주쳤을 때, 그녀는 자신이 잘못 생각하고 있었다는 걸 깨달았었다.

대를 잇는다거나 황위 계승권이라거나⋯⋯. 그런 건 의미 없으니까, 그냥 이대로 영원히 텔포드의 아이로만 있으면 된다고 여겼다. 마치 자기 혼자만 엘리엇의 혈육인 것처럼. 실제로도 그렇게 생각하고 있었다.

지금도 굳이 이 시대 사람들의 생각에 맞춰서 혈통에 따르는 권리 같은 것을 챙겨야 한다고 생각하지는 않는다. 하지만 그녀는 아렌 공왕이 진심으로, 가슴 깊은 곳에서부터 솟는 눈물을 멈추지 못하는 것을 보았다.

딸이 죽은 것은 25년 전의 일이고, 손자를 잃은 것은 5년 전의 일이니, 이제 감정이 정돈되어 말랐을 법한데도. 진짜로 제러드의 아이라는 건 알지 못하면서도 말이다.

그날 밤에 클레어는 에리히와 그런 이야기를 했었다.

'그게 피가 당긴다는 걸까요?'
'공왕 전하께서는 제러드를 정말 많이 사랑하셨지.'
'그러니까요. 할아버지 할머니의 손주 사랑이 지극하다고들 해도, 직접 기른 정도 없고, 자식이 낳아 기르는 걸 본 것도 아닌데 뭐 그리 귀엽겠나 했거든요.'

클레어는 에리히의 무릎에 엎드려 얼굴을 파묻은 채 중얼거렸다. 에리히가 그녀의 머리를 가만히 쓰다듬었다.

'넌 엘리엇이 태어나는 걸 직접 봤으니까, 비슷한 경험을 할 기회가 없었던 것뿐이지.'
'당신도 그랬어요? 자기 아이라고 생각하니까 막 사랑스

럽고?'

'엘리엇은 그냥도 예쁜 아이야.'

에리히는 어울리지도 않는 말을 하고서 말을 덧붙였다.

'아마 너도 동생이 소식 모르는 곳에서 죽었는데, 꼭 빼닮은 아이가 갑자기 나타나면 만만치 않게 울었을걸.'

'모르겠네요. 안 된다는 걸 낳더니, 키워 달라고 하고 가 버려서.'

그때 결정했었다. 위험을 감수하게 되더라도 끊어서는 안 되는 인연이라고. 진실은 밝힐 수 없어도, 만나게 해 주는 게 옳았다.

지금 아렌 공왕이 엘리엇을 추어올려 다시 안는 것을 보면서 클레어는 그 결정이 옳았다고 확신했다.

"들어가지. 무어 공작도 자네를 만나 보고 싶다고 했는데, 곤란하지 않다면 다과를 함께하지."

"일부러 피할 생각은 없습니다. 염려해 주셔서 감사합니다."

공왕은 이채롭게 클레어를 바라보았다.

위빙 상단의 상단주라 하였으니 재능이 뛰어난 사람일 줄은 알고 있었다. 하지만 자신의 앞에서도, 무어 공작의 이름을 들으면서도 전혀 기가 죽거나 불안해하는 것처럼 보이지 않았다. 생각한 것 이상으로 당당하고 품위 있는 태도였다.

'하긴, 클라우제너의 여주인 될 사람이 그렇게 가볍지는 않겠지.'

엘리엇이 신기한 듯이 고사리손으로 공왕의 수염을 만지작거렸다. 클레어는 엄하게 말했다.

"엘리엇, 무례를 범하면 안 돼. 죄송합니다. 저희 집에 수염 기르는 사람이 없다 보니……."

"괜찮네. 수염이 신기하니?"

"할아버지 수염이 엄청 많아요. 하얘서 산타 같아."

"산타?"

"저희 집에서 해 주는 옛날이야기에 나오는 등장인물 이야기예요."

클레어는 쓴웃음을 지었다. 엘리엇이 한 손을 번쩍 들었다.

"옛날이야기 아냐! 나한테 선물 주는데!"

"그렇구나. 무얼 받았는데?"

"케이크하고, 목마하고, 칼하고……. 저는 착한 어린이니까요."

엘리엇이 당당하게 말했다. 공왕은 저도 모르게 웃었다.

어쩜 이리 귀여울까. 다시 봐도 역시 이 아이는 제러드를 닮았다. 첫인상과 똑같았다.

에리히와 제러드가 닮긴 했어도 쌍둥이는 아니다. 그리고 엘리엇은 아무리 봐도 제러드를 더 닮은 것 같다. 이목구비의 생김생김은 둘째 치고 표정이나 웃는 인상 같은 것이 말이다.

물론 아이가 아비보다도 친척을, 그것도 젊은 나이에 비명

횡사한 사람을 닮았다고 그 부모에게 말할 수는 없었다. 공왕은 그 부분을 빼고 말했다.

"핏줄이라는 게 참 놀랍지. 어찌 이리 닮았을까?"

"다감한 성미는 아마 저희 집 성격을 물려받은 걸 거예요."

공왕이 하고 싶은 말이 무엇인지 클레어는 너무 잘 알고 있었다. 그래서 변명하듯 말했다. 틀린 말도 아니었다. 에리히가 아이를 제 자식이라고 주장하기 전까지, 클레어는 엘리엇이 여동생을 쏙 빼닮았다고 믿어 의심치 않았으니까.

"그렇구나."

아렌 공왕은 자신에게 설명하는 것인지, 엘리엇을 안고 있기 때문인지, 다정하고 감정 깊은 목소리로 대답했다.

공왕은 두 사람을 바깥 응접실로 안내하는 대신 내실에 딸린 거실로 데려갔다. 따스하게 햇살이 들고, 내원 쪽으로 테라스가 열린 널찍한 공간이었다.

엄격한 얼굴의 중년 여인이 한발 먼저 도착해 있었다.

"만나 뵙게 되어 반갑습니다, 무어 공작 각하. 델포드의 클레어입니다."

"내가 갑자기 끼어들어 불편하지는 않았으면 좋겠습니다."

"별말씀을요. 안 그래도 긴히 말씀 올려야 할 일이 있어서 한번 뵙고자 했습니다."

클레어가 그렇게 말했다.

곧 다과가 준비되었다. 엘리엇이 슬슬 답답해하며 몸을 흔들어서, 공왕은 아이를 내려 주었다. 엘리엇은 달려가 클레어의 무릎에 한 번 올라갔다가 도로 기어 내려갔다. 클레어는 엘리엇의 손에 쿠키를 쥐여 주었다.

엘리엇은 금세 얌전해졌다. 델포드 영주관에 있을 때, 클레어를 따라 서재에 들어올 때마다 일을 방해해서는 안 된다고 배운 탓이다. 클레어가 종종 미안하게 생각하는 일 중 하나였다. 어쩔 수 없는 일이기는 했으나, 늘 마음이 쓰였다.

얌전히 쿠키를 베어 무는 엘리엇을 보고 공왕이 눈이 주름 사이로 사라지도록 웃었다. 이 만남을 반대했던 무어 공작도 미소하지 않을 수 없는 광경이었다.

클레어는 공왕이 해후를 충분히 즐길 수 있도록 말을 걸지 않았다. 대신 무어 공작에게 말했다.

"진작 한번 찾아뵈었어야 했는데, 그러지 못해서 죄송합니다. 고작해야 남작가의 딸이라 미처 생각이 닿지 않았어요."

"공왕 전하께서는 괘념치 않으십니다. 제 마음에는 아렌 왕가의 옛 영광이 아직 찬란히 남아 있어서 안타깝지만, 공왕 전하께서는 이제 아렌인을 통솔하기에는 연세가 많으시지요."

헨리에타 왕녀가 살아 있었다면 조금 달랐을지도 모른다. 그러나 왕녀가 황후가 되었다가 죽고, 아렌 왕가에는 이제 직계 자손이 없었다. 클레어가 부드럽게 말했다.

"공작님께서 계시지 않습니까?"

"나는 방계에 불과한 데다가, 나 또한 자식이 없으니까요."

무어 공작이 희미하게 웃음을 머금은 얼굴로 말했다.

"아렌 숙녀들의 데뷔 파티조차 황실의 역할이 되었으니, 이제 황실 아래 모든 가문은 작위가 높은 귀족에 불과하지요."

"아렌 왕가가 그저 작위 높은 귀족이라고 말씀하시는 것을 들었다면, 저희 부모님은 눈물을 흘리셨을 거예요."

클레어가 부드럽게 말했다. 그녀 자신에게 아렌 왕가에 대한 충성심 같은 것은 아예 이해할 수 없는 영역의 것이고, 로멜 황실에 대해서도 마찬가지였다. 데뷔탕트 파티를 퍼스트레이디가 열어 주는 대신에 아카데미 졸업 파티로 대신한 것은 오히려 공적이어서 좋다고 생각했다.

그러나 그녀의 부모님도, 이웃 영지의 귀족들도, 모두 마음속 깊은 곳에 아렌 왕가에 대한 향수 이상의 마음을 갖고 있었다.

무어 공작은 그녀의 말 속에 숨은 것을 이해했지만, 반발하지 않고 미소만 지었다. 그 웃음은 클레어의 말을 받아들이는 것 같기도 하고, 허무해하는 것처럼 느껴지기도 했다.

과자 가루가 묻은 엘리엇의 손을 털어 준 아렌 공왕이 빙긋 웃으며 말했다.

"좋았던 옛날에 대한 향수처럼 눈을 달게 적시는 일도 많지 않은 법이니까. 하지만 남작은 아직 어리니, 그렇게 옛 아렌에 대한 집착은 없겠지?"

"부끄럽지만, 아렌인이라는 것을 잊을 정도는 아니에요."

"그게 딱 좋아. 옛날에 사로잡혀서는 앞으로 나아갈 수가 없는 법이지. 그래도 내 아직 가진 것을 다 잃진 않았으니, 동향 어른이다 생각하고 힘든 일이 있으면 언제든 의지하게."

"네."

클레어는 미소를 지으며 대답했다.

이야기다운 이야기는 별달리 하지도 않았는데, 금세 지루해진 엘리엇이 몸을 비비 꼬았다. 아렌 공왕이 웃었다.

"심심하냐?"

"심심해요."

"오래된 장난감이 몇 개 굴러다니기에 너 주려고 가져왔는데, 가지련?"

"장난감이요?"

엘리엇이 눈을 빛냈다. 공왕이 주머니를 뒤적였다. 아이에게 아무렇지도 않게 건네주고 싶어서 일부러 주머니에 넣어 온 것이었다.

그가 꺼낸 것은 나무로 만든 말 두 마리였다. 낡아서 닳았지만, 본래 새김이 섬세하고 화려한 채색이 있었을 것 같았다.

"와!"

엘리엇은 신나서 소리치더니 공왕이 후회하기라도 할까 봐 염려한 듯 얼른 그것을 잡았다. 클레어가 엄하게 말했다.

"인사해야지."

"아! 고맙습니다!"

엘리엇이 얼른 인사하고 장난감을 받아 갔다. 클레어는 쓴 웃음을 지으며 그 모습을 바라보았다. 장난감이 모자란 환경은 아니었을 텐데. 물욕이 있는 건 아무래도 자신을 닮아서 그런가 싶었다.

"다그닥 다그닥! 푸흥!"

엘리엇이 입으로 말 달리는 소리를 흉내 내며 소파 팔걸이를 나무 말로 두드렸다. 클레어가 말리려는 것을 공왕이 괜찮다고 고개를 저었다.

"이 거실은 아이들 놀이방으로 쓰던 곳이라, 가구도 그리 귀한 게 아니라네."

"그렇군요."

듣고 보니 탁자도, 소파도 흠이 곳곳에 있다. 아이들이 놀거나 장난치며 망가뜨린 흔적이다. 공왕궁에서 예산이나 사람이 없어 이대로 두었을 리는 없으니, 아마 추억 때문에 그대로 두었을 것이다. 아이를 키워 보지 않은 5년 전이었다면 몰랐을 마음이었다. 그리고 5년이 지나서야 또 새롭게 이해하게 되는 것이 있었다.

존재조차 생각하지 않았던 엘리엇의 친부가 점차 구체적인 형상을 띠었다.

냉정하게 말하자면 동생의 남자 친구에 불과한 사람이었다. 그러나 그의 형상이 구체성을 띠자 죽은 동생에 대해서도, 이제 자신의 아이인 엘리엇에 대해서도, 또 그와 닮았지만 다르다는 에리히에 대해서도 조금씩 더 잘 이해하게 된 느낌이었다.

'이미 모르는 부분이 없는 것 같았지만.'

어쩌면 에리히도 이곳에서 벽지 하나쯤은 찢었을지도 모른다. 그 생각을 하자 클레어는 미소 짓지 않을 수 없었다.

"감사합니다. 추억이 깃든 물건이면 귀한 것일 텐데, 엘리엇에게 선물해 주셔서요."

"귀하긴. 이제 물려받을 사람조차 없어서 그냥 집에 두었던 것들인데. 마음에 들어 하니 내가 오히려 좋군. 창고에서 썩어 가는 것 중에 엘리엇이 마음에 드는 것을 가져가면 좋을 텐데."

"지금은 장난감이 너무 많아서요. 한꺼번에 많이 받아 봐야 다 가지고 놀지도 못하고……."

"아닌데! 나 다 갖고 놀 수 있는데!"

"너 이모 몰래 아저씨한테 졸라서 잔뜩 선물 받은 게 엊그제 인데."

"헤헤."

엘리엇이 헤헤 웃고 재빨리 도망갔다. 그 모습을 보고 공왕도, 무어 공작도 미소를 머금지 않을 수 없었다.

클레어는 짐짓 엘리엇을 꾸짖는 체했지만, 엘리엇이 아예 테라스 쪽으로 도망 나가자 태도를 바꾸었다.

"제가 전에 어떤 연세 있는 분에게 듣자니, 한꺼번에 큰 걸 선물해 봐야 아이는 금세 잊어버리니 작은 걸 자꾸 들고 만나 러 가야 손주에게 환영을 받는다고 하더군요."

클레어의 말에 공왕의 얼굴이 밝아졌다. 그게 엘리엇을 자주 만나러 와도 좋다는 의미라는 걸 알아들었기 때문이다. 하지만 그는 안색과 다른 말을 했다.

"함부로 그러는 것은 좋지 않아."

"동향 어르신 노릇을 해 주신다고 하셨으니까요."

클레어는 작게 웃었다.

"제가 엘리엇을 시골에서 퍽 분방하게 키워서, 이곳에서 잘

지낼 수 있을지 걱정이 많았거든요. 귀엽다고 생각하신다면, 자주 만나 잘 가르쳐 주세요."

공왕이 뭐라고도 말할 수 없는 표정을 했다. 아마 그의 머릿속에는 과거에 겪은 여러 일과 복잡한 정치적 사정이 스쳐 지나가고 있을 것이다. 클레어는 차분한 얼굴로 말을 이었다.

"염려하시는 일에 대해 저도, 에리히도 생각하고 있어요. 실제로 공왕 전하와도, 다른 아렌 귀족들과도 특별히 인연을 만들지 않고, 몸가짐 조심하며 숨어 있는 게 좋지 않을까 생각한 적도 있긴 합니다."

하지만 그런다고 자신이 아렌 귀족이라는 점이 변하는 건 아니다. 엘리엇만이 문제는 아니다. 자신이 에리히의 아이를 갖게 된다면, 그 아이에게도 적용되는 일이다.

아이가 더 없더라도 마찬가지였다. 과연 마르고트 황후는, 아렌 남작 출신의 클라우제너 공작 부인을 가만두고 볼까? 에리히와의 결혼을 진심으로 받아들였을 때부터 각오는 세우고 있었다. 단지, 어떤 전략을 가지고 대응하느냐가 문제였다.

"죄지은 것도 없는데 벌벌 떨며 숨는 것은 성격에 안 맞아서요. 공왕 전하께 저희 아이를 황제가 되게 밀어 달라고 부탁드리진 않을 테니까 염려 마세요."

염려할 사람과 받을 사람을 바꾼 클레어의 말에 아렌 공왕이 너털웃음을 터뜨렸다. 그게 얼마 만의 일인지 몰랐다.

그의 앞에서 이렇게 당당하고 아무렇지도 않게 말하는 사람은 정말로 오랜만이었다. 아렌이라는 상징이 무겁지 않다고 말하는 사람도.

"고맙네."

공왕이 고개를 숙이며 진심으로 말했다. 그리고 그 뜻을 알아들었기에, 클레어는 황급히 공왕보다 더 몸을 낮추고 대답했다.

"그런 말씀을 하시면 안 됩니다."

"전하께서 감사하시는 일은 흔치 않으니, 그냥 받아들이세요."

무어 공작도 퍽 풀어진 낯빛으로 말했다. 테라스 앞에서 엘리엇이 팡팡 발을 구르며 소리쳤다.

"이모! 나 밖에 나가도 돼?"

"내가 따라가겠네. 편하게 있게."

아렌 공왕이 싱글벙글 웃는 얼굴로 일어섰다. 클레어는 고개만 숙여 보이고 호로록 차를 마셨다.

무어 공작이 온화하게 말했다.

"나도 고맙다고 말하고 싶군요. 공왕 전하께서 저처럼 좋은 얼굴을 하시는 게 몇 년 만의 일이랍니다. 고마워요."

"아닙니다."

사실은 사과를 해야 하는 문제라고 클레어는 생각했다.

엘리엇과 공왕이 자리를 떠나고 나자 잠시 침묵이 돌았다. 무어 공작도, 클레어도 생각이 많은 타입인 탓이다. 무어 공작이 먼저 입을 열었다.

"그런데, 긴히 할 이야기라는 게 무엇이지요?"

상대는 클라우제너 공작 부인이 될 사람이다. 먼저 용건을 꺼내거나 묻는 것조차도 정치적 의미를 띨 수 있는 일이었으나, 무어 공작은 진심으로 고맙다고 생각했기에 기꺼이 자기 쪽에서 먼저 물었다.

클레어는 찻잔을 내려놓고 잠시 마음을 가다듬었다.

"제가 이렇게 여쭙는 것을 무례하다고 느끼실지도 모르지만, 혹, 최근 몇 년 사이에 공왕 전하와 무어 공작님을 방문하는 사람이 급격히 줄지 않았습니까?"

무어 공작이 이맛살을 찌푸렸다.

일반적으로 진짜 무례한 이야기였다. 방문객이 줄지 않았냐는 것은, 네 영향력과 사회적 지위가 축소되었다는 것을 알고 있느냐고 돌려 욕하는 것과도 비슷한 말이었기 때문이다.

물론 클레어는 그런 뜻으로 질문한 것이 아니었고, 무어 공작 역시 그것을 알고 있었다. 그러나 음흉한 구석이 있는 사람이었기에, 그녀는 짐짓 놀란 얼굴로 클레어를 빤히 바라보았다.

"공왕 전하께서 외로운 몸이시라는 것을 남작이 그토록 염려하고 있을 줄은 몰랐군요."

"제 질문 방식이 너무 직설적이었어도 부디 용서해 주십시오. 하지만 돌려 말할 수 있는 일이 아니라 그렇게 여쭈었습니다."

클레어의 얼굴은 아주 심각하고 진지했다.

무어 공작은 그녀가 자신을 살피고 있다는 것을 깨달았다. 자신이 지금 그녀를 살피듯이, 인간됨을 보고 있는 게 아니다. 질문에 대한 구체적인 반응을 살피고 있다. 무어 공작이 방문객이 줄었다는 사실을 인지하고 있는지, 인지하고 있다면 그게 '사건'이라는 걸 알고 있는지.

'무슨 일이 있구나.'

무어 공작은 무심코 등에 힘을 주었다.

지난 5년 동안 공왕궁은 아주 평화로웠다. 일이 벌어질 만한 거리도, 사람도, 아예 없었기 때문이다. 실제로 방문객은 줄어들었지만, 그 자체는 이상할 것이 없었다. 황태자가 죽은 뒤로 공왕궁의 문은 잠기다시피 했기 때문이다.

공왕이 알현을 청하는 사람을 굳이 거절하지는 않았다. 이전과 똑같이 도움의 손길을 필요로 하는 아렌인이 있다면 기꺼이 도왔다. 그러나 사적인 교류는 완전히 사라졌다. 특히 자주 드나들던 아렌 귀족들과도 선을 그었다.

사람에게 실망한 탓이다. 공왕은 입 밖에 내어 말하지는 않았으나 딸을 황제와 결혼시킨 것부터 후회하고 있었고, 아예 자신이 아렌 왕가의 사람이 아니었더라면 좋았으리라는 생각에까지 사로잡혀 있었다. 그것은 황태자를 중심으로 아렌의 영광을 떨치고자 하던 아렌 귀족들에게는 받아들일 수 없는 내용이었다.

황태자가 죽었으니, 공왕이 구심점이 되어 복수하고, 동시에 세력을 결집시키기를 바라던 자들은 모두 실망하여 떨어져 나갔다.

그저 다정한 마음으로 다가온 자들도 오래 버티지 못했다. 비탄에 잠긴 노인 곁에 언제까지고 머무를 수는 없었으니까.

하지만 무어 공작은 그것을 온건하게 말했다.

"공왕 전하께서는 이제 은퇴하여 조용히, 은거하듯 사시는 분이지요. 기껏해야 나만 이런저런 일을 청하기 위해 드나들 뿐입니다. 방문객이 줄어든 것은 당연한 일이에요."

"공작님께서 공왕 전하를 살펴 드리고, 또 뜻하시는 바를 대행하시는 일도 종종 있다는 것을 잘 알고 있습니다."

"……."

무어 공작은 굳이 자신에게도 방문객이 줄어들었다는 언급을 하지 않았다. 무례한 질문에 굳이 친절한 답변을 해 줄 필요는 없다. 클레어는 아마 이미 조사해 보고 왔을 것이다. 질문한 것은 자신과 공왕이 그것을 인지하고 있나 확인한 것뿐이리라.

클레어가 가볍게 숨을 들이마셨다. 각오는 이미 했으나 시작하는 것은 쉽지 않은 일이었다.

"아렌 귀족을 대상으로 의도적으로 마약을 퍼뜨리는 자가 있습니다."

무어 공작은 감정적 동요를 쉽게 드러내는 편이 아니었으나 이 말에는 손을 멈칫할 수밖에 없었다. 그녀는 손수 빈 잔을 채우려던 것을 잊고 클레어를 바라보았다.

클레어는 맑은 눈을 하고 있었다. 노란빛이라고 생각했던 눈동자에 서린 감정이 붉은색이라, 얼핏 태양처럼 반짝거리고 있었다.

"몇 주 전에 제가 납치당할 뻔했다는 사실을 공작님도 아시리라고 생각합니다."

"······소문은 들었어요."

"구체적인 증거까지 알려 드리기는 어렵습니다. 하지만 대략 6, 7년 전부터 오페라 애호가들을 중심으로 시작해서 각종 아편 제제를 실험하는 자가 있었습니다."

이것은 장부에 적힌 지역 영주의 금전 관계와 행동을 추적하여 추론한 내용이었다. 전원을 다 밝혀낸 것은 아니다. 그러나 운 좋게도 클레어는 그중 여러 사람을 이미 알고 있었다.

델포드의 영향력은 클레어 자신이 평가하는 것보다 훨씬 컸다. 위빙 상단의 공장과 포목점은 아렌 지역의 여러 곳에 진출해 있다. 유력한 귀족은 공단과 화물 운송에 관한 이권으로 위빙 상단과 얽혀 있고, 많은 영지가 원재료 공급처였다.

그리고 귀족에게 이 같은 인맥은 곧바로 정치적 영향력으로 치환되게 마련이다. 현대의 거래처처럼 생각한 클레어가 판단을 잘못한 것이다. 황후가 염려하던 것을 그녀는 이제야 깨달은 셈이다.

어쨌든 그녀는 여러 통의 편지를 쓰고 심부름꾼을 보내는 것만으로도 꽤 여러 가지를 알아낼 수 있었다. 가문의 수치로 여기고 숨기는 자가 생각보다 적었던 덕분이다.

"수도에 머무르는 아렌 귀족은 대부분 연잎 궐련의 애호자입니다. 수면제와 진정제도 퍼지고 있고요. 자기 영지에 머무르고 있는 이들 중에도 이걸 맛본 사람이 상당합니다."

"그렇군."

무어 공작은 무덤덤하게 대답했다. 그녀도 이것을 기껏해야

썩 좋지 않은 기호품의 한 종류 정도로 여겼기 때문이다.

클레어는 작은 한숨을 내쉬었다.

"심각한 중독자는 대부분 귀족원 출석을 포기했습니다."

"……?"

"저 같은 사람은 괜찮습니다. 원래부터 관심이 없어서 출석하지 않았던 거니까요. 하지만 소위 '아렌 세력'을 형성하려던 귀족들 중 연잎 궐련을 피우다가 중단하면서 출석하지 않게 된 자가 60퍼센트를 넘어갑니다."

궐련을 중단했다는 것은 더 강도가 강한 약으로 넘어갔다는 의미였다.

클레어는 굳이 명단을 가져오지 않았다. 무어 공작이 알아보려고 하면 얼마든지 알아볼 수 있는 내용이기 때문이다.

"그리고 그 대다수가 후원하고 있던 하원 의원에게 이전과 전혀 다른 정견을 보냈습니다. 예를 들면, 루덴도르프 후작령에 어업항을 만드는 데 국가 예산을 투입한다는 정책이 특별한 반대 없이 통과되었죠."

그리고 루덴도르프 후작가는 황후의 수석 시녀 아우구스타의 친정이었다.

무어 공작의 눈빛이 깊어졌다. 확실히 이상했다. 루덴도르프 후작령이 딱히 어업으로 유명한 곳도 아니고, 이름난 항구가 있는 곳도 아니다.

아니, 설령 그곳이 최적의 장소라 해도 국가 재정을 쏟아붓는다는 이야기가 나오면 아렌 귀족들은 반대했을 것이다.

"물밑에서 타협이 있었겠지요. 클라우제너도 늘 그런 식으로 움직일 텐데."

"일회성이 아닙니다. 그리고 그 뒤로 딱히 아렌에 대규모로 국가 예산이 투입된 적은 한 번도 없어요. 반면, 로멜, 특히 황후의 측근 쪽에는 집중적인 투자가 이루어졌지요."

이것도 추측이 아니라 그냥 알아보려면 언제든지 알 수 있는 내용이다.

"중독자의 의존성은 공작님께서 알고 계시는 것보다 훨씬 심각합니다. 전 이게 아렌 귀족을 마약에 중독시킨 다음, 공급을 쥐고 협박하여 만들어 낸 일이라고 생각합니다."

금단 증상에 빠진 중독자는 약을 구하기 위해서라면 무슨 말이든 듣는 법이다. 무어 공작이 황당하다는 얼굴로 그녀에게 물었다.

"지금 본인이 위험한 말을 하고 있다는 자각은 있겠지요?"

"다행히도, 곧 클라우제너 공작 부인이 될 몸이라 이 정도는 괜찮을 거예요."

클레어는 살짝 웃었다.

"의존성과 부작용을 실험해 가며 강도 높은 마약을 만들어 내고 있는 게 단순한 범죄 조직이 하는 일일 리 없습니다. 단순히 사교계에 유행처럼 퍼지고 있는 것뿐이라면, 로멜 귀족에게는 연잎 궐련 이상의 약이 공급되지 않고 있는 것을 설명할 방법이 없지요."

"남작이 모르고 있는 것뿐이 아닐까요?"

"저는 몰라도, 제 약혼자가 모르고 있을 리는 없으니까요."

클레어는 단호하게 말했다. 무어 공작은 몇 번이나 클레어에게 반박했지만, 사실 진심으로 그녀의 말이 그르다고 생각하고 있지는 않았다.

아렌 귀족의 방문은 명백하게 줄었고, 정치 세력으로서의 아렌도 흩어지고 있는 것이 사실이다. 황태자의 죽음 뒤에 구심점과 목표를 잃어서 그렇다고 생각했지만, 그래도 매사 반대하는 집단 정도는 남아 있어야 정상이었다.

그렇지 않은 것은 비정상이다. 뒤에서 음모가 움직이고 있었다. 무어 공작은 천천히 호흡하며 가슴을 가라앉혔다.

황후가 아렌 귀족의 세력을 없애려고 하고 있다. 그런 것에 일일이 분노하고 슬퍼하기에는 무어 공작은 이미 많이 닳았다. 어차피 생길 일이 생긴 것이다. 아렌은 백 년 동안 버텨 왔지만, 결국에는 로멜에게 흡수될 것이다.

"남작의 뜻이 이해되지 않는군요. 그래서, 내게 왜 그런 이야기를 하는 건가요? 저 어린아이에게 짐을 지우고 싶은 게 아니라면."

무어 공작이 테라스 쪽을 돌아보았다. 엘리엇이 신나서 외치는 소리가 들려왔다. 정원에 과실수가 몇 개나 있었는데, 공왕이 안아 올려 그것을 딸 수 있게 도와주고 있었다.

클레어도 그 모습을 잠깐 바라보고는 무어 공작에게로 시선을 돌렸다.

"저는요, 공작님. 솔직하게 말씀드려서 황실의 권력 다툼에 끼어드는 꼴이 될까 봐 무척 두려워요."

"그런가요?"

"하지만 정치적 목적으로 마약을 퍼뜨려 협박의 수단으로
삼는 자를 용납할 순 없다고 생각합니다."

그녀는 무심코 주먹을 한번 쥐었다가 폈다.

진짜로 아무런 관련도 하지 않고, 아무 생각도 하지 않고 있
을 수는 없었다. 자신이 아렌 출신이어서도, 엘리엇이 타고난
권리를 되찾아 주어야겠다고 생각하기 때문도 아니다.

황후가 하는 짓의 해악을 알고 있기 때문이다. 약을 뿌리는
것은 쉬우나 거둬들이는 것은 그렇지 않았다. 돈맛을 본 마약
상이 신분을 가려 가며 귀족에게만 팔겠는가?

결과적으로 제국 전역에 뿌리내리게 된다. 클레어는 그렇게
된 후의 결말을 용이하게 짐작할 수 있었다. 그런 일에 인간으
로서 눈감을 수는 없는 일 아니겠는가.

무어 공작이 천천히 차를 한 잔 더 따라 마셨다. 그러는 동
안 거실에 고요함이 감돌았다.

"그래서, 내게 바라는 일이 무엇인가요?"

"아렌 귀족을 결속시키고 황후와 대적할 준비를 해야 합니
다. 각지의 영주들은 자기 영지 안에서 이 약이 더 퍼지지 않도
록 막아야 하고요."

역공을 하려면 일단 한 번은 적의 공격을 방어해야 한다.

"공왕 전하와 무어 공작님을 제외하고 누가 이런 일을 할 수
있겠습니까?"

"남작은 지나치게 겸손하게 말하는군요. 클라우제너와 위빙 상단의 힘이라면, 황실과 맞서 싸우기 충분할 텐데."

무어 공작은 테라스 쪽을 바라보며 말했다.

"하지만 공왕 전하께서는 어린아이들을 위해서라면, 기꺼이 몸을 일으키시겠지요."

"감사합니다."

클레어가 진심으로 고개를 숙였다.

이리스가 마차에서 내려 오페라 극장의 정문 앞에 섰을 때였다.

"슈나이더 백작 영애?"

부르는 소리와 함께 옆에서 뻗어 온 손이 그녀의 손목을 움켜쥐었다.

"꺄악!"

깜짝 놀라 이리스는 비명을 지르며 그 손을 힘껏 뿌리쳤다. 뿌리쳐진 상대도 놀란 듯 당황하여 뒤로 자빠질 뻔했다.

상대가 아는 얼굴이었기에 이리스는 신음했다.

"애빙던 백작님?"

면식이 있는 귀족이었다. 아주 친하다고까지는 할 수 없었으나, 최근에 오페라에 취미를 붙였는지 종종 극장에 오는 사람이었다. 슈나이더 백작가의 살롱에도 꽤 자주 드나들었다.

하지만 이리스는 눈을 의심했다. 애빙던 백작은 통통한 장년 남자였을 터이다. 하지만 지금 그녀 앞에 있는 것은 살이 홀쭉 빠져 뼈만 남은 병자였다.

안색은 시커멓고 입술은 허옇게 부르텄다. 손발이 쉴 새 없이 떨리고 눈은 이상한 안광을 뿌리며 동공을 굴렸다. 식은땀에 젖은 이마가 번들거렸다.

"살롱은……."

"네?"

"살롱은 언제 열립니까?"

"제, 살롱이요?"

이리스는 당황하며 물었다. 슈나이더 백작은 예술을 애호하는 사람이고, 백작가에는 당연히 살롱이 있었다. 이리스도 종종 살롱에서 노래했다. 자신의 이름을 걸고 열리는 살롱이 있다는 것은 그녀에게 꽤 자랑스러운 일이기도 했다.

하지만 애빙던 백작이 이렇게 형편없는 몰골을 하고서 살롱에 대해 묻는 게 이해가 안 갔다. 이리스는 그가 살롱에 자주 오는 손님이라는 것조차 잘 몰랐다. 엄마가 모든 일을 처리했기 때문이다.

그녀는 당황하며 대답했다.

"저희 집 사정 이야기를 듣지 못하셨어요? 살롱 같은 걸 열 형편이 아니에요."

"그러면, 진정제는……!"

애빙던 백작이 그녀의 두 팔을 움켜쥐며 고함쳤다. 이리스는 겁을 집어먹었으나 비명을 지르지 못했다.

약점이 된다. 틀림없다. 엄마가 그 살롱에서 무슨 일을 했는지 정확히는 모르지만, 애빙던 백작의 꼴을 보면 분명히 문제가 된다. 그래서 이리스는 평소처럼 구해 줄 사람을 찾을 수가 없었다.

그녀는 입술을 꾹 깨물고 부드럽게 애빙던 백작의 손등을 쓸었다. 그녀의 다정한 태도는 언제나 쓸모 있었고, 이번에도 통했다. 애빙던 백작은 끔찍한 안색으로도 동요를 내비치며 얌전해졌다. 이리스는 마음속으로 거지에게 친절한 공주 역할을 떠올리며 그에게 상냥하게 말했다.

"살롱은 당분간 열기 어렵겠지만, 백작님이 중요한 일로 찾으신다고 엄마께 전해 드릴게요."

"진정제……도, 꼭 전해 주십시오."

"네. 꼭 전해 드릴게요. 아마 엄마가 구해 드릴 수 있을 거예요."

그 말에 애빙던 백작은 순순히 납득하고 물러섰다. 그는 몹시 고통받고 있었으나 이성을 완전히 잃은 것까지는 아니었다.

"꼭…… 꼭, 연락 주십시오. 부탁드립니다, 이리스 양."

여기에서 이리스에게 미움을 받아 살롱에 다시 가지 못하게 되면 큰일이었다. 이리스의 살롱에서만 나누어지는 진정제가 없으면 그는 온전한 판단을 할 수도 없고, 밥도 제대로 먹을 수가 없었다.

그게 금단 증상이라는 자각도 없었다. 진정제만 있으면 된다. 그것만 있으면, 제대로 생활할 수 있었다. 그래서 운영을 중단한 오페라 극장 앞에서 기다리고 있었다.

지금 시점에서 슈나이더 백작 부인을 정식으로 방문하는 것은 어리석은 짓이다. 부인의 외도가 발각된 사실로 백작가가 뒤숭숭한 게 문제가 아니었다. 클라우제너 공작가의 경호원들이 백작저를 둘러싸고 지키고 있었다. 자칫하면 델포드 남작 납치 미수에 연루된다. 그 두려움만은 제정신이 아닌 상태에서도 남아 있었다.

한편, 그가 물러난 뒤에도 이리스의 가슴은 계속 쿵쾅쿵쾅 뛰었다.

'엄마한테, 이것도 이야기해야 하는데.'

하지만 지금은 만날 수가 없다. 그날부터 오늘까지 이리스는 백작 부인을 딱 한 번밖에 만나지 않았다. 그것도 남의 눈을 피해서였다. 진실이 모두 밝혀지는 게 무서웠기 때문이다.

그녀는 떨리는 마음으로 오페라 극장 안으로 들어섰다. 벽과 바닥이 뜯긴 1층은 을씨년스러웠다. 위층에서 쾅쾅 소리가 나고 있었다.

남은 뒤 통로를 드러내기 위해 에리히가 명령한 일이다. 죄의 온상이었던 곳이니 자발적으로 내놓은 건축 도면과 출입구는 믿을 수 없다고 했지만, 실제로는 특별 조사단에 대한 위력 시위였다. 아마 이 극장은 회생이 불가능할 것이다.

이리스는 걸치고 있던 망토를 벗어 뒤집어 입었다. 그러자 저렴하고 평범한 회색 망토처럼 보였다. 1인 2역을 할 때 입었던 무대 의상이었다. 그녀는 그 망토의 후드를 뒤집어쓰고 오페라 극장의 뒷문으로 빠져나갔다.

그리고 뒷골목을 살금살금 걸어 스테판에게 받은 주소로 향했다. 오페라 극장에서 멀지 않은 낡은 집이었다.

들킬 일은 없다. 그녀가 오페라 극장을 방문하는 것은 이상할 것이 하나도 없었다. 문을 닫게 되었으니, 지배인을 위로한다는 핑계도 있었다. 집에도 그렇게 말하고 나왔고, 용건을 끝마치면 실제로도 지배인의 사무실에 들러 이야기를 나눌 작정이었다.

하지만 불안감 때문에 외줄 타기를 하는 것처럼 걸음이 불안정했다.

'애빙턴 백작 때문이야. 괜히 불안해져서 그래.'

그녀는 품에 숨긴 것을 한번 확인했다.

그것은 '진정제'다. 그녀는 카탸의 약상자가 어떤 순서로 정리되어 있는지 알고 있었으므로, 가장 강한 것이 어느 것인지 아는 것은 아주 용이한 일이었다.

콩콩.

문을 두드리자 안에서 긴장한 숨소리가 들려왔다.

"저, 이리스예요."

이리스는 애써 목구멍에서 소리를 쥐어짜 냈다. 자신이 존댓말을 한다고? 오페라 극장의 일꾼이었던 자에게?

그렇지만 생각보다 자연스럽게 입 밖으로 나왔다.

문이 삐걱 열렸다. 안에서 피운 담배 때문에 매캐한 연기가 새어 나오고, 토마스가 얼굴을 내밀었다.

"이리스…… 네가 여긴 왜……?"

기억이 물밀 듯이 밀려왔다.


'아빠!'


얼굴은 기억하지 못했으나, 그렇게 부르면 냄새나는 손이 그녀의 머리를 마구 쓰다듬었던 기억이 있다.

그게 기뻤던 때가 있었다. 지금에 와서 기억나는 것은 싫은 냄새뿐이었으나, 이리스는 자신이 기뻐했던 것을 기억하고 있었다.

혐오감이 솟구쳤다. 이 남자가 그녀의 친부라니. 그럴 리가 없었다. 그러면 안 되었다.

아버지가 슈나이더 백작보다 더 멋진, 더 대단한 사람인 것은 상상해 본 적 있지만, 이따위 하천한 남자가 그녀의 아버지일 수는 없었다.

이곳에 오기 전까지 이리스는 줄곧 망설이고 있었다. 친부를 만나면 마음이 바뀔지도 모른다고 생각했다. 스테판의 수작에 넘어가면 안 된다는 생각도 했다.

하지만 오히려 망설임이 사라졌다. 이런 남자 때문에 손에 쥔 것을 포기할 수는 없었다. 그녀는 슈나이더 백작 영애였고, 그래야만 했다.

그렇다면 해야 할 일은 하나뿐이다.

이리스는 애틋한 얼굴로 그의 팔에 매달렸다. 원래 연기력이 있었기에, 진심으로 보이는 것은 어렵지 않은 일이었다.

"아버지."

토마스의 표정이 흔들렸다. 남의 삶을 아무렇지도 않게 망치고, 일가를 파탄 내 팔아 치우는 일을 손쉽게 해 온 남자에게도 딸에 대한 애정은 있었던 것이다.

그는 이리스를 은신처 안으로 들였다. 이리스는 미소까지 짓고 그의 손을 잡고 안으로 들어갔다.

그 건물이 화재에 휩싸인 것은 그로부터 한 시간 후의 일이었다.

저녁 해가 뉘엿뉘엿 기울었다. 붉어진 하늘과 그림자가 드리워지는 길목에서 신문팔이 아이들이 소리를 질렀다.

"호외요, 호외!"

"또 불이 났대요!"

공왕저에서 돌아오던 클레어는 마차를 잠깐 멈추고 호위에게 말했다.

"한 장 부탁할게요."

"예, 남작님."

호위가 내려서 신문을 사 왔다. 이 시간의 호외라면 대개 사건 사고였기에 클레어는 곧바로 신문을 폈다. 오페라 극장에서 다섯 블록 떨어진 곳에서 오늘 또 방화가 있었다고 했다. 커다란 창고가 딸린 빈 가게였고, 시신이 한 구 실려 나왔다는 이야기도 적혀 있었다.

'이게 우연일 수 있을까?'

화재는 언제 어디서든 날 수 있는 것이긴 하다. 하지만 이 시기에, 하필이면 그 인근에서.

창고에 있던 물건이 무엇인지, 죽은 사람이 누구인지도 확인해 봐야겠다.

어제는 토마스 보르얀스의 조직원 몇몇이 구치소에서 살해되었다. 범인은 싸우다가 욱해서 그랬다고 자백했지만, 구치소에 칼이 어떻게 반입되었는지는 알 수 없었다.

상대가 이렇게 쉽게 사람을 죽여서 치우는 자들이라고 생각하면 소름이 끼쳤다. 만일에 그자가 추측대로 진짜로 황후라면 더더욱.

클레어는 잠든 엘리엇의 머리칼을 가만히 쓰다듬다가 고개를 숙여 그 이마에 입을 맞췄다.

자신의 아이는 자신이 꼭 지킬 것이다.

# 결혼식

이런저런 일이 있었지만, 결혼식은 예정된 날짜에 거행되었다. 성황청 예배당을 빌리고 초대장을 발송하는 일로 급히 인원을 늘려야 할 정도로 비서실이 굴려졌지만, 결과물은 훌륭했다.

성황청 본당과 정원이 전면 개방되었다. 연하늘색 실크 장막들이 정원 곳곳에 내려앉듯 둘러쳐져 휴식처를 만들고, 간단한 푸드 테이블과 의자가 놓였다. 예배당 안에서는 술을 마실 수 없고, 피로연장에 모든 이를 초대할 수도 없었기 때문에 이렇게 간단히 대접하기로 한 것이다.

두 가문을 위해서 일하는 사람들, 비교적 신분이 낮은 가신들이 정원에 가득 모여 있었다.

"우리 같은 사람들까지 초대해 주시다니, 역시 델포드 남작님은 인품이 다르셔요. 아 참, 이제 남작님이 아니라 공작 부인이시지?"

"그걸 허락하신 공작님은 어떻고요. 모든 걸 다 남작님 뜻대로 해 주시고 있다는 게 사실인가 봐요."

엄밀히는 고용주나 거래처 대표일 뿐이지만, 마치 제 가족이 공작 부인이 되기라도 하는 것처럼 기뻐했다.

중요한 예배를 볼 때만 열리는 정문이 활짝 열려 있었다. 맑은 종소리가 울리며 사람들에게 소식을 알렸다.

대부분의 손님들은 마차장에서 내려 걸어와야 했지만, 제임스는 달랐다. 그는 신부의 가장 가까운 친척이었으므로 성황청 정문을 지나 본당 앞뜰까지 마차로 올 수 있었다.

마차를 타고 온 사람이 누군가 시선이 집중되었다.

"어흠."

제임스는 마차에서 내리며 헛기침을 했다. 관심 가득한 시선이 쏠려 오는 것이 부담스러운 마음이 아주 조금 섞인 짜릿한 기분을 맛볼 수 있었다.

'암, 우리 가문이 그냥 그렇게 시시한 남작가로 끝날 핏줄은 아니지.'

저 멀리 조상을 따져 보면, 능력만으로 아렌의 재상을 역임한 백작가의 혈통에서 갈라져 나온 방계 혈통의 후손이니까 말이다. 그의 옆에서 찰스가 눈치를 보며 속삭였다.

"아버지, 몸가짐을 조심하시지 않으면 클레어가 나중에 뭐라고 할 거예요."

"어허, 뭘? 오늘은 델포드와 클라우제너의 결혼식이고, 우리가 델포드 가문의 대표가 아니냐."

안타까운 것이라고는, 자신이 클레어를 에스코트해서 식장에 들어가지 못한다는 것뿐이었다. 부모가 없으니, 마땅히 가문의 큰 어른인 자신의 역할인데 말이다. 하지만 이리스가 처음 방문했을 때 한 소리 들은 뒤로, 그런 잔소리를 쉽게 할 수 없게 되고 말았다.

그가 어깨를 으쓱거리며 안으로 들어가는 것을 그레이는 멀찍이서 지켜보고 있었다. 그 곁에 서 있던 슐츠 법무 차관이 말했다.

"콧대가 높아질 만하지. 델포드 남작가 같은 곳이 클라우제너 공작가의 인척이 되었으니. 그것도 방계와 결혼하는 것도 아니고."

"제임스 경이 성품이 나쁜 분은 아닙니다만, 경솔한 구석이 있다 보니 조금 걱정됩니다."

"가주 자리에 있는 것도 아니고, 괜찮지 않겠는가?"

"그것도 맞는 말씀이긴 합니다."

슐츠가 지나가는 시종의 트레이에서 샴페인 잔을 두 개 집어 들어 그중 하나를 그레이에게 건넸다.

"자네는 이제 자네 걱정을 해야지."

"제 걱정…… 말씀입니까?"

"그래. 이제 델포드 남작가와 클라우제너 공작가는 합쳐진 것이나 다름없으니, 가문의 법률 고문으로서의 역할은 대부분 저쪽으로 넘어가겠지. 위빙 상단 정도의 규모라면 상단 변호사로서도 꽤 보람이 있겠지만, 자네가 거기서 그칠 사람은 아니니까."

"슐츠 선생님."

"델포드 가문에게서 받은 은혜를 갚는다는 것도 다시 생각해 보는 게 어떤가? 자네라면 물론 클라우제너의 쟁쟁한 변호단에 들어가도 부족하지 않겠지만, 그건 사실 자네만 할 수 있는 일도 아니지."

슐츠가 열변을 토했다.

"그것보다는 더 높은 자리에 올라가는 게 기대에 보답하는 길이란 말이야. 지금의 남작님도 그러라고 자네를 풀어 주신 게 아닌가?"

"글쎄요. 아직은 정계에 뛰어들기에는 연륜이 모자라다고 생각합니다."

그레이는 평온하게 말했다.

"당분간은 사무소를 지키고 싶습니다. 선생님도 그걸 바라시니 제게 맡겨 주시지 않았습니까?"

"그건 델포드 남작가가 그냥 남작가일 때 이야기였지. 그랬다면 자네를 팍팍 밀어줄 거라고 생각했으니까."

"지금도 잘해 주십니다."

"하지만, 클라우제너의 법률 고문들은 자네를 배척할 걸세. 그러느니 차라리 나랑 같이 에른스트의 후원을 받게나."

슐츠가 안타까운 한숨을 내쉬었다.

"그게 남작님에게도 더 나아. 자네를 매개로 에른스트 공작가와 따로 좋은 관계를 형성할 수도 있으니까. 자네 마음만 확실하고, 윗분이 신뢰를 깨지만 않는다면, 배신이 아니야."

"예, 압니다. 그냥 아직은 사무소가 더 중요하다고 생각합니다. 근거지를 지키는 것도 중요하니까요."

"그럼 에른스트 소공작님께 일단 인사만 드리러 가는 건 어떤가? 마침 오늘 결혼식에 참석하셨다네."

"알겠습니다."

그렇게 대답하면서도 그레이는 모호한 웃음을 띠었다. 슐츠가 자신을 아끼는 마음에서 하는 말인 줄은 잘 알고 있었다. 그도 가문도, 세력도 없이 오로지 능력만 가지고 올라간 평민이라, 자신을 끌어 주고 싶어 했다.

하지만 에른스트 공작가가 상대라면 조금 애매했다. 몇 달 전까지라면 슐츠의 뜻을 그저 고맙게 생각했겠으나, 이제는 난처했다. 에른스트 공작가는 황후의 친정이었기 때문이다. 클레어가 황후와 적대하게 될 것이 거의 확실시된 이 시점에서 에른스트의 후원을 받을 생각은 없었다.

둘은 샴페인 잔을 든 채로 정원에 나와 있는 다른 손님들과 가볍게 인사를 나누었다. 노이만 의장도 반갑게 두 사람을 맞이해 주었다. 그는 그레이와도 면식이 있었다. 약혼 파티 때부터 지금까지 여러 일을 치르면서 얼굴을 마주할 일이 종종 있었기 때문이다.

"슐츠 경, 클라우제너의 유력한 미래를 훔쳐 가려고 그러는 거요?"

"미래를 훔치다니, 무슨 소리입니까? 솔직히 클라우제너에서 내부 경쟁 때문에……."

두 사람이 이야기하는 동안에 신분 높은 하객들이 속속 도착했다.

"빅토리아 대공 전하께서 오셨군. 인사드리러 갈 건데, 같이 가겠소?"

"기꺼이 그러겠습니다. 자네도 같이 가세."

그레이는 잠시 망설였다. 클레어가 입장하는 순간을 지켜보고 싶지 않았기 때문이다.

하지만 슐츠의 말에도 옳은 부분이 있었다. 자신의 입지를 다지는 일도 중요하다. 그래야 언젠가 클레어가 필요로 할 때 기댈 수 있는 위치가 될 수 있을 테니까.

그는 괜히 씁쓸해진 입 안을 혀로 쓸었다. 자신이 부족하다는 것은 늘 생각하고 있었지만, 권력이 그토록 간절한 것은 이번이 처음이었다.

자신이었다면, 클레어가 위험에 처했을 때 무엇을 할 수 있었을까? 오페라 극장의 벽을 뜯어내고, 특별 조사단을 위협하며 보고서 전부를 제출시키기기는커녕 기껏해야 법 조항을 들먹이며 상대와 신경전이나 하고 있었을 것이다.

지금이라도 늦지 않았다. 에리히와 맞먹을 수는 없겠지만, 적어도 피후원자, 충실한 가신인 것만이 아니라 의지가 될 수 있는 남자로 있고 싶었다.

그가 결정을 내리기 전이었다.

"와아아……!!"

멀리에서 함성 소리가 들려왔다.

초대장을 받지 못한 클라우제너의 하급 고용인들과 위빙 상단의 종업원, 그 밖에 결혼식을 그저 구경하러 온 시민에 이르기까지 모두 기쁨의 환호성을 터뜨렸다. 노이만 의장이 미소를 지었다.

"만세라도 부를 것 같군."

"클라우제너 공작 각하의 위엄이 대단합니다."

슐츠가 그렇게 말했다. 그레이는 마음속으로 그게 전부가 아니라고 생각했다. 위빙 상단이 좋은 의미로 영향력을 행사하지 않았다면, 이토록 환영받지 못했을 것이다. 또, 클레어가 지난 몇 달 동안 여론을 이용해 이 결혼을 세기의 로맨스로 만들지 못했다면, 이건 그저 고위 귀족의 결혼식이었을 것이다.

하지만 지금은 모두가 환호하고 있다. 그럴 만하다고 납득하고, 그 사실이 클레어를 위해 기쁘면서도, 가슴 한구석이 빈 것 같았다.

꽃으로 장식된 화려한 마차가 성황청 정문 앞에 섰다. 에리히가 먼저 내렸다. 우아하게 성장한 신랑의 모습에 정원에 황홀한 한숨이 가득 차올랐다. 완벽하게 조각된 대리석상에 검푸른 비단과 황금을 입힌 듯했다.

그는 제게 쏟아지는 찬탄을 알지도 못하는 듯이 무심하게 돌아서서 안쪽을 향해 손을 내밀었다. 클레어는 곧바로 내리지 못하고 머뭇거렸다. 드레스의 긴 트레인이 부피가 제법 커서 움직임이 자유롭지 않은 탓이었다.

"클레어."

"좀 잡아 줘요."

시녀가 옷자락을 정리하기 전에 에리히가 그녀의 허리를 잡고 들어 올려 훌쩍 땅에 내려놓았다.

"앗."

긴 드레스 자락 안에서 구두가 반쯤 벗겨졌다. 클레어는 난처해져서 그의 팔을 잡고 매달렸다.

"왜?"

"잠깐 있어 봐요. 구두가 새것이라 뻣뻣해서……."

클레어는 그의 손을 잡은 채 발을 꼼지락거리며 구두를 다시 신었다. 사람들은 정확히 무엇 때문에 거기 멈춰 섰는지는 몰랐지만, 끌어안거나 키스하는 것보다 오히려 일상적이고 다정한 모습에 탄성을 흘렸다.

"됐어요."

클레어는 어색하게 웃으며 에리히가 손을 잡아 이끄는 대로 천천히 걸었다. 신문에서 그렇게 떠들어 댄 다이아몬드 목걸이와 귀걸이가 고운 얼굴을 돋보이게 했다. 틀어 올린 붉은 머리칼은 새하얀 장미로 장식되어 있었다.

그녀의 웨딩드레스는 물거품처럼 풍성한 흰색이었다. 등허리부터 시작된 트레인에 자잘한 보석을 달고, 조금씩 푸른빛이 돌게 하여 그 끝부분에서는 맑은 바다에 부서지는 파도의 포말처럼 연푸르게 반짝거렸다.

아무도 시키지 않았는데 사람들이 박수를 치기 시작했다.

"축하드립니다!"

환영과 기쁨의 함성이 정원을 가득 메웠다. 그레이는 그 뒷모습이 예배당 안으로 사라질 때까지 멍하게 바라보고 있었다.

"우리도 들어가야지."

슐츠가 그렇게 말하고 팔을 잡아서야 그는 자신이 잠시 넋을 잃고 있었음을 깨달았다. 그러나 그것을 겉으로 드러내지는 않았다.

'예' 하고 대답하는 얼굴은 평소와 똑같았다. 다만, 그는 자신의 책상 서랍 속에 들어 있는 그 사파이어 반지를 떠올리지 않을 수가 없었고, 그것을 영원히 처분하지 못하리라는 것을 깨달았을 뿐이다.

성황청 예배당의 천장은 하늘처럼 높아, 궁륭에 새겨진 천사의 조각상을 세심히 살피기 어려울 정도였다. 정묘하게 설계된 천창과 스테인드글라스에서 스며드는 수백 가닥의 햇살이 예배당을 신성한 빛으로 가득 채웠다.

꽃향기와 은은한 음악이 바닥에 내리깔렸다. 먼저 온 하객들은 가까이에 앉은 사람들과 가벼운 대화를 나누고 있었다.

"빅토리아 고모님이 오실 줄은 미처 생각지 못했어요."

베티나 공녀가 방실방실 웃으면서 말했다. 올해 나이 칠순인 빅토리아 대공은 황제의 큰누이로, 북부의 자기 영지에서 혼자 조용히 지내고 있었다.

"에리히가 결혼을 한다는데 어찌 안 와 볼 수가 있겠니?"

"에리히 공이 많이 늦긴 했죠. 결혼 상대가 아렌 귀족이라고 해서 조금 놀라긴 했지만요."

"에리히는 원칙주의적인 면이 있으니까, 프리드리히 대제께서 로멜-아렌 계승법을 만드신 진정한 의미를 이해한다면 아렌 남작이라고 해서 기피할 것도 없지."

맨프레드 대공 부부도 한 마디씩 보탰다. 맨프레드 대공은 황제의 바로 손아래 동생이었다.

황후는 참석하지 않을 예정이었다. 황제가 왕림할 수 있었다면, 부부가 함께 참석하는 것도 고려했을 것이다.

그러나 황제는 칩거한 지 오래였고, 공개적으로 알려지는 않았으나 병도 깊었다. 심병이라고 했지만, 간간이 그를 만나는 맨프레드 대공이 보기에는 몸의 병도 깊은 듯했다.

리누스 황자는 에른스트 공작령에 머물러 있었다. 그러니 하객으로 참석한 황족은 여기 네 사람이 다였다. 베티나가 경쾌하게 말했다.

"아렌 공왕께서도 오실 예정이라고 들었어요. 무어 공작님도 함께 오시겠죠."

"넌 무어 공작님을 좋아하니까."

"멋있잖아요. 아, 물론, 제가 제일 멋있다고 생각하는 건 빅토리아 고모님이고요."

"기어이 결혼은 안 하겠단 뜻이로구나."

"전 저보다 잘난 남자가 아니면 싫어요. 그런데 저보다 확실히 잘났다고 할 수 있는 건 에리히 오빠 정도잖아요? 무어 공작님께 아드님이 계셨다면 모를까."

에리히의 결혼을 두고는 공평하게 말했지만, 자기 딸은 아렌 귀족과 결혼시키고 싶지 않은 맨프레드 대공이 미묘한 얼굴을 했다. 무어 공작에게는 자식이 없으니 의미 없는 이야기이긴 했다.

그나저나 훌륭한 결혼식이었다. 예배당은 하객들로 가득했으며, 신성하면서도 축복된 분위기가 가득했다. 루이자와 이리스에 얽힌 각종 악소문에도 불구하고, 훌륭하고 완벽한 결혼식이라는 것을 마음 깊이 인정하게 하는 광경이었다.

물론 흠잡는 이들도 있었다.

"보세요. 저 천한 자들을."

"클라우제너 같은 가문의 결혼식에 회계사니 포목점주 따위가 앉아 있다니, 기가 막혀서."

파펜하임 백작 부인을 비롯하여 루이자를 추종하던 귀부인들은 아직도 승복하지 못하고, 부채를 팔랑거리며 험담을 내뱉었다. 하지만 곁을 지나치는 사람만 있어도 목을 움츠리고 입을 다물었다.

한때 그들 무리의 하나였던 슈페 자작 부인이 그녀들이 무슨 이야기를 하고 있었는지 눈치채지 못할 리 없었다.

"적당히들 하세요. 다른 곳도 아니고 예배당에서. 본디부터 모두에게 허락된 공간인데."

"신께서 노하실까 봐 두렵지도 않으신가 봐요."

한때 파펜하임 백작 부인 뒤에 서 있던 귀부인 중 하나가 이제는 슈페 자작 부인의 등 뒤에 서서 새실거리며 웃었다. 파펜하임 백작 부인은 아무 일도 없었던 것처럼 헛기침을 하고 고개를 돌렸다. 슈페 자작 부인이 콧방귀를 뀌며 엉덩이로 그녀를 밀어내고 좋은 자리를 잡았다.

예배당을 구경하느라 여념 없는 사람들도 적지 않았다.

"우와……. 저희 같은 사람까지 초대해 주시다니, 역시 남작님은 다르세요. 제 평생에 성황청 본당에 입성하다니요. 꿈만 같아요."

곧 딸랑딸랑 종소리가 울렸다. 성스러운 향로의 행렬이 들어온다는 신호였다. 모두가 자리에 앉아 입을 조용히 다물었다.

젊은 사제가 성표를 들고 제일 앞에 서서 길을 인도하고, 그 뒤를 따르는 주교가 향로를 흔들며 중앙 회랑을 정화했다. 그 뒤를 따라 들어온 것은 곱게 치장한 어린 성가대원들이었다. 중앙 회랑에 희고 푸른 수국 꽃잎을 뿌리며 예배당 안에 맑은 목소리를 채워 넣었다.

그리고 신랑 신부가 들어섰다.

"어머, 드레스가 훌륭하네. 자태도 우아하고."

맨프레드 대공비가 감탄사를 흘렸다. 베티나가 고개를 끄덕거렸다.

"약혼 파티 때도 에리히 오빠와 썩 잘 어울린다고 생각은 했었지만, 지금도 예쁘네요. 에리히 오빠가 다른 건 몰라도 얼굴 하나만큼은."

"베티나."

"제가 뭐 틀린 말 했어요? 잘생긴 건 사실이잖아요. 인성은 몰라도."

"베티나."

맨프레드 대공비에 이어 대공도 베티나를 꾸짖듯이 이름을 불렀다. 베티나가 장난스럽게 웃었다.

"칭찬이라고요. 아, 에리히 오빠 칭찬은 아니고요."

전형적인 미인은 아닐지도 모르지만, 시선을 확 휘어잡는 매력이 있었다. 자신의 용모를 정확히 알고 새로운 스타일로 자신을 꾸밀 줄 안다.

"아카데미 시절에 평범한 취급이었다니, 진짜로 이해 안 간다고요."

"진짜로 평범했으면, 에리히가 시선을 줬을 리가 있느냐?"

빅토리아 대공이 무뚝뚝하게 말했다. 베티나 공녀가 그 말도 맞다며 고개를 끄덕였다.

신랑 신부는 중앙 회랑을 천천히 걸어 마침내 성소의 제단 앞에 섰다. 결혼 성사를 집전할 대주교가 두 사람을 하나씩 축복했다.

"오늘 신의 앞에 두 사람이 영혼을 하나로 묶기 위해 섰습니다. 성사 전에 묻겠습니다. 이 결혼에 이의 있는 사람이 있습니까?"

에리히의 얼굴에 살짝 긴장이 스쳤다. 클레어는 그와 시선을 마주치고 의아하게 생각했다.

시선이 교차하자 저도 모르게 웃음이 입가에 머금어졌다. 에리히의 입꼬리도 슬쩍 올라갔다.

두 사람이 서로 미소 짓는 것을 보고 대주교가 가볍게 헛기침을 했다.

"이의가 없으면, 이 결혼은 신의 이름으로 맺어질 것입니다. 신께서 사람을 빚으매 하늘을 나는 맹금이나 들과 산을 달리는 짐승과 다르게 서로 의지하며 살도록 만드셨으니, 이 중에서도 오늘부터 앞으로 기쁨이 오든 슬픔이 오든……."

절차에 따라 대주교가 성사를 집전했다. 그리고 마지막으로 성전의 맨 앞 페이지에 적힌 성혼 선언문을 내밀며 말했다.

"결혼 계약서는 세속의 것이나 이는 신께 영원을 서원하는 일이니 지울 수도 없고, 찢을 수도 없는 일입니다. 서명하십시오."

말은 그렇게 했지만, 물론 이혼할 때가 되면 성전 따위는 까맣게 잊히기 마련이었다. 그렇게 해야 한다는 교회의 원칙 이야기였다.

에리히가 먼저 서명했다. 클레어가 그 곁에 서명했다.

『클레어 델포드.』

그리고 그 옆에 아무도 알아보지 못할 글자를 하나 더 흘려 썼다.

"클레어?"

에리히가 의아하게 그녀를 불렀다. 클레어는 빙긋 미소만 지었다. 그것은 그녀의 전생에 쓰던 서명이었다. 하지만 아무도 알 필요 없는 일이라고 클레어는 생각했다.

"이로써 두 분의 결혼은 성립되었습니다."

대주교가 선언했다. 에리히가 클레어의 손을 잡고 돌아섰다. 그리고 그 자리에서 그녀의 손을 끌어당겨 입을 맞췄다.

뎅……! 뎅……!

성혼을 알리는 종이 힘차게 울렸다. 하객들이 일제히 박수를 쳤다. 성가대가 부르는 축가 소리가 예배당으로 쏟아지는 빛을 뚫고 하늘로 솟아올랐다. 그것이야말로 축복 같았다.

"축하합니다."

"축하드려요."

두 사람은 그 속을 걸어 나오며 아는 얼굴들과 인사를 나누었다.


예배당의 한쪽에 앉아 있던 슈나이더 백작은 망연자실한 채 쏟아지는 축하의 말들 속에 앉아 있었다. 모든 게 기쁨으로 넘치고 있는데, 그의 몸만이 바닥으로 꺼지는 듯했다.

'이, 목소리……. 이 목소리……?'

그는 오늘 참석하기는 했으나 평소 예배당에서 슈나이더 백작가가 앉는 자리가 아니라 맨 끝줄 구석에 혼자 앉아 있었다.

결혼식을 축하하는 게 당연한 도리였으나, 진짜로 아내가 클레어를 해치려 했다면 어떻게 뻔뻔히 얼굴을 내밀겠는가. 그래서 마음으로만 도리를 다하기 위해 남몰래 참석했던 것이다.

여러 가지로 믿을 수 없는 일투성이였다.

아내 카탸는 그에게 헌신적인 여자였다. 비록 결혼한 계기는 딸아이를 온전하게 입적하기 위해서였지만, 17년이나 함께 사는 동안 정이 없었을 리 없다.

그는 본래도 정이 많은 성품이었다. 상대가 마음을 주면 그것의 몇 배로 도타운 마음을 돌려주는 사람이라, 결혼 생활은 무척 행복했다.

나이 차이가 나는 결혼이었지만, 단 한순간도 그 결혼이 잘못된 선택이었다고 의심한 적이 없었다. 남들이 카탸가 백작 부인 자리를 차지하기 위해 자신을 유혹했다고 수군대는 것을 알면서도, 모두 아무것도 모르는 자들이 떠드는 소리라고 여겼다.

그런 아내가 외도를 했다, 결혼 전의 애인을 지금까지도 쭉 만나 왔다는 말을 들었다.

설마 그럴 리 없다고 생각했지만, 인척들까지 나서서 비난하는 데 버티기가 너무 힘들었다.

설마 에리히가 경고했던 것이 사실일까?

설마 진짜로 클레어를 해치려고 했을까?

아무리 이리스를 위한다고 해도 진짜로?

외도 상대가 그 일을 도맡아 했을까? 대체 왜? 그 남자도 이리스를 위해서?

염치없어 이곳에 혼자 앉아 있는 것부터가 의혹이 그의 마음에 균열을 일으켰다는 증거인 것이다. 그리고 그 균열에 화약을 쏟아붓듯이 도드라진 소프라노의 노랫소리가 그에게 내리꽂혔다.

그는 이 목소리를 알고 있었다. 어떻게 모르겠는가?

그가 한때 인생을 다 바쳐 사랑했던 가수의 목소리와 꼭 닮은 이 목소리를.

# 친딸

이리스는 피로연장에 있었다. 사람들이 수군거리는 것을 알고 있었다.

"세상에, 저것 보세요. 슈나이더 백작 영애가 왔어요."

"정말로 염치가 없군요. 미친 거 아닐까요?"

"아니, 그래도 이리스 양이 잘못한 건 아니잖아요? 어머니가 외도를 했다고 해서 이리스 양이 책임질 것도 아니고."

"아니, 상식적으로 생각 좀 해 보세요. 슈나이더 백작 부인이 공작 부인을 납치하려고 했었다고요. 그게 이리스 양 때문이 아니면 무엇 때문이겠어요?"

"슈나이더 백작가가 생각이 있으면 지금은 아무 말 말고 조용히 집에서 근신해야죠."

"지금 납치 사건 같은 게 문제예요? 공작님과 슈나이더 백작 영애 사이에 있었던 불측한 소문을 생각해 보라고요."

"설령 그 소문이 진짜라서 억울한 입장이라 하더라도, 오늘은 아니죠. 신부 마음을 생각하면 어떻게 이런 곳에 찾아와요?"

"진짜로 뻔뻔하네요. 그나마 결혼식장에는 나타나지 않아서 다행이라고 해야 할지."

그들이 무슨 소리를 하는지 이리스는 다 알고 있었고, 갈 곳 없는 울분으로 몸이 발발 떨렸다. 물 한 모금도 잘 넘어가지 않았다. 하지만 그녀는 돌아갈 수 없었다.

어떻게든 아무 일도 없었던 것처럼 만들어야 한다. 지금 근신해 봤자 어차피 저런 말이 다 사라지는 것도 아니다. 입 다물고 조용히 있으면, 그러는 사이에 모든 일이 끝나 버릴 것이다.

어떻게 해야겠다는 구체적인 생각이 있었던 건 아니다. 그러나 에리히는 남에게 무심한 사람이고, 클레어도 공개적인 장소에서 사람을 모욕하는 타입은 아닌 걸로 보였다. 다른 사람도 아니고, 빅토리아 대공이나 아렌 공왕 같은 어른들이 있는 곳에서 자신을 쫓아내지는 못할 것이다.

'일단 만나야 해. 좋은 모습을 보여 주고, 설득도 해야 해.'

겉으로라도 화해한다면, 클레어도 대놓고 자신을 몰아내려고 하지는 못할 것이다.

가능하면 불쌍해 보여야 한다. 설령 그 금발 하녀가 누구인지 클레어가 알아챘다고 하더라도, 자신이 어떻게 하느냐에 따라서 아버지에게 전달되는 방식이 다를 것이다.

이 파도가 지나갈 때까지는 어떻게든 굴욕을 참아야 했다. 이리스는 아랫입술을 꾹 깨물었다.

춤 한 곡 추지 않고 기다리고 있는데, 오늘 결혼한 신랑 신부는 당도하지 않았다. 파벨이 대리인으로 나와서 모든 이에게 공손히 인사하고 말했다.

"공작 부인께서 피로해하시기도 하고, 공작님께서 워낙 기다리시던 일이라 두 분은 신방에 일찍 들기로 하셨습니다."

그가 장난스레 눈가를 찡긋거리며 말했다.

"아시잖습니까? 5년이나 기다리신 거."

"어머, 너무하시네. 이미 같은 집에서 생활한 지 오래되셨는데, 신부가 아무리 예뻐도 오늘은 참고 손님맞이를 하셔야지."

슈페 자작 부인이 까르르 웃으며 사람들이 다 듣도록 말했다. 파벨이 그 말을 받았다.

"그러게 말입니다. 하지만 또 원래 즐거운 일이라는 게 아예 모르는 것보다 알고 나서 참는 게 더 힘든 일 아닙니까? 침대나 무너뜨리지 않으시면 다행입니다."

사람들이 웃었다. 둘러 말했어도 공작 부부를 두고 할 말은 아니었으나, 결혼식 피로연이라고 생각하면 이 정도는 허용 범위였다.

"대신 클라우제너의 모든 것을 이용해서 하객 여러분을 대접해 드릴 겁니다. 부디 밤새도록 축하하며 즐겨 주십시오."

파벨의 말이 끝나기가 무섭게 시종들이 사람의 키만큼 큰 크리스털 타워를 카트에 실어 밀고 나왔다.

"와!"

황금색 술이 분수대처럼 솟았다. 술에 섞인 황금 가루들이 타워를 빛나게 했다. 거품 가득한 샴페인 잔이 무차별로 나누어졌다. 파벨이 잔을 들어 올렸다.

"허락하신다면, 제가 축배를 기원하겠습니다. 부디 클라우제너에 영광을. 공작 부부께 행복을."

"클라우제너에 영광을. 공작 부부께 행복을."

"그리고 제가 개인적으로 소망하자면, 부인을 꼭 닮은 어여쁘고 똘똘한 아가씨가 오셨으면 좋겠습니다."

"그것도 같이 기원드립시다."

누군가가 웃으면서 소리쳤다. 덕분에 세 번째 건배사가 외쳐졌다.

"부인을 꼭 닮은 아가씨가 잉태되시길!"

즐거운 웃음소리가 연회장 안에 울렸다. 파벨이 물러나고, 관현악단이 춤곡을 세 곡 연이어 연주했다.

'돌아갈까?'

이리스는 입술을 깨문 채 그렇게 생각했다. 아무도 그녀에게 다가오지 않았고, 그녀도 아무에게도 말을 걸 수 없었다.

오늘 계획은 엉망이다. 그냥 돌아가야겠다고 그녀가 피곤하게 생각했을 때였다. 시종들이 서둘러 움직이며 가스등의 조도를 조절했다. 곧 환하고 작은 무대가 생겨났다. 이리스의 살롱에서도 자주 이용하는 방식이었다.

"어머, 무슨 일이지?"

"공연이라도 있는가 본데요?"

의아해하는 사람들이 그런 대화를 나누었다. 연회에서 여흥으로 공연이 열리는 것은 흔한 일이었다. 이리스는 불길함으로 몸을 떨었다. 그리고 연회장을 빠져나가기 위해 살그머니 걸음을 옮겼다.

그때 작은 술렁거림이 피로연장을 뒤덮었다. 막시밀리안이 청초하고 아름다운 숙녀 하나를 에스코트하여 나타났다.

그가 여자를 동반했다는 것만으로도 사람들의 시선을 끌 만한 일인데, 여자가 몹시도 아름다웠다. 조그맣고 하얀 얼굴은 요정처럼 오밀조밀 사랑스러운 이목구비였고, 날씬한 몸에는 장식 없이 매끈한 라인의 검은 드레스를 입었다. 대신 목걸이라기보다 스카프라고 해도 좋을 정도로 큰 다이아몬드 장식으로 목부터 어깨를 덮었다. 귀에 달린 샹들리에 귀걸이가 반짝거리면서 불빛을 반사했다. 꿀빛 금발에도 다이아몬드로 만든 별을 장식했다.

"헉."

이리스는 숨을 들이마셨다.

'그 여자가……!'

이럴 수는 없었다. 클레어는 자신에게 제대로 이야기를 들어보지도 않고 손을 쓸 작정인 건가? 설마. 아닐 것이다. 증거 따위는 없을 것이다. 그냥 예쁘니까 화제 몰이용으로 내보낸 것이리라.

지금은 빨리 피하는 게 낫다. 그렇게 생각하려고 했으나 이리스는 쉽게 발길을 떼지 못했다.

관현악단의 지휘자가 가볍게 지휘봉을 내리그었다. 전주는 익숙한 곡조였다. 음색 고운 목소리가 흐르는 듯한 편안한 목소리로 달빛 아래 손을 마주 잡은 연인에 관한 노래를 불렀다.

이리스는 숨 막히는 기분으로 그 노래를 들었다. 음색이 독특하면서도 몹시 아름다워 귀에 쏙 박혀 들었다. 고음까지 편안하게 올라가는 목소리였다. 조금만 연습하면 순식간에 최고의 자리에 올라갈 만한.

무엇보다도 아름다웠다.

"브라보!"

한 곡이 끝나자마자 박수가 터져 나왔다. 여자가 곱게 웃으며 치맛자락을 살짝 들고 주위에 인사를 했다. 몇몇 귀부인이 부채를 펼쳐 입을 가렸다.

"저 숙녀분, 누구죠?"

"막시밀리안 경이 에스코트하는 것을 보면 클라우제너나 델포드의 친척일 것 같은데."

"저런 미인을 어떻게 여태까지 감쪽같이 숨겨 놨을까?"

그런 이야기를 하는 사람들은 대부분 젊은 사람들이었다. 이리스는 달아나려고 다시 고개를 숙이고 발걸음을 옮기려 했다. 피로연장 저편에서 초췌한 중년 남자가 비틀비틀 들어오는 것이 보였다.

'아빠?!'

슈나이더 백작은 반쯤 넋을 놓은 얼굴이었다. 그녀는 크게 당황했다. 백작이 왜 여기 있는지 모르겠다. 공연히 안 좋은 말이나 듣게 될 테고, 또 신부의 마음을 불편하게 할 뿐일 테니, 아무도 참석하지 말라고 백작 자신이 말했는데.

지금은 이유가 중요한 것이 아니었다. 이리스는 이대로 놔두면 큰일 날 거라고 생각하고 얼른 가서 백작의 팔짱을 끼었다.

"아빠!"

"……."

"여기는 왜 오셨어요? 아, 저 때문에 오셨구나. 저 진짜 사고 치러 온 거 아니에요."

이리스는 다급함을 숨기고 억지로 경쾌하게 말했다.

"에리히 님과 공작 부인께서는 피로연에 참석하지 않으신다더라고요. 그러니까 저희는 돌아가요, 아빠."

"……이리스."

백작은 지금까지 한 번도 본 적이 없는 얼굴을 하고 있었다. 피로와 고통, 의심이 짙게 묻은 얼굴이었다.

"아빠."

"……."

너는 먼저 돌아가라거나, 그런 말조차 하지 않고 백작이 그녀의 손을 잡아 내리게 했다. 그리고 무대로 다가갔다.

그의 온몸이 사시나무 떨듯 떨렸다. 시야가 흔들리고, 몸도 그랬다.

"슈나이더 백작."

이미 짐작하는 바가 있는 사람 하나가 백작의 팔을 잡으려

했다. 섣부른 행동을 하지 않는 게 좋겠다고 충고하려고 했지만, 백작은 듣고 있지 않았다.

목소리만이 아니다. 얼굴도 같았다. 자태 역시.

달빛 아래 춤추는 정령처럼 저 노래를 부르는 여자를 알고 있었다. 영혼을 먼저 빼앗기고, 그다음 심장을 내주었다. 그녀를 얻기 위해서라면 못 할 일이 없었다. 제가 그녀에 비해 늙고 추한 남자라는 걸 알고 있었기에, 그 발밑에 무릎 꿇고 비는 것도 망설이지 않았다.

그녀의 배 속에 제 아이가 생겼다는 것을 처음 알았을 때 제일 먼저 생각했던 것은 기쁨이 아니었다.


'내가 그대의 앞길을 가로막았군.'


품에 안고 싶었지만, 아내로 삼고 싶다고 생각하지는 않았다. 그녀는 늙은 남자의 부인이 될 사람이 아니라 날개를 달고 온갖 빛이 부서지는 곳에서 노래해야 할 사람이었기 때문이다.

하지만, 그녀는 그 말을 듣고 떠나 버렸다.

아이가 싫었던 게 아니다. 기뻤다. 그보다 황홀한 일이 없을 만큼 행복했다. 그저 안타까웠을 뿐이다. 하지만 그 뜻을 온전히 전달하기도 전에 그녀는 아기를 데리고 떠나 버렸다.

그렇게 잃은 아이를 다시 찾은 게 얼마나 기뻤던가.

그녀의 분신에게라도 모든 것을 돌려주고 싶었다. 남이 뭐라고 하든, 평판이 어떻든, 세상이 무엇을 최고로 치든.

하고 싶은 일을 하게 해 주고 싶었다. 가장 재능 있는 일, 가장 좋아하는 일을 하기를 바랐다.

딸이 노래에 재능이 있다는 것을 알았을 때는 얼마나 기뻤던가. 자신이 망가뜨린 천사가 되살아난 것 같아서.

하지만.

하지만.

지금껏 부정해 온 모든 문장들이 그의 머리 위로 쏟아져 내렸다.

카탸에게는 다른 남자가 있다. 오페라 극장에는 연인의 유령이 있다.

그로부터 소리들이 들려왔다. 사람들이 아주 조그만 소리로만, 절대로 백작에게는 들리지 않도록 속삭이는 말들. 그 자신의 뱃속 밑바닥에서 속삭이던 의심들.

그는 이를 악물었다. 우연이라고 생각했다. 자신이 뭔가를 착각했다고 생각했다. 그냥 목소리를 들었을 뿐이지 않은가. 이리스의 빈자리에 들어온 새로운 소프라노의 목소리가 우연히 닮았을 뿐이리라. 그러면서도 자리에서 일어서지 못하고, 남들이 모두 예배당을 빠져나간 뒤에도 한참이나 머릿속에서 옛일을 떠올렸다.

앉은 채로 잠들어 꿈을 꾼 것 같았다. 예배당을 정리하는 사제가 깨워서야 그는 정신을 차리고 밖으로 나섰다. 온몸이 식은땀으로 흠뻑 젖어 있었다.

'에반젤린은 2년 전에 병으로 죽었어요. 제게 꼭 아이를 백작님께 데려다주라고 부탁하더군요.'

'왜 2년이나 걸렸소?'

'저는 가난한 여자예요. 이곳까지 올 여비를 모으는 데 시간이 걸렸어요. 제 딸도 있었고요. 에반젤린이 불쌍해서 이리스를 거두기는 했지만, 일자리를 던져 버리고 여기까지 올 수는 없었어요.'

카탸는 딸을 잃었노라고 말했다. 그래서 비로소 이리스를 데리고 올 수 있었다고.

결혼하기로 결심한 것은 그 때문이었다. 그녀가 잃은 딸이 되찾은 제 딸처럼 느껴졌다.

그녀는 딸을 잃었고, 그는 딸의 엄마를 잃었다. 그러니 서로의 결핍을 채워 줄 수 있으리라고 여겼고, 17년 동안 그렇게 살았다.

하지만 아니었다. 그는 알아야 했다. 확인해야 했다. 그래서 피로연장으로 왔고, 이 짤막한 공연과 마주친 것이다.

그는 이리스가 잡는 것을 깨닫지 못하고 그 손을 쳐 냈다. 이리스가 그 손을 내려다보고, 슈나이더 백작을 바라보고, '아빠!'라고 외치며 다시 붙잡았다. 수많은 눈들이 그녀를 바라보았다. 또 슈나이더 백작과 무대 위의 가희를 바라보았다.

막시밀리안이 가로막지 않았기에 백작은 아무런 의식조차 하지 못하고 그 작은 무대 안으로 들어섰다. 그리고 이미 오열에 가까운 목소리로 물었다.

"내가, 실례가 되지 않는다면, 영애의 이름을, 물어도……."

"제 이름은 리나예요."

"부모님은?"

"어머니도, 아버지도 없어요."

리나가 음색만큼이나 차분하고 고운 목소리로 대답했다. 모든 각오가 끝난 듯 침착한 태도였다.

"여섯 살 때 어머니가 살해되셨다고 들었어요. 할머니가 절업고 달아났다고 해요. 하지만 알아봤자 좋을 게 없다고 어머니의 이름도 알려 주지 않으셨어요."

"그레이스 부인……."

"알고 계시는군요. 네. 그게 제 할머니 성함이에요."

슈나이더 백작이 헐떡거렸다. 그레이스 부인은 연인의 집을 보살펴 주던 가정부였다. 그녀가 사라질 때에 함께 사라졌었다.

"에반젤린."

슈나이더 백작은 쥐어 짜내는 듯한 목소리로 겨우 말했다.

"그게, 영애의, 어머니 이름일 거야."

"아……."

슈나이더 백작은 리나의 푸른 눈동자가 동요로 흔들리는 것을 보았다. 그 눈동자도 꼭 같았다.

"내, 딸……."

그가 목쉰 소리로 속삭였다.

"내 딸이야, 내 딸……."

그는 힘이 다해서 그대로 바닥에 주저앉았다. 그리고 마치 빌 듯이 여자의 드레스 자락을 움켜쥐고 흐느껴 울었다.

집으로 초대했던 손님들이 드디어 자리를 떴다.

아무리 이런저런 핑계로 피로연에 나가지 않았다지만, 황실의 두 대공과 아렌 공왕까지 무시할 수는 없는 법이다. 하물며 빅토리아 대공은 이번 결혼식에 참석하기 위해 영지에서부터 수도까지 먼 길을 와 주었다. 기차가 연결되었다지만, 연로한 분에게 쉬운 일은 아니었다.

그래서 피로연장에 대한 양해를 구하고, 공작저의 식탁에서 소규모로 만찬을 거행했다. '전하들'과 마주 앉아 식사할 기회를 얻은 제임스가 기뻐했다는 것은 말할 것도 없다.

엘리엇을 선보이는 자리이기도 했다. 입적 전까지 공적인 장소에 내보내지 않을 생각이었으나 친척들한테까지 그럴 순 없었으니까.

빅토리아 대공이 피로를 호소하고, 베티나 공녀가 음흉하게 웃으며 신혼부부를 방해하는 것이 아니라고 부모를 끌고 물러났다. 그러고 나서 내실로 돌아오자 달이 높은 한밤중이었다.

클레어는 거실부터 아무렇게나 구두를 벗어 던지며 한탄했다.

"힘들어서 뒤질 것 같아요."

"비속어 쓰지 마."

"뒤질 거 같은데 뒤질 거 같다고 하지 뭐라고 해요?"

"버릇되면 엘리엇이 배운다."

"물 좀 줘요. 그리고 안아 줘요."

에리히가 한숨을 내쉬며, 테이블에 놓인 물컵을 뒤집어 한 잔 가득 따른 다음 자기가 마셨다.

"아, 진짜!"

두 번째 불평을 하기 전에 그의 입술이 내려와 클레어의 입술을 적셨다. 물기가 조금씩 벌어진 입 안으로 들어왔다.

"미지근해지잖아요."

클레어는 그렇게 불평하면서도 기꺼이 그의 입 안에서 수분을 훔쳐 냈다. 에리히가 그녀의 허리를 감았다. 중력을 조금 거스르자 발이 편해졌다.

"구두를 좀 편하게 만들지 그랬어?"

"무슨 말씀. 머리끝부터 발끝까지 풀 세트로 갖춰야 하는데, 구두만 덜 예쁘게 만들 순 없죠."

클레어는 그렇게 말해 놓고 잠시 한숨을 내쉬었다. 그녀의 머릿속에 스며든 생각이 무언지 알아채고 에리히가 말했다.

"피로연은 한창 중일 거야. 이제 와서 무슨 생각을 해도 소용없어."

"내가 백작에게 너무했다고 생각하진 않아요?"

"필요하다고 생각해서 한 일이잖아. 후회할 것 없어."

"목적이 수단을 정당화하는 건 아니니까요."

"목적도, 수단도, 사실은 네가 결정할 일이 아니야. 가장 큰 결정권을 가진 건 리나 양이고, 그에 비하면 백작조차도 중요하지 않지."

"그건 그러네요."

클레어는 자신이 이 일을 이기심으로 결정한 것일까 봐 스스로 조심스러웠다. 리나는 그 말에 웃으면서 이렇게 대답했다.

'클레어 님이 단순히 돈 때문에 그러시는 게 아니라는 건 알고 있어요.'

'리나 양…….'

'전 아주 어릴 때부터 극장에서 일해 온 사람이에요. 스타의 이름을 잊히게 할 수 있는 건 새로운 스타밖에 없다는 걸 알고 있어요.'

그리고 레이디 이리스라는 이름에 딸린 가치도 잘 알고 있노라고 리나는 말했다.

슈나이더 백작 부인이 저지른 짓을 완전히 치워 내기 위해서는 그녀의 명성을 모조리 제거해야 했다. 이리스는 더 이상 성황청의 소프라노 솔리스트여서도, 프리마 돈나여서도 안 된다. 그게 남아 있으면 언젠가 회복할 수 있으니까.

'그게 꼭 리나 양을 이용하는 방법이 아니어도 돼요.'

'하지만 클레어 님은 이리스 양의 모든 걸 빼앗아서 제게 주

고 싶으신 거죠. 보통은 그걸 은혜를 베푼다고 해요.'

'남의 입에 오르내리는 일은 절대로 쉽지 않아요.'

'저는 가수가 되고 싶었던 사람이에요, 클레어 님. 그런 사람이 남의 화제가 되는 걸 싫어하리라고 생각하세요?'

리나는 살짝 웃으며 말했다.

'그리고 클레어 님의 다이아몬드 모델이 되려면 어차피 유명해져야 하는 거 아닌가요?'

'으음…….'

'그리고 왜 저라고 복수하고 싶은 마음이 없겠어요? 원래 그 자리는 제 자리였던 거잖아요.'

'리나 양…….'

'백작 영애라는 지위도 그렇지만…… 아무런 걱정 없이 노래하며 사는 삶도 원래 제 것이었던 거죠.'

그래서 클레어는 오늘의 일을 만들었다.

뭘 복잡하게 할 필요도 없었다. 무대를 만들어 리나에게 노래를 시키고, 그걸 슈나이더 백작에게 목격시키는 것으로 족하다.

만일에 백작이 친딸을 알아보지 못한다면, 그건 그것대로 상관없었다.

리나는 자신을 알아보지 못하는 아버지 대신에 유명인이 될 기회를 얻을 테니까.

피로연에 참석하지 않고 일찌감치 집에 돌아온 것은 리나의
제안이었다.

'제가 걱정하는 건, 남작님이 결혼식에서 주인공이 되셔야 하
는데, 제 구질구질한 일 때문에 번거로워지실까 봐서예요.'
'난 주인공보다 그 뒤에서 금은보화를 움켜쥐고 휘두르는 악
독한 대상인 노릇이 더 좋아요.'

진심이었는데, 리나는 농담으로 받아들인 듯이 웃었다.
솔직히 결혼식 같은 거, 힘들기만 하고 별로 의미도 없었다.
이미 같이 살고 있는 상황이었고, 결혼 계약서 작성도 끝났다.
예쁜 드레스를 입는 것도 벌써 몇 번이나 기회가 있었던 일이
다. 실효성도 없는 성전에 서명하는 것밖에…….
사르륵.
드레스의 등에 달린 리본이 풀어져 나갔다. 에리히의 손이
드러난 등을 손바닥 전체를 이용해서 가만히 짚었다.
"음."
별것도 아닌 접촉인데 클레어의 입에서 신음이 새어 나왔
다. 피곤한 탓인지 몸의 반응에 신경이 예민했다. 드레스 몇 벌
치의 천이 들어갔다고 해도 과언이 아닌 풍성한 치맛자락이 살
랑거리며 에리히의 허벅지를 간질였다.
"머리 그만 굴려. 딴 놈 생각도 그만하고."
"리나 양 생각을 하고 있었어요. 괜찮을까, 하고."

"나한테 집중하라는 소리야. 딴 남자 놈은 당연히 논외고."

등을 훑어 내린 손이 허리까지 내려와 고정용 리본을 풀었다. 매끄럽게 천이 밑으로 떨어지고 드러난 목덜미가 드러났다. 에리히가 거기에 입술을 묻었다.

"하아."

긴 한숨이 새어 나왔다. 끌어안은 손이 클레어를 그대로 침대에 눕혔다.

치맛자락이 무릎 밑에서 뭉쳤다. 커다란 손이 클레어의 다리 안쪽을 안마하듯 정중한 동작으로 쓸어내리더니 발을 들어 올렸다.

"씻어야 해요."

"발에 물집이 잡혔군."

"구두가 새거여서 그렇다니까요."

"사람을 써."

"구두 길들이는 역할로요? 아."

복숭아뼈에 키스 당하며 클레어는 짧게 신음했다.

"왜 이렇게 새삼스럽게 굴어요."

"넌 오늘이 첫날밤이라는 자각도 없나?"

"그게 새삼스러운 거죠. 어차피, 으음."

에리히는 클레어의 입술을 막기로 결정했다.

한참 만족스러울 만큼 키스하고 나서 내려다본다. 풍성한 흰 천 속에 이제 아내가 된 여자가 파묻히듯 누워 있었다.

새하얀 꽃다발 속에 붉은 꽃이 한 송이 피어 있다. 부케를 든 신부가 아니라 그녀 자신이 부케 같았다. 에리히는 자신이 맡고 있는 향기가 실재하는 것인지 아닌지도 분간할 수 없었다.

"새삼스럽다니까."

클레어가 발갛게 변한 얼굴로 말했다. 말은 새삼스럽다 어 쩐다 하면서도, 몸은 그렇지 않은 모양이라 드러난 곳이 촉촉 했다.

에리히는 그녀를 내려다보며 셔츠를 벗어서 침대 아래에 아 무렇게나 집어 던졌다. 살짝 밑으로 흘러 내려갔던 클레어의 시선이 열에 달아오른 채 옆으로 떨어졌다.

"그, 새삼스럽긴 한데."

"왜?"

"아니에요."

몸 안에서 단단하고 뜨거운 것이 부글부글 끓었다.

한때 에리히는 그것을 울화라고 생각했다. 정욕이 무엇인지 이미 아는 나이인데도 그랬다. 단순한 쾌감과 이것은 완전히 다른 문제였으니까. 박살 날 때까지 온몸으로 그녀에게 부딪치 고, 뭉개지도록 짓누르고 싶었다. 할 수 있다면 씹어 삼키고 싶 었다.

그때도. 그때부터도.

"헉."

아무것도 하지 않았는데도 마치 그것을 알아챈 듯이 클레어 가 숨을 몰아쉬었다. 허벅지에 올려놓은 손이 재촉하듯 그의 골반까지 올라왔다.

"서두르지 마."

"씻겠다는 걸 안 보내 준 게 누구예요?"

"애초부터 너도 급하니까 드레스룸도 안 들르고 침실까지 들어왔을 텐데."

"음, 그건 아니에요."

클레어는 부정했지만, 그렇게 틀린 말도 아니었다. 온종일 초조감에 시달렸다. 사실 에리히가 근사한 모습으로 나타났을 때부터 몸 안쪽이 불편한 듯한, 다리가 둥실거리고 허공으로 떠오르는 듯한 기분에 시달리고 있었다.

지금도 물을 먹은 솜인 양 몸이 무겁고 피곤했다. 그러나 온 몸의 신경은 그 어느 때보다 그에게 집중해 있었다. 에리히가 아주 천천히 그녀의 위로 몸을 구부렸다. 중력에 잡아당겨지는 듯이 침대에 파묻힌 채 클레어는 그를 끌어당겼다.

"하아. 에리히."

줄곧 열려 있던 입술 안으로 에리히가 밀고 들어왔다. 몸 안 까지 그가 전달하는 열 덩어리로 온통 뜨거워지는 것을 느끼며 클레어는 두 팔로 그의 등에 매달렸다.

✦

그날 밤에 이리스는 혼자 귀가했다.

오열하느라 제정신이 아닌 슈나이더 백작을 파벨이 휴게실로 안내하면서, 따라 들어가려는 그녀를 막았다.

'혼자 계시게 해 드리는 게 좋을 것 같습니다.'

'파벨 경, 제가 딸이에요!'


이리스는 충격받아 그렇게 외쳤으나, 파벨은 난처한 얼굴을
한 채 고개만 저었다.

피로연은 미묘한 분위기인 채 계속 진행되고 있었다. 계속
술을 마시고 즐기려는 사람은 없었지만, 그런 일이 있었다고
해서 바로 자리를 뜨기도 애매했기 때문이다.

이리스는 연회장에서 사람들이 없는 복도로 살짝 빠져나와
곧바로 집으로 향했다.

"아가씨! 걱정했어요."

"별일 없으셨죠? 역시 가시지 않는 편이 좋았을 텐데……."

기다리던 하녀들이 한마디씩 염려를 던졌다. 이리스는 그
말을 들으면서도 창백하게 질렸다.

'이 하녀들이 내가 누구인지 알면서도 이렇게 말해 줄까?'

겁이 났다. 이럴 때 의지할 건 한 사람밖에 없었다.

"엄마는?"

"내실에 계실 거예요. 하지만 아가씨, 당분간은 만나지 않으
시는 편이……."

이리스는 말리는 소리를 듣지 않고 곧바로 내실로 향했다.


카탸는 백작 부인의 침실에 혼자 있었다. 그녀야말로 여러
가지로 미묘한 입장이었다. 슈나이더 백작은 그녀에게 외도 의

혹에 대해서 추궁하지 않았다.

'난 당신을 믿소.'

그렇게 말하는 눈빛이 엉망으로 흔들리고 있었다. 특별히 행동을 제재하지 않았으나, 카탸는 그것을 신뢰라고 믿기 어려웠다.

아마도 백작의 마음속에는 이미 의심이 싹텄을 것이다. 추궁하지 않는 것은, 불과 얼마 전에 자신을 감싸 줬기 때문일 것이다.

'공작이 경고했을 때 나를 비호했으니, 이제 와서 내게 죄가 있다고 생각하고 싶지 않은 거겠지.'

외도라니, 다소 억울했다. 토마스와 잤던 것은 사실이지만, 그를 달래기 위해 그랬을 뿐이다.

그러나 아닌 것을 증명할 수 있는 방법은 없다. 굳이 뭔가를 증명하려다가는, 오히려 토마스가 다른 이름으로 백작저에 오갔던 증거가 나올 뿐이다.

'골치 아파. 차라리 어디 멀리 떠날까.'

일이 전부 틀어졌으니 그것도 괜찮은 선택일지도 모른다. 특별 조사단이 외도 의혹을 사실로 만들면 이리스에게 안 좋은 영향을 미칠 수도 있었다.

그러느니 차라리 멀리 떠나는 게 낫다. 백작에게 자신이 이리스의 친모가 아니라고 공표하도록 하고, 사라지면 된다. 그러면 이리스는 백작의 금지옥엽 고명딸로서 좋은 혼처로 시집 갈 수 있을 것이다.

이미 클라우제너 공작 부인의 자리는 글렀다. 그러면 그냥 적당히 슈나이더 백작가와 격이 맞는 곳도 괜찮다. 자신이 직접 챙기는 것보다는 못할 것이나, 백작은 딸을 위해 좋은 곳을 선택할 것이다.

오로지 걱정되는 건 스테판 하인즈가 무슨 짓을 하고 있는 가, 그것뿐이었다.

'그놈의 소식까지만 확인하고.'

카탸가 막 편지 한 통을 썼을 때였다. 바깥이 조금 소란해지 더니 이리스가 바깥바람을 끌고 들어왔다. 화사한 자태인데도 어쩐지 스산하게 느껴지는 밤공기가 주변에 머무르고 있었다.

"엄마!"

"이리스."

카탸는 당황했다.

"내가 당분간은……."

"엄마……!"

이리스가 울먹이며 그녀의 품에 뛰어들었다. 카탸는 당황하 며 그녀를 끌어안았다.

"왜 그러니? 무슨 일이야?"

"엄마, 어떡해요? 아빠가 알아 버렸어요."

"무얼?"

"내가 가짜라는 거요."

그 말에 질겁해서 카탸는 고개를 들고 주위를 살폈다. 하녀 하나가 복도에서 기웃거리고 있었지만, 뭘 알고 있는 얼굴은 아니었다. 카탸는 이리스를 안은 채 자연스럽게 명령했다.

"너, 가서 물수건을 만들어 오렴."

"아, 네! 마님!"

안을 훔쳐보던 하녀가 황급히 사라졌다. 카탸는 문을 닫고 이리스의 뺨을 손바닥으로 닦으며 물었다.

"그게 무슨 소리야? 네가 가짜라니? 누가 그런 소릴 해?"

"나 엄마의 친딸이잖아."

"어디서 무슨 소리를 들었어? 너, 엄마가 다른 남자 만났다는 소문 듣고 그러나 본데, 아니야. 그건 너랑 상관없는 이야기야."

"듣지 않아도 알 수 있었는걸. 그 애가 있었어요."

"그 애……?"

"리나."

이리스가 작게 속삭였다.

"리나 걔. 엄마, 걔가 공작저에 있었어. 그 여자가 걔를 데리고 있었어."

카탸는 숨을 들이켰다. 이리스가 '그 여자'라고 부르는 건 클레어 델포드뿐이었다.

"너, 기억하니?"

이리스가 잠깐 망설였지만, 천천히 고개를 끄덕였다. 카탸는 마음을 가라앉히기 위해 심호흡했다.

"걔 얼굴을 보고 기억나 버렸어. 전부. 알기 싫은 것까지."

"너……."

흐느끼는 이리스를 잡고 카탸는 그 얼굴을 들여다보았다. 그리고 떨리는 목소리로 물었다.

"설마, 토마스를 죽인 것도……?"

"난 그리고 싶지 않았어, 엄마. 진짜로 그리고 싶지 않았어."

"맙소사. 왜 그랬어? 엄마한테 이야기하지, 왜 그랬어? 네가 안 그래도, 엄마가 전부 처리할 건데……!"

"어쩔 수 없었어. 그런 남자가 내 아빠라니, 말도 안 되잖아."

이리스가 울먹거리는 걸 넘어서서 아예 호흡하기 시작했다. 카탸는 다급히 이리스의 어깨를 잡았다. 이리스가 아무런 증거도 남기지 않고 일을 저질렀으리라고는 생각할 수 없었다.

"네가 어떻게 알았어? 토마스는 숨어 있었을 텐데."

"스테판, 이……."

카탸가 왜 그러는지 몰라서 이리스는 떠듬떠듬 설명했다. 그러자 그녀가 길게 탄식했다.

"아! 결국 황후가 널 망치려고……!"

이리스는 그 말을 알아듣지 못하고 울먹이며 그녀를 바라보기만 했다.

문 두드리는 소리가 났다. 하녀가 물수건을 들고 와 있었다. 카탸는 문을 살짝 열고 물수건을 받아 들었다. 그리고 하녀에게 쌀쌀맞은 목소리로 말했다.

"이리스를 달래서 보낼 테니, 여기서 기다리도록 해."

"네? 아, 네. 마님."

외도 의혹 전에는 자주 있었던 일이므로 하녀는 조금 당황하긴 했지만 의심하지는 않고 문 밖에서 얌전히 기다렸다.

문을 닫고 들어온 카탸는 물수건으로 이리스의 얼굴을 정성껏 닦아 주며 속삭였다.

"전부 엄마한테 맡기고, 너는 침실로 돌아가."

"엄마."

"넌 아무것도 모르는 거야. 토마스 일도, 리나 일도."

카탸는 겁에 질린 얼굴로 자신의 소맷자락을 잡는 이리스의 어깨를 토닥이며 단단히 일렀다.

"무슨 일이 있더라도 백작님한테 울면서 매달려. 정이 많은 사람이니, 그 사람 너 못 버려. 넌 백작님 딸이야. 알았어?"

이리스가 다시 고개를 끄덕였다. 커다란 눈에서 눈물방울이 솟았지만, 자기가 어떻게 해야 할지는 이해한 것 같았다. 카탸는 다시 한번 이리스의 얼굴을 닦아 주고, 문을 열었다.

하녀가 아직 기다리고 있었다. 이리스는 주춤주춤 나가지 못하고 자꾸 뒤를 돌아봤지만, 카탸는 냉정하게 문을 닫았다. 이왕이면 둘이 싸워서 이리스가 쫓겨났다고 하녀가 생각할 정도로.

그다음 그녀는 혼자서 간단한 외출복으로 갈아입고, 금고를 열었다. 그 안에는 마빈 슈나이더가 죽은 날 남긴 기록이 있다. 마빈은 황태자궁의 서기관이었으니, 이것은 곧 황태자의 마지막 날 기록이기도 했다.

그리고 황후가 줄곧 찾고 있던 것이다.

'황후에게서 몸을 지킬 카드로 쓰려고 했었지만……'

그녀는 황후가 배신하지 않으면 자신의 비밀이 밝혀지지 않으리라고 생각했다. 그 누구에게도 말하지 않았다. 그 비밀을 아는 자는 세상에 오로지 세 사람, 자신과 토마스, 그리고 황후뿐이다. 설마 클라우제너에서 알아내리라고는 생각지 못했다.

그리고 황후는 그것을 알아낸 순간 이리스를 이용해 자신을 협박한 것이다. 전부터 요구하던 것을 가져오라고.

'황후를 믿을 수는 없어. 하지만 클라우제너와 원한이 생긴 이상 다른 방법이 없어……!'

이리스를 살릴 방법이 그것밖에 없다. 카탸는 이를 악물고 비밀 통로를 통해 밤거리로 나섰다.

잠들었던 슈나이더 백작이 깨어난 것은 다음 날 오후가 다 되어서의 일이다. 그는 자택으로 돌아가는 대신 곧바로 클라우제너 공작저로 향했다.

저택은 아주 고요했다. 공작 부부는 이미 신혼여행을 떠난 후라고 했다.

"나는 에리히 공을 만나러 온 게 아니라 리나 양을 만나러 온 걸세."

주인을 대신하여 손님을 맞이하러 나온 막시밀리안에게 그는 그렇게 말했다. 막시밀리안은 철벽같은 얼굴로 대답했다.

"무조건 리나 양의 마음을 가장 우선시하라는 게 공작 부인의 말씀이셨습니다."

"내 방문 의사는 전해 준 건가? 말만 전해 주게. 잠깐 얼굴 보고 이야기만이라도 할 수 있도록 해 줘."

"백작님, 리나 양에게도 시간이 필요할 겁니다."

그 말을 슈나이더 백작은 부정할 수가 없었다.

"댁에 돌아가 얼굴을 씻고, 가족과도 이야기하고, 좀 더 정돈된 마음으로 연락을 주십시오. 지금 그런 상태로 만나셔도 좋은 대화가 되지 않을 겁니다."

슈나이더 백작은 주먹을 움켜쥐고, 입술을 깨물었다. 눈가는 시뻘겋고, 얼굴도 초췌했다. 하루 사이에 십 년은 더 늙어 버린 듯한 얼굴에 막시밀리안이 그를 동정하는 시선으로 바라보았다.

"한 가지만…… 한 가지만 알려 주게. 에리히 공은…… 이 사실을 언제부터 알고 있었던 건가?"

"오해하지 않으셨으면 합니다. 리나 양이 이곳에 온 것은 오페라 극장 일이 있었던 다음 날의 일입니다. 제가 찾아서 데려왔으니 확실합니다."

막시밀리안이 말을 이었다.

"정체를 알게 된 것은 그보다 훨씬 후의 일입니다. 애당초 백작님과의 관계 때문에 저택에서 보호한 것이 아니라, 리나 양이 갈 곳이 없었기 때문입니다."

"갈 곳이 없다니?"

"극장에서 잡일 하녀로 일하고 있었습니다. 그날 밤에 공작 부인을 구해 주었고, 그래서 공작 부인께서 은혜를 갚기 위해 저택에 모신 겁니다."

"하녀……였다고?"

"여섯 살 때부터 극단의 잡역부로 일했다고 들었습니다."

슈나이더 백작은 충격을 받아 휘청거렸다. 제 딸이 잡역부로 살아왔단 말인가?

그럴 거라고 상상도 해 보지 않았다. 평민이라도 유복하게 살았을 거라고 믿었다. 에반젤린은 성공한 가수였다. 유산이 상당히 있었을 것이다.

"그럴 수가. 어쩌다가."

"돌아가십시오, 백작님. 마음이 정돈되면, 리나 양 쪽에서 먼저 소식을 전해 드리도록 말해 보겠습니다."

"고맙, 고맙네."

슈나이더 백작은 휘청거리면서 돌아섰다.

집에 돌아오자 불온한 공기가 퍼져 있었다.

"아버지, 늦으셨습니다."

장남 로베르트가 현관까지 그를 마중 나왔다. 슈나이더 백작은 별일 없다는 듯이 손을 내저었다. 그리고 곧바로 내실 쪽으로 향했다.

"카탸는?"

물어봐야 했다. 정말로 날 배신했느냐고. 아니, 배신이라고 하기도 어렵다. 만일에 이 모든 게 사실이라면, 카탸는 처음부터 그에게 거짓말을 한 것이니까.

하지만, 그래도 물어봐야 했다. 내 연인을 죽이고 내 딸을 버렸는지. 이리스는 누구의 딸인지. 대답을 듣는 것이 두려웠지만, 17년이나 같이 살았던 아내다.

로베르트가 말했다.

"안 그래도 그것 때문에 아버지가 오시기를 기다리고 있었습니다."

"왜?"

"카탸 부인이 행방불명입니다. 어젯밤에 우는 이리스를 달래 준 게 마지막이었다고 합니다."

"아, 이리스."

백작은 탄식했다. 이리스를 잊고 있었다. 어젯밤에 자신의 팔에 매달려 제발 돌아가자고 애원하던 것까지는 기억났는데.

그 애 얼굴을 어찌 봐야 좋을까.

"아버지, 제가 오늘 아침에 이상한 소문을 들었습니다만."

"지금은, 지금은 아무 말 말거라. 그 애한테 무슨 잘못이 있겠니? 여기 올 때 그 애는 여섯 살이었어."

"아버지, 그렇게 쉽게 말씀하실 일이 아닙니다. 그 소문이 사실입니까? 사실이라면, 저희 가문을 욕되게 한 일입니다."

"나중에, 나중에 이야기하자. 나는 좀 쉬고 싶구나."

슈나이더 백작은 힘겹게 말하고 침실 쪽으로 발길을 돌렸다.

"아빠."

그때 뒤에서 부르는 소리가 들렸다. 슈나이더 백작은 걸음을 멈췄다.

"다녀, 다녀오셨어요?"

이리스가 떨리는 목소리로 말했다. 겁먹은 것 같기도 하고, 울고 있는 것 같기도 했다. 아마 둘 다일 것이다. 이리스는 연약하고 눈물 많은 아이였으니까.

전 같으면 달래 줬을 것이다. 지금도 그래야 한다고 생각했다. 이 일은 이리스의 잘못이 아니었다. 17년 기른 딸도 딸이었다.

하지만 그가 이리스를 어르고 눈물을 닦아 주고 안아 주고 지켜 주는 동안, 그의 딸, 에반젤린이 낳은 그의 진짜 딸은 손이 부르트도록 일했을 것이다. 고작해야 여섯 살 때부터. 극단의 잡역부로.

그걸 생각하면, 슈나이더 백작은 도저히 돌아설 수가 없었다. 그는 대답하지 않고 다시 걸음을 옮겼다.

"아빠!"

이리스가 그에게 달려가려 했지만, 그 전에 로베르트가 막았다.

"아버지가 피곤하시다고 하는구나, 이리스."

"오빠!"

이리스가 울며 소리치는 것이 들렸다.

백작의 걸음을 두 번째로 멈춘 일이 벌어진 것은 그때였다. 집사가 다급히 달려왔다.

"주인님, 경시청에서 사람이 왔습니다!"

"무슨 일인가?"

슈나이더 백작은 초췌하고 기운 없는 목소리로 집사를 돌아보았다. 창백한 얼굴의 집사가 한 걸음 물러서자 그를 뒤따라온 손님이 한 발을 내디뎠다.

"특별 조사단에 파견되어 있는 바우스 경위입니다. 좋지 못한 소식을 전해 드리게 되어 죄송합니다, 슈나이더 백작님."

그가 모자를 들어 인사하고 말했다.

"백작 부인의 시신이 발견되었습니다."

"뭐요?"

지칠 대로 지친 슈나이더 백작보다 로베르트가 더 격한 반응을 보였다. 바우스 경위가 고개를 살짝 숙였다.

"사망 시각은 오늘 아침 7시로 추정됩니다. 수배자 토마스 보르얀스의 은신처에서, 치정 싸움 중 살해된 것으로 보입니다."

슈나이더 백작은 눈을 크게 떴다. 그리고 돌아본 시선 끝에서 이리스가 쓰러지는 것을 보았다.

"이리스!"

그는 놀라서 소리쳤다.

아우구스타가 보고했다.

"토마스 보르얀스와 서로 살해한 것으로 처리했습니다. 카탸가 보르얀스의 술병에 독을 탔고, 보르얀스는 홧김에 카탸를 죽인 후 술을 마시고 독살당한 것이지요."

"사망 날짜에 차이가 있지 않나?"

"보르얀스의 시체를 공개하지 않고 보관 중이었습니다. 어차피 불을 질러 처리했으니, 부패 정도까지 구별되지는 않을 겁니다."

"그렇군. 네가 알아서 잘했겠지."

황후가 안경을 끼고 빛바랜 문서를 넘겨보면서 무심히 중얼거렸다.

"이걸로 딸의 존속살인죄는 없는 거야. 고통 없이 보내 줬겠지?"

"예."

"공적을 세웠으니까, 그 정도는 해 줘야지. 이리스도 어느 정도는 돌봐 줘. 슈나이더 백작이 기른 정을 팽개칠 위인은 못 되겠지만."

"신경 쓰겠습니다."

이것으로 오페라 극장의 사건은 종결지을 수 있다. 살아 있는 관련자는 모두 잔챙이에 불과하다.

"그보다 아우구스타, 이건 진짜로 좀 신경 쓰이는 일인데."

그녀가 문서에서 고개를 들고 안경을 코 아래쪽으로 내리며 아우구스타를 바라보았다.

"제러드에게 애인이 있었던 건 짐작했던 일이지만 말이야."

"예."

"이걸 보면, 서명을 받았던 것 같아. 두 명에게. 마빈 슈나이더가 그중 하나였군."

"두 명이요?"

아우구스타가 몇 번 눈을 깜박거렸다. 두 명에게 서명을 받는 것은 증인이 필요한 서류라는 의미였다. 하지만 사업상의 서류일 리는 없다. 제러드 황태자는 당시에 겨우 스무 살이었고, 특별히 따로 운영하는 조직이나 사업이 없었다.

정치적인 계약이라면 기밀을 지킬, 신뢰할 만한 법률 고문의 서명을 증인으로 추가했을 것이다. 서기관 따위의 서명이 아니라.

"두 명에게 서명 받는 서류라면 유언장 아니면 결혼 계약서지. 스무 살짜리가 어느 쪽을 썼을지는 명백한 사실 아닌가?"

"설마요. 아무리 그래도 황태자입니다. 장난으로 쓸 수 있는 게 아닙니다."

"결혼 계약서가 너무 나간 이야기라면, 약혼은 어떨까? 문서로 남기는 경우도 있으니까."

황후가 흥미로워하는 태도로 기록 중 한 줄을 읽었다.

"그 이름은 아렌의 전통 있는 귀족 가문으로서, 비록 신분은 매우 낮지만 계승법상으로는 아무런 문제가 없는 상대였다."

아우구스타는 그것을 유심히 들었으나, 황후가 무슨 말을 하고 싶어 하는 건지 이해하지 못했다. 황후가 답답하다는 듯이 혀를 찼다.

"남방 아렌, 신분이 낮으나 전통 있는 가문으로 로멜-아렌 계승법상 아무 문제가 없는 상대. 최근에 이런 표현을 여러 차례 들어 보았는데."

그제야 아우구스타가 숨을 들이켰다.

"클레어 델포드의 죽은 여동생은 출산 당시에 몇 살이었지?"

"스물한 살이었습니다."

"그게 5년 정도 전이지. 제러드가 죽은 해에는 스무 살이었겠군. 아카데미를 졸업했을 테지."

"예."

"제러드는 아카데미에 자주 드나들었지. 아렌 공왕이 시장에서 어린아이를 끌어안고 울었다는 이야기는 들어 보았나?"

"들었습니다."

"좋아. 이제 좀 말이 되는군."

황후가 안경을 벗고 나른하게 쿠션에 몸을 기대며 말했다.

"에리히도, 남작도, 아이를 지나치게 숨기고 있어. 그 아이가 진짜 에리히의 아이라면, 장남으로서 클라우제너 공작가를 상속하게 될 텐데."

"예."

"이번 일도 그래. 어째서 하필 슈나이더 백작가의 딸 이야기를 결혼식 피로연에서 터뜨렸을까? 다이아몬드 때문에?"

황후는 고작 그런 일로 자신의 존재감을 죽인다는 것을 납득할 수 없었다.

클라우제너 공작 부인으로 나서는 첫 번째 날이다. 더 정치적으로 이용할 수 있는 수단이 얼마든지 있었다. 하지만 클레어는 그러는 대신 대형 스캔들을 터뜨려 결혼식 이야기 자체를 묻어 버리는 쪽을 선택했다.

"결혼 다음에 따라오는 것은 아이의 입적 이야기지. 그걸 묻어 버리려고 한 일이라면, 솜씨가 무척 좋군."

황후는 혼잣말로 중얼거렸다.

황후의 말처럼, 하루도 지나지 않아 클라우제너 공작의 결혼식은 완전히 화제에서 사라졌다. 결혼식 피로연에 참석했던 사람들조차도 슈나이더 백작가에 대해 소곤거리다가, 예의상 머물러야 할 시간을 채우고 흩어졌을 정도다.

신분 차이 나는 연애, 삼각관계, 불륜, 납치, 마약. 그 모든 게 다 사람들의 흥미를 자극하는 것이다. 그러나 출생의 비밀만큼은 아니었다. 특히, 혈통으로 규정되는 귀족의 아이가 바뀐 문제다.

지금까지 신문지상을 장식해 온 각종 스캔들에서 시선을 돌리고 우아하게 무시해 온 귀족들조차도 이 일에 반응했다.

"그렇게 신원도 불분명한 가수 따위와 결혼했을 때부터 그럴 줄 알았지."

"제 자식도 아닌 것을 애써 키운 셈이 됐군."

"그나마 딸이라 슈나이더 백작가의 혈통이 어지럽혀지지는 않았어."

"슈나이더 백작가 입장에서는 그렇죠. 하지만 만일에 결혼해서 아이라도 낳았으면 어쩔 뻔했어요? 지금까지 혼처가 없어서 정말 다행이었지 뭐예요?"

"이거 클라우제너 공작께서 현명하셨군."

평민들 쪽의 반응은 혈통보다는 좀 더 개인에 치우쳐져 있었다.

"상냥하다 어쩐다 그런 평판이었지만, 저는 처음부터 좀 그랬어요. 그분이 웃으며 용서하고 지나간 뒤에 그 가문의 비서니 가정교사니 하는 사람이 와서 꼭 처벌은 할 대로 하고."

"대체 자기네 아가씨가 뭐라고 하녀들까지 콧대 높아서 난리였잖아요."

"엄격할 곳에서는 엄격해야 하는데, 오히려 좀 아무한테나 웃음 흘리고 다니는 게 품위 없는 느낌이 있더라니, 역시나 진짜 귀족이 아니었군."

아는 사람은 아는 사람대로.

"백작 부인이 어마어마한 요부로구먼. 친구가 죽은 걸 틈타 친구 딸과 제 딸을 바꿔서, 그걸 빌미로 백작가 안주인 자리를 차고앉다니."

"그러고서 옛날 애인도 계속 만났다면서요. 옛날 애인도 아니지. 그쯤 되면 그쪽이 본남편이고 백작이 첩이지."

"허어, 그러고 보니 그 옛날 애인이라는 게 실은 레이디 이리스의 친부 아닌가?"

"레이디는 무슨. 귀족 아니죠."

모르는 사람은 모르는 사람대로 떠들어 댔다.

슈나이더 백작 부인이 불륜 상대와 동반 자살도 아니고 서로 죽였다는 사실이 밝혀지고 나자 비난은 더더욱 극심해졌다. 이제 오페라 극장에 숨어 있던 범죄 조직에 대해서도 대부분 잊어버릴 지경이었다. 그 사건이 끌려 나오는 것은 오로지 백작 부인의 외도 상대가 악당이라는 사실이 언급될 때뿐이었다.

17년 전에 슈나이더 백작의 청탁으로, 처음부터 그의 아이를 임신한 애인이 카탸였던 것처럼 꾸몄던 신문들 역시 한꺼번에 옛이야기를 풀어 버렸기에, 이야깃거리가 모자랄 일은 없었다.


슈나이더 백작가는 참혹하고 고요한 분위기였다. 장남 로베르트의 아내는 아이들을 데리고 친정으로 가 버렸고, 차남 아르민의 처 역시도 마찬가지였다.

백작은 카탸의 시신을 거두었으나 장례식을 정식으로 치르지는 않았다. 이리스에게 마지막 인사를 시키고, 가묘가 아니라 교회 묘지 구석에 매장했다.

그다음에야 리나가 들어올 준비가 시작되었다.

그녀를 위해 새로 거처가 꾸며졌다. 해가 잘 드는 방에 아름다운 가구와 천으로 거실과 침실을 꾸미고, 커다란 드레스룸을 만들었다.

클라우제너 공작가에서 보낸 선물 상자가 저택 로비를 메울 지경이었다. 옷가지와 양산 같은 소품만이 아니라 보석도 있었다. 빌헬름이 직접 다이아몬드 장신구 수십 상자를 들고 방문했다. 이리스가 목에 걸었을 때, 백작가의 가산으로는 살 수도 없다고 했던 것과 같은 수준의 물건들이었다.

"아, 그냥 필요할 때 제가 공작저로 가지러 가도 괜찮은데요."

"공작 부인의 뜻이십니다. 축하 선물이기도 하고요."

"하지만 너무 큰 액수라서……."

"투자에는 손이 큰 분이시지 않습니까?"

그 말에 리나는 미소 짓지 않을 수 없었다.

"잘 보관할 수 있을지 모르겠네요."

"슈나이더 백작가의 보안에 문제가 없다면, 몇 개는 잘 보이는 곳에 장식하셔도 좋을 것 같습니다."

"네. 알았어요."

리나는 웃으며 대답했다.

"불편한 점은 없으십니까?"

"이제부터 지내 봐야 알겠죠. 빌헬름 님도 마음 써 주셔서 감사하고, 클레어 님께도 감사해요."

빌헬름은 도움이 필요하면 언제든지 연락을 달라고 말했다.

백작은 잘못하면 깨지는 유리를 보듯이 리나를 조심스럽고 사랑스럽게 대했다. 집에 남아 있는 두 아들도 그랬다.

아침 식탁에서 백작은 이렇게 이야기했다.

"무엇이든 불편한 점이 생기면 언제든지 이야기하려무나. 음악실도 하나 따로 만드는 것이 좋을까? 이제 곧 다가올 봉헌 축일의 독창을 생각하면, 혼자 집중할 수 있는 공간이 있는 것이 좋을 수도 있으니⋯⋯."

슈나이더 백작가의 음악실이 지금까지 이리스의 것이었기 때문에 그렇게 묻는 것이었다. 둘이 한 공간을 나누어 쓰는 것이 어색하고 불편하겠다 싶어 염려했다. 그렇다고 이리스에게 나가라고 말하지도 못했다.

그는 이리스를 내치지는 못했다. 카탸에게 아무리 화가 나고 용서할 수 없어도, 이리스는 17년 동안 자기 손으로 키운 딸이었다.

'카탸가 잘못한 거지, 그 애가 무슨 죄겠니? 제 엄마 손 잡고
와서 나를 아빠로 알았다는 것밖엔.'

그는 한숨을 내쉬면서 아들들에게 그렇게 말했다. 이혼 소송을 앞둔 로베르트는 퍽 싸늘한 태도로 고개를 저었다.

'클라우제너 공작 부인과의 관계를 생각하면 내치는 게 옳습니다.'
'그것도 이리스가 한 짓은 아니지 않니. 전부 카탸가 제 욕심에 벌인 짓이지.'
'그게 어떻게 그렇게 딱 잘라서 잘잘못을 가리겠습니까? 이

리스의 친어미가 한 짓이 아닙니까? 지금까지 났던 사교계의 헛된 소문만으로도 고개를 들 수 없는 상황인데, 이리스는 실제로 공작 부인께 감히 할 수 없는 폭언을 하고 손까지 휘두른 적이 있습니다.'

로베르트는 냉엄하게 제안했다.

'당장 집에서 쫓아내라고까지 말씀드리진 않겠습니다만, 폐적하고 어디 멀리 보내기라도 해야죠.'

아르민도 그것에 동의했다.

'설마 리나와 한집에서 살게 하시려고요? 아버지는 이제 리나 생각을 하셔야지요.'
'리나에게 미안한 마음이 왜 없겠니. 하지만 이리스도 내 딸이다.'

백작은 그렇게 말하고 이리스에게 아무런 책임도 묻지 않았다. 그러나 못내 괴로운 듯 이리스를 똑바로 바라보지 않게 되었다. 전 같으면 늘 챙겨 주고, 눈이라도 마주치면 다정하게 웃고, 팔짱을 끼고 조르면 무엇이라도 들어주었는데.
이제 그 모든 것은 리나의 것이었다. 그는 겨우 되찾은 딸이 자신을 불편하게 여길까 봐 염려하면서도 조금씩 함께하는 시간을 늘리려고 애쓰고 있었다.

그에 비해 리나는 덤덤한 얼굴이었다.

"음악실을 두 개나 만드는 것은 낭비일 것 같아요. 사용할 시간이 겹치면, 제가 클라우제너로 가면 돼요. 공작 부인께서 아무 때나 이용해도 좋다고 허락하셨어요."

"말도 안 된다, 리나."

로베르트가 물잔을 들어 올리면서 말했다.

"이 집은 네 집이야. 네가 자리를 피해 주다니, 말도 안 된다."

"전 클라우제너가 더 편해요. 이곳보다 아직 그곳에 있었던 날이 더 기니까요."

리나는 로베르트의 말에도 별달리 기뻐하지 않았다. 백작이 말했다.

"그래. 네가 편한 대로 하려무나. 우리 집이 더 집처럼 느껴지도록, 아빠가 노력하마."

"고맙습니다, 백작님."

그런 대화가 오가는 식탁에서 이리스는 조용히 먼저 일어섰다. 아무도 잡지 않았다.

그녀가 방으로 돌아가려는데, 복도에서 하녀장이 다른 하녀와 이야기하는 소리가 들려왔다. 이리스는 발걸음을 멈췄다.

하녀장이 말했다.

"곤란해, 밀리. 이렇게 갑자기 그만두겠다니."

"저는 슈나이더 백작이 아가씨의 하녀가 되려고 이 집에 온 거지, 사기꾼 가짜를 모시려던 게 아니에요."

"마음은 이해해. 밖에서 하도 난리니, 힘들 거야. 나도 그렇고. 하지만 그만둬도 절차라는 게 있잖아."

"그러면 차라리 세탁실로 보내 주세요."

"너처럼 말하는 애가 지금 하나둘이 아니야. 곤란해."

"요한나는 주방으로 보내 주셨잖아요."

"이렇게 하자. 새 사람 구할 때까지만 있어. 그러면 접객 하녀 자리로 옮겨 줄게. 집사님이 급료를 10퍼센트씩 더 준다고 하셨어. 그러니까……."

밀리라는 하녀가 완강하게 말했다.

"하녀장님 처지는 이해해요. 집사님도 난처하실 테고, 주인님이 정말 마음 아프실 것도 알아요. 하지만 그렇다고 제가 저보다도 못한 여자애한테 굽실거릴 순 없잖아요?"

"밀리!"

"제가 틀린 말 했나요? 귀족도 아니잖아요."

"양녀라고 생각하면 되잖아."

"어미가 속여서 데리고 들어온 남의 씨앗이 양녀랑 어떻게 같아요? 게다가 보나 마나 더러운 사생아일 텐데요."

사실 밀리 하나가 아니었다. 이리스의 하녀 대부분이 이런 식으로 일을 그만둬 버렸다. 하녀장은 당황하며 갑자기 이러면 소개장을 써 줄 수 없다고 했지만, 그것만으로는 잡을 수가 없었다.

이리스는 그 자리에 못 박힌 듯이 서서, 두 사람이 집사를 보러 가겠다고 자리를 옮길 때까지 가만히 있었다.

비참했다. 이렇게 하녀들이 사라져 버려서, 늘 신선한 꽃이 가득하던 그녀의 방은 이제 청소조차 잘 되지 않은 곳이 여기 저기 있었다.

뒤에서 말을 거는 목소리가 있었다.

"남의 대화를 훔쳐 듣는 취미가 있으셨군요."

깜짝 놀라 뒤를 돌아보자 리나가 가까이 와 있었다. 이리스는 왼손으로 오른손 소맷자락을 꽉 쥐었다. 마음 같아서는 주먹이라도 쥐고 싶었지만, 그런 모습을 드러낼 용기가 없었다. 리나가 그 손을 유심히 바라보고는 천천히 말했다.

"의외네요, 이리스 님."

"뭐가…… 뭐가 말이야?"

"제 뺨을 때리실 줄 알았거든요. 클레어 님에게 그랬던 것처럼."

클레어의 이름에 반응하는 것처럼 이리스는 숨을 들이마시며 홱 고개를 들었다. 리나가 싸늘한 얼굴로 그녀를 바라보며 말했다.

"울지도 않으시고."

"무슨 말이 하고 싶어?"

"눈물이 많은 분으로 알고 있었거든요. 이리스 님은 아름답게 우는 분이시잖아요. 무대에서도 여주인공의 감정에 이입해서 곧잘 우셨고."

"……"

"서운한 일이 있으셔도 눈물을 잘 흘리셨죠. 전 수도의 오페

라 극장에서 일한 지 오래되지 않았지만, 이리스 님이 우시는
걸 몇 번이나 본 적 있어요."

리나가 피식 웃음을 흘렸다.

"울어서 이득이 생기지 않으면 울지 않으시나 봐요."

"내가……!"

이리스는 언성을 높이려 했지만, 울분이 목구멍까지 꽉 차
서 그러지 못했다.

"미운 여자하고만 있을 때는 소리도 지르시고, 화도 내시고.
천사 같은 이리스 님이."

"무슨 소리를 하고 싶은 거야? 이 이상 나한테서 뭘 뺏고 싶
은 거야?"

이리스는 귀까지 새빨개진 얼굴로 항의했다. 리나는 차갑게
식은 눈으로 그녀를 바라보았다.

"제가 이리스 님에게서 무엇을 빼앗았다고 그러시는 건가
요? 아버지요? 그건 이리스 님이 제게서 도둑질하셨던 거잖
아요."

"아빠는……. 아빠는, 세상에서 날 제일 사랑해!"

"클라우제너 공작님은 본래부터 클레어 님의 것이었어요.
이리스 님이야말로 그걸 훔치려다가 사달을 낸 거잖아요."

이리스의 안색에서 핏기가 빠져나갔다.

클레어를 만나기 전까지, 리나는 공작이 진짜로 이리스의
연인인 줄만 알았다. 오페라 극장의 모든 사람이 그렇게 오해
하고 있을 것이다. 공작에게서 꽃과 선물이 오곤 했으니까.

"나, 난, 그런 적……."

"없으시다고요? 아, 하긴. 꽃과 선물을 공작님이 보내셨다고 말씀하신 적은 없으시죠. 행복한 얼굴로 꽃다발을 안고 공작님 이야기를 했을 뿐이지."

리나는 얼어붙은 목소리로 말했다.

"그런 것도 거짓말이에요. 모르셨어요?"

그런 사람일 줄, 정말 상상도 하지 못했다.

과거에 리나는 이리스를 동경하고 있었다. 자신이 갖지 못한 모든 걸 가진 사람, 자신이 꿈꾸던 모든 걸 가진 사람이었다. 아름다운 사람이라고 생각했다. 그 용모가 아니라, 사랑받으며 사는 삶이.

꿈을 죽이고 현실을 되새기며 하루하루 애써 살아 나가는 게 아니라, 고운 구두를 신고 구름 위를 춤추며 걷는 듯이 사는 그 삶이 아름다워 사람까지도 천사가 될 수 있는가 보다 했다.

그런데, 그 삶이 제 것을 훔친 것이었다. 그리고, 그렇게 훔친 삶으로 하는 일이 클레어를 해치는 일이었다.

이리스가 클레어의 뺨을 때렸을 때 리나는 진짜로 눈을 의심했다.

그녀가 아는 레이디 이리스는 그런 사람이 아니었다. 화내지 않고, 잘 웃고, 하녀들에게도 상냥했다. 사람들이 천사라고 부르는 데는 이유가 있었다.

그러나 그것은 전부 거짓이었다.

'클레어 님을 위해서도 이대로 놔둘 수는 없어.'

그냥 놔두면, 그녀와 공작에 대해서 또 무슨 소문을 퍼뜨릴 줄 누가 알겠는가?

리나는 그래서 천천히 거리를 좁히는 대신 슈나이더 백작가에 들어왔다. 이리스가 클레어에게 수작 부리는 것을 막기 위해서.

백작에 대한 정은 놀랄 만큼 없었다. 언젠가는 정이 들고 가족으로 받아들일지도 모르지만, 이리스가 횡포를 부리도록 놔둔 아버지였다고 생각하면 좋은 마음이 들지 않았다.

그녀는 짧고 단호하게 말했다.

"도둑."

"아니야!"

이리스가 발작적으로 소리쳤다.

"도둑은 너잖아! 내 아빠고, 내 오빤데! 네가 훔쳐 갔어! 내 자리도! 내 사람들도!"

"제가 돌려받은 건 슈나이더 백작 영애라는 자리뿐이에요. 이리스 님에게는 그게 아니면 남는 게 없나 봐요."

"바닥 청소나 하면서 살던 주제에! 내가 진짜야!! 내가 숙녀고, 내가 이리스 슈나이더야!"

그녀가 울부짖으며 리나에게 달려들어 목을 조르려 했다.

힘없는 귀부인의 손아귀 힘 따위, 수월하게 뿌리칠 수 있었지만 리나는 그러지 않았다. 그녀는 이리스와 달리 이성을 잃지 않았기 때문이다. 식당에서 나와 얼마 되지도 않아 이리스를 발견했으니, 뒤따라 나올 백작도 그녀들을 볼 것이다.

그리고 정말로 그랬다.

"리나!"

아르민이 고함을 지르며 달려와 바닥을 구르는 둘을 떼어 놓았다. 백작도 경악하여 달려왔다.

"이게, 이게 무슨 짓이냐, 이리스!"

"리나, 괜찮니? 세상에, 목에 자국 남은 것 좀 봐."

"이리스! 너 감히!"

백작과 두 아들이 리나를 감쌌다. 이리스는 벌벌 떨며 뒷걸음질 쳤다. 울먹거리면서 애처롭게 세 남자를 바라보았지만, 그녀의 말을 들어 주려는 사람은 없었다.

리나가 콜록콜록 기침을 했다. 그리고 목을 가볍게 감싸 쥐고 말했다.

"전 괜찮아요."

"괜찮다니! 너 목소리가 갈라지지 않았니? 어디 상처 좀 보자."

"이리스!"

"왜, 왜 저한테만 그러세요?"

이리스가 마침내 울음을 터뜨리며 소리 질렀다.

"걔가 절 도둑이라고 불렀는데요! 아빠, 아빠는 제 편이어야 하잖아요! 언제나 이리스 편이라고 하셨잖아요!"

"그만해라, 이리스."

슈나이더 백작이 무거운 목소리로 말했다. 그리고 리나의 어깨를 감싸 안으며 선고했다.

"나는 너희 둘이…… 친자매처럼 지내기까지는 바라지 않았다만, 그래도 서로 외면하면서라도 한 식구로서 살았으면 했다. 하지만 안 되겠구나."

"아빠……!"

"이리스, 너는 영지로 내려가거라. 안 그래도 좋지 않은 말이 많이 돌고 있으니 듣지 말고, 한동안 조용한 곳에서 마음을 쉬는 게 좋겠다."

"절…… 버리시는 거예요?"

이리스의 눈에서 맑은 눈물이 방울방울 맺혀 떨어졌다. 슈나이더 백작은 그 얼굴을 외면했다. 로베르트가 대신 이리스의 앞을 가로막듯이 하며 말했다.

"이제 방으로 돌아가거라. 내가 바래다주마."

"진짜로 절 버리시는 거네요. 아빠도, 오빠도. 제가 아빠 딸이 아니니까."

이리스는 울며 흐느꼈으나 대답은 돌아오지 않았다.


그녀가 슈나이더 영지의 오래된 저택으로 출발한 것은 바로 그날 낮 중이었다.

배웅 나오는 사람은 아무도 없었다. 이리스는 백작이 자신을 지켜보고 있지 않을까 싶어 마차에 타기 전에 몇 번이나 저택 창문을 올려다보았으나, 하필 해가 내리쬐어 확인할 수가 없었다.

마차는 한 대뿐이었다. 피서를 갈 때도 항상 짐마차가 두 대씩은 따라왔는데 말이다.

'짐을 정리해서 바로 보내 드리겠습니다. 필요한 게 있으시면 언제든지 편지로 연락 주십시오, 작은 아가씨.'

집사는 그렇게 말했다. 작은 아가씨라는 말이 또 서러워 이리스는 한참 울었다. 슈나이더 백작가의 아가씨는 그녀 한 사람뿐이었는데. 그래야 되는데.

쫓겨나듯이 이렇게 가방 하나만 들고 마차에 타게 되다니.

'엄마, 미안해요. 엄마.'

이리스는 창에 머리를 기댄 채 울먹였다. 엄마가 꼭 붙어 있으라고 했는데, 자신은 그것도 하지 못했다.

마차는 기차역에 멈춰 섰다. 마부가 차표를 사 오겠다며 사라지고, 그녀의 시중을 들기 위해서라기보다는 감시역으로 따라온 하녀도 소다수를 사 오겠다고 자리를 비웠을 때, 누군가가 마차 문을 열고 훌쩍 올라탔다.

"헉⋯⋯!"

멍하게 정신을 반쯤 놓고 있던 이리스는 깜짝 놀라 소리쳤다. 스테판이었다.

"스테판!"

그녀는 기시감을 느꼈다. 스테판이 장난스러운 태도로 손을 흔들어 보였다.

"얼굴이 엉망이군요, 이리스 양. 화장도 하지 않았고."

"또…… 또, 무슨 용건이야?"

그녀는 이를 악물고 물었다. 이 모든 일의 인과를 정확하게 이해하고 있지는 못했다. 그러나 자신이 토마스를 찾아가지 않았다면, 엄마가 그렇게 죽지는 않았으리라는 것은 이해하고 있었다. 그리고 엄마라면 어떻게든 해 줬을 것이다.

스테판이 말했다.

"그냥, 한번 확인하러 왔습니다. 이리스 양에게 재기할 능력이 있는지 없는지. 보르얀스한테 한 짓도 그렇고, 가끔은 굉장히 대범한 일도 할 줄 아니까."

"그런 게, 왜 궁금해?"

"능력이 있다면, 죽여 둘까 해서요."

스테판이 태연하게 말했다.

지난번에 그가 마차에 올라탔을 때 이런 말을 들었다면 이리스는 혐오감과 황당함을 느꼈을 것이다. 그러나 이제 이리스는 죽음이라는 단어를 너무 가까이 알고 있었다. 살인이 얼마나 손쉬운 일인지도.

그녀는 겁을 집어먹었다.

"염려 마십시오. 이리스 양이 그저 어린애라는 걸 알게 됐으니까."

너무 자기중심적이라, 벌레 다리 떼듯 손쉽게 자신을 위해서 무엇이든 했던 것뿐이다. 그리고 그런 자는 스스로 재기할 수 없다. 아리따운 용모와 목소리는 이미 클레어 델포드가 쓸모없는 것으로 만들어 놨으니, 내버려 두어도 될 것이다.

스테판은 마차에서 내리려고 했다. 이리스가 그의 옷자락을 황급히 잡았다.

"왜, 왜 그랬어?"

"뭘 말입니까?"

"네가 한 짓이잖아? 내가 아버지를 죽이게 만들어서, 엄마가 그 책임을 지게 만들어서, 그래서……!"

"자기가 죽이고서, 내게 책임을 돌리는 겁니까?"

"목적이 있어서 나한테 주소를 알려 줬던 거잖아……!"

스테판이 부정하지 않고 웃었다.

"그렇긴 하죠. 글쎄요, 목적이 뭘까요? 지금 원하는 결과를 얻어서 제가 이렇게 조용히 꺼지려는 게 아닐까요?"

"리나 때문에……?"

이리스가 멍하게 그를 바라보았다. 스테판은 빙긋 웃고, 마차에서 내려 문을 닫았다.

# 북부로 가는 길

딜컹덜컹!

기차가 흔들렸다. 거의 창틀에 매달려 있다시피 했던 엘리엇이 뒤로 확 넘어갈 뻔했다.

"앗!"

"조심해야지."

그 전에 에리히의 손이 엘리엇의 동그란 뒤통수를 받쳤다. 엘리엇이 헤헤 웃었다.

"고맙습니다."

"발을 바닥에 대고."

"그치만! 그러면 꼭대기밖에 안 보여요!"

엘리엇이 두 팔을 휘두르며 소리쳤다. 클레어는 엘리엇이 가리키는 방향을 내다보았다. 얼마 전까지만 해도 산이 멀리 보였는데, 벌써 성큼 눈앞에 다가와 있었다.

점토로 만든 산을 칼로 탁 베어 낸 듯 날카로운 봉우리가 하늘을 찌를 듯 솟구쳐 있고, 기차는 능선을 돌며 그 사이를 빠져나가듯 달렸다. 남부의 지평선을 보고 자라 온 엘리엇에게는 신기하고 흥미로운 일일 것이다. 사실 클레어에게도 좀 그랬다. 생각보다 제대로 여행하는 기분이었다.

"생각보다 길이 잘 뚫려 있네요. 옛날에는 클라우제너도 엄청 벽지 취급이었죠?"

"수백 년 전의 일이야. 로텐부르크 인근의 영지를 얻은 뒤로는 아무래도 그쪽이 중심 지역이 되었지."

"클라우제너의 철광이 옛날부터 유명했다지만, 산지가 이래서는 실어 나르는 것도 큰일이었겠죠."

"터널을 뚫을 수 있게 되면서부터 여러 가지가 변했지."

"아저씨, 아저씨. 철광이면 그거죠? 쾅쾅! 푸슈우욱!"

엘리엇이 망치질 소리와 담금질을 흉내 냈다. 클레어가 웃었다. 엘리엇은 전통식 대장간을 구경한 적이 있었다.

"맞아."

"그런데 엘리엇, 약속은?"

에리히가 엄숙한 목소리로 엘리엇을 불렀다. 그가 무슨 주의를 줄지 알아챈 엘리엇이 손바닥으로 두 뺨을 가리고 빨개져서 몸을 비틀었다. 그러나 에리히는 표정을 풀지 않고 엘리엇이 입을 열 때까지 기다렸다. 엘리엇이 도움을 청하듯이 클레어를 바라보았지만, 클레어는 재미있다는 듯이 웃으며 쳐다볼 뿐이었다.

어쩔 수 없었다. 에리히는 약속을 지키는 사람이었다. 그러니까 자기도 약속을 지켜야 했다.

"아, 아빠!"

불러 놓고 엘리엇은 그 자리에서 도망쳤다. 보지도 않고 문밖으로 뛰쳐나가려는데, VIP 객실 앞에 사람이 서 있었다.

"앗!"

"아."

엘리엇이 뒤로 팅겨 나가 넘어졌다.

"흐아아앙!"

엉덩방아를 찧은 엘리엇이 울음을 터뜨렸다. 상대가 황급히 몸을 구부리며 엘리엇을 부축하려고 했다. 하지만 그 전에 뒤에서 이제 익숙해진 손이 뻗어 와 엘리엇을 훌쩍 안아 들었다.

"으흐윽, 으아앙."

"어디 보자. 다친 곳은 없는데."

에리히가 엘리엇의 등을 토닥이며 달랬다. 클레어가 꾸짖었다.

"앞을 보지 않고 달려가면 안 돼, 엘리엇."

"이 앞에 서 있었던 제 잘못입니다."

문 앞에 서 있던 요한 크로지크가 고개를 숙이며 사죄했다. 에리히는 언짢은 기분으로 그를 내려다보았다. 신혼여행을 가는데 어째서 이런 혹이 붙는 건가.

물론 이 기차 전체가 클라우제너 가문 전용은 아니었다. 그의 소유이기는 했지만 말이다. 에리히는 어딜 가든 공간을 독점하려는 성향은 아니었다. 더군다나 기차 같은 것은 귀중한 공용 자원이다. 짐과 사람을 많이 끌고 다니는 성향도 아니라 그냥 차량 한 칸 정도를 전용하는 것으로 충분했다.

하지만 이런 쓸데없는 놈이 탈 줄 알았다면, 객실 칸을 전부 비우게 했을 것이다.

"무슨 용건이라도 있어?"

클레어가 물었다. 요한이 에리히의 눈치를 보며 말했다.

"지난번 역에 소식이 와 있었습니다."

"아, 고마워. 이렇게 빠르게?"

"기차역에는 전서구가 있으니까."

에리히가 말했다. 그리고 요한을 향해 말했다.

"경은 우연히 귀향하는 길에 우리와 같은 기차에 탄 것으로 아는데."

"아, 예. 그렇습니다."

"한 사람에게 인사를 받으면 다른 승객들의 인사도 모두 받아 줘야 해. 물러가게."

"너무 그러지 말아요. 내 용건 때문에 온 건데."

클레어가 쪽지를 훑어 읽으며 역성을 들어 주었으나 요한은 그렇게 눈치 없는 사람이 아니었다. 그는 '실례했습니다'라고 인사하고 물러갔다. 애초부터 객실 문을 못 열고 그 앞에 서 있던 이유가 무엇이겠는가. 에리히에게 확실히 눈도장이 찍혔기 때문이다. 나쁜 방향으로.

'루이자 님 옆에 있을 때는 아는지 모르는지도 모르겠더니.'

요한은 한숨을 내쉬었다. 딱히 직접적인 견제를 받은 적은 없지만, 괜히 운신의 폭이 좁아지는 느낌이었다. 견제할 건 자신이 아닐 텐데. 많이 있지 않은가. 자신은 전 약혼자도, 정부 지망자도 아니다.

클레어는 그의 외모를 높이 평가했으나, 가치 환산을 매력이 아니라 돈으로 했다. 그런 의미에서 황후와 비슷했다. 써먹을 수 있겠다는 것 이상의 생각이 없었으니까. 황후와 달리 실제로 써먹으려 들지도 않았지만 말이다. 그것이 고마워야 마땅할 텐데, 어쩐지 서운한 느낌이 드는 것이 이상한 일이었다.

요한이 가고 나자 클레어가 쪽지를 곱게 반으로 접어 책에 끼워 놓았다. 도착하고 나면 숙소에서 화로에 집어넣을 작정이었다.

"무슨 소식인데 그렇게 급해?"

"딱히 급한 소식은 아니에요. 슈나이더 백작 부인이 죽었다는군요."

"……그렇군."

"자세한 정황은 제대로 된 연락을 받아 봐야 알겠지만, 아마 황후가…….."

클레어는 말하려다가 그만두었다. 엘리엇이 있었기 때문이다. 엘리엇이 에리히의 뺨을 밀듯이 두 손으로 잡고 물었다.

"있잖아요, 누가 죽었어요?"

"아빠가 아는 사람 이야기야."

"그렇구나."

엘리엇은 심각하게 중얼거렸다.

죽음이라는 게 무엇인지 제대로 이해하고 있는 나이는 아니다. 하지만 엄마에 대한 이야기를 늘 들어왔기 때문에, 그게 다시 만나지 못한다는 의미라는 건 알고 있었다.

"하늘나라에서 분명히 행복하게 살고 있을 거예요!"

아이에게 그럴 가치가 없는 사람이었다는 말을 할 수는 없어서 에리히는 고개만 끄덕이고 말았다.

클레어가 생각에 잠겨 들었다. 이 일에 깊이 관여한 만큼 이런저런 고민도 많을 것 같아, 에리히는 엘리엇을 안은 채 복도로 나왔다.

"우리 어디 가요?"

"바람 쐬러."

엘리엇의 얼굴이 기쁨으로 반짝 물들었다. 에리히가 어디로 향하는지 깨달았기 때문이다.

에리히는 차량 연결부 문 쪽으로 향했다. 문 앞을 지키고 있던 호위가 물러나 문을 열었다. 강풍이 복도로 쏟아지며 머리를 흐트러뜨렸다.

"치, 나한텐 안 열어 줬는데."

엘리엇이 종알거렸다. 에리히는 아이를 안은 채 밖으로 나와 승강대에 섰다.

"너 혼자 나오기는 너무 위험하지."

"와아아아!!"

엘리엇은 이미 에리히의 말을 듣고 있지 않았다. 환호하는 아이의 뺨이 찬 바람에 사과색으로 물들었다. 소리가 바람 때문에 떨리듯이 울리는 게 재미있는지 엘리엇이 연거푸 고함을 질렀다.

"산이 달려와요! 와아아!!"

양옆으로 산이 높아, 마치 산 속으로 뛰어들어 달리는 듯한 느낌이 들었다.

에리히는 팔을 휘두르는 엘리엇을 좀 더 단단히 안았다가 높이 들어 올려 주었다. 산 그림자가 엘리엇과 그를 훑듯이 스쳐, 어두워졌다가 다시 빛 속으로 뛰쳐나가듯 환해졌다. 그때마다 엘리엇이 신나서 소리를 질렀다.

그리고 에리히를 돌아보며 눈을 반짝거렸다.

"이거 다 아빠 거예요? 진짜로? 진짜?"

사재와는 약간 의미가 다르지만, 이미 클라우제너 영지의 경계선을 넘었으므로, 눈에 닿는 산과 땅은 물론 기차까지 전부 그의 것이긴 했다.

에리히는 그런 것을 자랑으로 생각해 본 적이 없었다. 토지도, 재산도, 가업도, 모두 손발을 갖고 있는 것과 마찬가지로 그에게는 태어날 때부터 당연한 것이었으니까.

하지만 엘리엇이 눈을 반짝거리며 환호하는 것은 어른들이 말하는 자부심이나 찬사와는 다른 의미이다. 아마 그가 놀랄 만큼 큰 바위를 갖고 있다고 해도 엘리엇은 똑같은 얼굴로 감탄할 것이다. 그것이 어쩐지 흐뭇해서 에리히는 미소를 지었다.

"그래. 진짜로."

"와, 대단해! 진짜 대단해요!!"
엘리엇이 신나서 소리를 질렀다.

한편, 그때 클레어는 두 번째 손님을 맞이하고 있었다. 푸른 빛이 감도는 검은 머리칼에 흑갈색 눈동자를 가진 우아한 용모의 남자였다. 키가 크고 피부가 창백했으나 결코 허약해 보이는 외모는 아니었다.

"차량 앞뒤로 호위가 지키고 있는 걸로 아는데, 무척 태만한 모양이에요. 어떻게 들어오셨지요, 루덴도르프 공자?"

"부인께서 주신 초대장을 가지고 있는데, 당연히 통과시켜 주었습니다."

클레어는 작은 한숨을 내쉬었다.

'기차 전세 내자고 할걸.'

에리히만큼은 아니었지만, 그녀도 이런 식으로 방해받고 싶지는 않았다.

"편지를 받고 사흘이나 잠을 이루지 못했습니다. 오매불망하던 레이디를 뵙게 되어 영광입니다, 클라우제너 공작 부인."

그녀의 심정을 아는지 모르는지, 루덴도르프 후작의 장남, 헤르만은 빙긋 웃으며 클레어의 손을 잡고 손등에 키스했다. 클레어는 그를 노려보았다.

"한번 만나 뵙자고 청한 것은 사실이지만, 후일의 이야기를 한 것이지 신혼여행을 가는 기차 안에서 뵙자고 한 것은 아니에요."

"하지만 지금 이 순간만큼 보안을 지킬 수 있는 때도 없지 않습니까?"

그건 그랬다. 요한이 굳이 같은 기차를 탄 것도 그 때문이다. 표면적으로 그는 부친의 명령을 받아 다이아몬드 광산을 시찰하러 가는 길이었다. 실상은 클레어를 따라온 것이지만 말이다. 루덴도르프와의 사이에 다리를 놓아 주기 위해서였다.

그렇게 생각하니, 헤르만이 오해한 것도 그렇게 놀랄 만한 일은 아니었다.

클레어는 눈에 힘을 주었다. 오해할 만하다는 것과 용납할 수 있는 일 사이에는 꽤 큰 간극이 있었다.

"결혼한 지 사흘밖에 안 되는 신부를, 굳이 남편이 없는 사이에 찾아오는 건 예의가 아니라고 생각해요."

"공작 각하께서 자리를 비우신 걸 알고 넘어온 것은 아닙니다. 일부러 그럴 능력도 없고요."

그러면서 헤르만이 미소를 머금었다. 마침 잘되었다는 생각을 안 한 것은 아니었다. 클레어는 한숨을 내쉬었다.

"이왕 이렇게 된 거, 간단히 이야기하죠. 호르스트 경을 밀어낼 기회가 있다면, 잡으시겠어요?"

"……."

헤르만이 섣불리 대답하지 않았다.

루덴도르프 후작가는 로멜의 고위 귀족 중에서도 그렇게 유력한 세력은 아니었다. 사실 후작가라는 이름이 붙은 많은 가문들이 그랬다. 한때는 황실의 견제를 받을 만한 고위 귀족이었으나, 대부분은 결국 고꾸라졌다.

후작이라는 작위는 과거의 영광을 상징하는 것일 뿐이다. 클라우제너나 에른스트처럼 혈통이 보장하는 권력이 드높아 아무도 건드리지 못할 정도가 아니다. 그렇다고 자존심을 벗어던지고 구태를 벗어 내며 앞장서서 새로운 시대에 걸맞은 방식으로 힘을 획득하지도 못했다.

그대로 있었다면, 벨프 후작가와 마찬가지로 어리석은 짓을 하다가 몰락하거나 세월의 흐름에 따라 자연스럽게 중소 규모의 지주로 내려앉았을 것이다.

선대 후작의 장녀 아우구스타가 황후의 시녀가 되지 않았다면.

'로멜 귀족의 혈통을 중요시하는…… 적어도 그런 것처럼 행세해서 로멜 귀족의 지지를 모으고 있는 황후에게는 딱 적절한 가문이었지.'

아우구스타 본인의 유능함이 가장 중요하긴 했을 테지만, 황후가 루덴도르프 후작가를 밀어주고 있는 것에는 그런 이유도 있었다.

루덴도르프 후작가는 재기할 기회를 얻었다. 하지만, 가문의 이익이 꼭 가문 구성원에게도 이득을 가져다준다는 의미는 아니다. 헤르만은 장남인데도 후계자 자리를 잃었다. 어려서 잃은 모친이 아렌 귀족이었기 때문이다. 루덴도르프 후작은 로멜 귀족 출신의 후처와의 사이에서 태어난 차남 호르스트에게 모든 권리를 주었다.

현재 헤르만은 사실상 가문 내에서 붕 뜬 존재였다. 루덴도르프 후작 부부는 스물아홉이나 된 장남의 혼처조차 결정하지 않고 있었다. 클레어가 호르스트를 밀어낼 용의가 있느냐고 물은 것은 그런 배경에서 한 말이다.

헤르만의 손이 허공을 훑었다. 예술가의 손처럼 하얗고 긴, 아름다운 손이었다.

"아렌인치고는 무척 직설적이시군요."

"확실하게 줄 수 있는 이익이 있는 상황이에요. 아쉬운 것은 공자 쪽이고요. 공자가 거절한다면 그냥 그뿐이에요."

굳이 빙빙 돌려 가며 상대의 비위를 맞춰 설득할 필요가 없다. 헤르만이 제안을 거절한다고 해서 협상하며 맞출 마음도 없었다. 그냥 거래하기 적절한 상대였을 뿐이지, 이쪽에서 아쉬운 것은 없기 때문이다.

그것을 깨달은 헤르만이 쓴웃음을 지었다.

"제가 아쉽다는 걸 어떻게 그렇게 확신하십니까? 어쩌면 저는 그냥 욕심 없이, 부유한 집안의 한량으로 동생에게 용돈이나 타 쓰면서 살고 싶은 사람일 수도 있지 않습니까?"

"용돈 타 쓰면서 한가롭게 살고 싶은 사람은 수도에 머물면서 유력자들과 친분을 쌓지 않아요. 제가 바로 그렇게 살고 싶은 사람이라 잘 알죠."

헤르만이 크게 웃었다. 클레어는 또다시 눈에 힘을 주었다.

그가 자신의 말을 웃어넘겼다는 것을 깨달았기 때문이다.

"예, 그런 것으로 알겠습니다."

"그런 게 맞아요."

"예."

클레어는 다시 맞다고 대꾸하고 싶은 충동을 느꼈지만 참았다. 대신 한쪽 눈썹만 치켜들고 억지 미소를 지었다.

"그래서, 대답은 뭔가요?"

"제가 절박한 상황이라는 걸 이미 알고 계시면서 놀리시는군요."

"한량으로 살고 싶으시다더니."

"제가 헛된 말씀을 드렸습니다. 부인께서 편지에 쓰신 것처럼, 욕심과 미움은 풀어낼 수 있어도, 억울함은 그렇지가 않더군요."

더 신중하게 생각하지 않고 달려온 것은 그 말 때문이었다.

헤르만은 자신이 부족하지 않게 살아왔다는 것을 알고 있었다. 클레어에게 말한 것처럼 부유한 집의 부족한 것 없는 한량으로 편안히 살아왔다. 하지만 열여섯 살까지 그는 가문의 후계자였고, 하루아침에 그것을 빼앗겼다.

"무슨 계획을 갖고 계신지 여쭙고 싶습니다."

"아마도, 루덴도르프 후작가에서 억울함을 느끼고 있는 건 공자만이 아닐 거예요."

클레어는 찬찬히 말했다. 그리고 헤르만의 얼굴을 보고 고개를 가볍게 저었다.

"제 말이 터무니없다고 생각하시는군요. 하지만 이미 겪어 봐서 아시겠지만, 본디 억울함이라는 건 절대적으로 가진 게 없을 때 생기는 것은 아니지요."

"좀 더 자세히 듣고 싶습니다."

"루덴도르프 후작은 황후 폐하께서 던져 주신 어업 항구에 만족하고 있나요?"

헤르만은 숨을 훅 들이켰다. 그렇지가 않았다. 가족인 만큼 헤르만이 가장 잘 알고 있었다.


에리히가 차량 안으로 돌아온 것은 그로부터 얼마 되지 않아서의 일이었다. 신나서 소리를 질러 대던 엘리엇이 켁켁거리기 시작했기 때문이다. 그는 마사가 타고 있는 객실의 문을 두드렸다. 마음의 깊이와 별개로, 아이 보는 일에는 이 차량의 그 누구보다도 마사가 믿음직했다.

"마사, 콜록."

"아이구. 도련님 소리 지르시는 목소리가 여기까지 들리더라니."

마사가 이것저것 잡다한 물건이 가득 든 바구니에서 유리병 하나를 꺼냈다. 그리고 주석잔에 생강물을 담아 엘리엇의 입에 대어 주었다.

"으, 시러……."

"목 아플 때 좋은 거예요. 아이, 한 모금만 더."

"시러어어……."

불평하면서도 엘리엇은 주는 대로 꼴깍꼴깍 잘도 받아 마셨다.

"잘하셨어요. 자!"

한 컵을 다 마시고 나자 꿀에 절인 레몬이 나왔다. 그걸 입에 물고 엘리엇은 바로 조용해졌다. 에리히는 그 광경을 가만히 지켜보았다. 마사가 웃으며 말했다.

"도련님은 제가 볼 테니, 주인님께 가 보세요."

"나 조려어."

엘리엇이 입에 레몬을 문 채 웅얼거리다가 떨어뜨렸다. 마사가 엘리엇을 안고 등을 두드렸다.

에리히는 저도 모르게 피식 웃었다. 그리고 객실에서 나오다가 복도에서 헤르만과 마주쳤다.

"……루덴도르프 경."

"클라우제너 공작 각하."

헤르만이 정중하게 고개를 숙여 인사했다. 에리히는 문득 눈을 들어 복도 끝에 서 있는 호위를 한 번 보고, 헤르만에게 다시 시선을 주었다.

"운행 중인 열차의 차량을 넘어 내 아내를 만나러 오는 걸, 내가 어떻게 생각해야 하나?"

"각하를 단독으로 뵐 수 있는 기회가 저 같은 자에게 흔히 오는 것이 아니라서 틈을 노렸는데, 때가 좋지 않아 공작 부인께만 인사를 드렸습니다."

에리히가 오만하게 고개를 치켜들고 그를 내려다보았다.

"그런 것치고는, 내게는 할 말이 없어서 꽁무니를 빼려는 것 같은데."

"송구합니다. 인사를 드렸으니 이만 만족하고 물러갈까 합니다. 북부를 여행할 예정이시라면, 루덴도르프에도 꼭 들러 주십시오. 공작 부인께서도 북해가 궁금하다고 하시더군요."

헤르만이 싱글거렸다. 에리히는 이만 물러가라고 손짓했다. 헤르만은 침착하게 미소한 채 다시 인사를 하고 물러갔다.

객실 문을 열자 클레어가 객실 의자에 상반신을 옆으로 쓰러뜨리고 누워 있었다.

"날파리가 많더군."

"미리 변명하는 건데, 내가 부른 거 절대 아니에요."

"또 뭔가 일을 벌이려고 한 게 아니라?"

에리히는 허리에 손을 얹고 클레어를 내려다보았다.

"벌써 시작하려던 건 아니에요. 신혼 휴가는 나한테도 귀중하다고요."

편지를 보내 놓고 여행 가서 놀고 있으면, 저쪽에서도 생각할 거 다 하고, 정리할 것도 하고, 정치적 고려라든가 기타 등등도 하고, 그다음 올 거라고 생각했다. 설마 남이 신혼여행 가는데 같은 열차를 타서, 도착도 하기 전에 올 줄 누가 알았겠는가.

"네가 불평할 계제가 아닌 것 같은데."

"하게 해 줘요. 남편이 직장 불평도 안 들어 주면 결혼을 왜 해?"

클레어는 투덜거리면서 에리히의 베스트 밑으로 손가락을

집어넣어 허리춤을 끌어당겼다. 그리고 옆에 앉힌 다음 털썩 쓰러져 탄탄한 허벅지를 베었다.

"어이가 없군."

"뭐래. 인장 반지 끼워 주면서 죽도록 일하라던 사람이."

"죽도록 일하라고 하지는 않았어."

"하면 죽을 만큼의 양이 있는 걸 알면서 누워 있었잖아요."

에리히는 피식 웃었다.

"잘 쉬긴 했지. 네 뜻대로."

"아, 진짜."

클레어가 불평했다. 에리히의 손이 그녀의 눈가를 덮었다. 안 그래도 창으로 들어오는 해가 점점 길어지던 참이라 클레어는 금세 편안해졌다.

"엘리엇은요?"

"마사에게 안겨서 잠들었어."

"소리 지르는 게 여기까지 들리더라고요."

가끔은 그런 기회가 있는 것도 좋을 것이다. 엘리엇이 너무 착한 아이인 게 클레어에게는 가끔 마음 아팠다.

클레어가 이번에는 에리히의 손을 끌어당겨 그것을 베개처럼 베었다.

"그래서, 루덴도르프를 어쩔 작정이야?"

"지금 거기에 어업항이 새로 만들어지고 있기는 하지만, 이미 항구가 있잖아요?"

"그렇지."

"항구 건설을 위해서 자재를 실어 오는 것도 대부분 바다로 올 거고."

"비중이 꽤 높겠지. 아마 자재는 클라우제너에서 보내는 게 더 많을 테지만, 식량이나 다른 필수품은 남부에서 가져오는 게 더 쌀 테니."

"선주 연합과 보험이 있겠죠. 루덴도르프에는 아직 잘 형성되지 않았어도, 적어도 보내는 쪽에서는."

"그렇겠지."

"그리고 내 경험에 따르면, 경제관념이 없는 사람은 비상금을 위기 대비용이라고 생각하지 않아요. 쌈짓돈이라고 생각하죠. 그런 사람에게 일확천금의 기회를 보여 주면, 순식간에 주머니를 털어요."

에리히의 손가락이 클레어의 관자놀이를 가볍게 눌렀다가 뺨을 더듬었다.

"후작에게 보험업을 권할 셈인가? 횡령할 것을 기대하면서? 후작령의 항구에 들어오는 선주들에게 의무 가입을 시키면 볼 만한 꼴이 되겠군."

"더군다나 귀족이잖아요. 평민의 위기 대비 따위 알 바겠어요? 아무 일도 없으면, 큰돈이 그냥 자기 금고에 잠들어 있는 거잖아요."

"그러다가 진짜로 사고가 터지면, 그 선원에게는 네 사재로 보상할 생각인가?"

"그렇게까지 노골적으로 나서면 곤란하니까, 재보험을 만들어 볼 생각이에요. 빅토리아 대공 전하를 모셔 볼까 했지만, 편지가 오가는 데는 시간이 많이 걸려서……."

클레어는 눈을 감은 채로 생각나는 대로 말했다. 에리히의 손이 입술을 가볍게 꼬집듯이 만졌다.

"수도 상황이 궁금하네요. 슈나이더 백작 부인이 죽었다면, 황후 쪽 방침도 뭔가 달라졌을 텐데."

"클라우제너에 도착하면 더 자세한 소식을 알 수 있을 거야. 전보가 있으니까."

"아 참, 클라우제너에는 전신이 있죠."

클레어가 몸을 벌떡 일으켰다. 그리고 질투 가득한 목소리로 말했다.

"아, 부럽네. 진짜 부럽네. 나는 그렇게 미친 듯이 로비를 퍼부었어도 안 해 주던데."

"전략 자원 중심으로 설비한 거야."

"아, 전략 자원 중에 제일 중요한 건 식량 아니에요? 왜 밀 농장 무시해."

"델포드의 밀 농장을 밀어 버린 건 너잖나."

"어쨌든 남쪽 끝인데, 전신 안 주잖아요."

북쪽에도 에른스트와 클라우제너에만 설비된 것이었으나, 차별이 있는 것은 사실이었으므로 에리히는 그냥 고개만 저었다. 클레어가 투덜거렸다.

"최초의 고속도로는 무조건 내 거야. 아, 근데 아스팔트로 도로 포장하면 또 클라우제너가 이득이네."

무슨 짓을 해도 유전 주인을 이길 수가 없다. 클레어는 과장된 자세로 널브러졌다.

"이제 클라우제너가 네 것이라는 걸 좀 인정하지?"

"알 게 뭐예요? 내 명의가 아닌 건 내 재산이 아니죠."

"그럼 로비를 다시 해 보는 걸 추천하고 싶군."

클레어가 얼굴을 만지작거리고 있던 에리히의 손을 치워 내고 반짝거리는 눈으로 그를 쳐다보았다.

"도와줄래요?"

"적절한 로비 상대가 누구인지 아직도 이해 못 한 건가?"

에리히가 희미하게 웃음 띤 얼굴로 말했다. 클레어가 벌떡 몸을 일으켰다. 그리고 팔짱을 끼고 그를 노려보았다.

"자존심이 상하는데."

"하원 의원들에게 돈을 뿌리며 로비를 하는 것보다 나한테 부탁하는 게 더 자존심 상하나?"

"으음."

그것도 참 이상한 일이긴 했다.

클레어는 일어서서 에리히의 앞에 섰다. 그리고 검지로 그의 턱을 치켜들었다. 에리히의 손이 그녀의 허리를 가볍게 쥐었다.

"부탁하는 것보다, 빌게 하고 싶은데?"

"누가 누구한테 빌게 될지는 두고 봐야 알 일이지."

에리히가 한 손을 뻗어서 객실 문에 달린 커튼을 내렸다.

덜컹덜컹 차량이 흔들렸다. 잠시 긴장감 어린 침묵이 돌았다. 클레어가 몸을 구부려서 그의 입술에 쪽, 하고 입을 맞췄다. 닿기 전에 에리히의 입술은 이미 열려 있었다.

손을 잡히기 전에 클레어는 그의 목깃 안으로 손가락을 집어넣었다. 그리고 크라바트가 느슨해지도록 벌리고 목젖 위를 그었다. 다시 차량이 덜컹거리는 바람에 흔들려서, 그녀는 무릎으로 에리히의 다리 사이를 짚고 버텼다.

"클레어."

무릎만 맞닿은 채로 입술 사이에서 부르는 이름이 울림을 만들었다. 에리히가 초조한 듯 눈을 살짝 찡그렸다. 클레어는 그의 머리칼 사이로 두 손가락을 집어넣어 흐트러뜨리며 제 쪽으로 당겼다. 그리고 잘생긴 콧날 위에 입술을 눌렀다.

"아직도 고민 중인가?"

"빌 생각이면 고민 따윈 안 하죠."

클레어는 그렇게 말하며 무릎에 지그시 힘을 주었다. 에리히가 짧게 신음했다. 클레어가 그의 두 뺨을 잡아당기듯 하며 말했다.

"부탁해 보세요."

"……."

"아내에게 사랑해 달라고 부탁하는 게 그렇게 자존심 상하는 일이에요?"

클레어의 목소리에 웃음이 섞였다. 에리히는 뺨을 감싼 클레어의 손을 쳐 내고 머리를 쓸어 올렸다. 그녀의 말마따나 자존심이 상해서, 긴장하고 있는 것을 드러내고 싶지 않았다.

작은 공방전 끝에 클레어가 결국 그의 무릎 위에 올라앉았다. 에리히는 그녀의 머리를 풀어 헤쳐 뒤통수부터 제 쪽으로 끌어 내리며 부드러운 입술을 깊게 겹쳤다.

# 눈이 내리는 도시

기착지마다 훌쩍훌쩍 시간을 건너뛰듯 가을이 깊어지더니, 목표였던 바덴 성에 도착할 무렵부터는 눈이 내리기 시작했다.

"오오아아아……!"

엘리엇이 창문에 달라붙어 입을 오므렸다 크게 벌렸다 하면서 김을 서리게 만들었다. 그리고 손가락으로 거기에 눈사람을 그렸다.

"이모! 이모! 나 눈싸움!"

"으음."

벽난로 앞에 토끼털 모포를 뒤집어쓴 채 웅크리고 앉아 있던 클레어는 신음했다.

"이모오!"

"싫어. 엘리엇이 약속 지킬 때까지 여기서 한 걸음도 안 움직일 거야."

결혼식이 끝나고, 입적한 직후에 엘리엇에게 이제 엄마라고 불러 줬으면 좋겠다고 말했었다. 아이가 내용을 이해할 수는 없겠지만, 입적 관련 서류를 엘리엇이 있는 자리에서 같이 썼던 것도 그 때문이었다.

엘리엇이 어디까지 이해했을지는 알 수 없었다. 하지만 이모가 엄마가 된다는 말에 부끄럼을 타면서 고개를 끄덕였다.

그로부터 2주가 지난 지금, 엘리엇은 에리히를 제법 자주 아빠라고 불렀다. 오히려 아빠가 생겨서 기뻐하는 것 같았다. 하지만 클레어를 부르는 말은 좀처럼 고치지 못했다. 늘 이모라고 불렀기 때문일 것이다. 싫어하는 것 같지 않아서 그나마 다행이었다.

어쨌거나 클레어가 그런 말을 한 것은 강요가 목적이 아니라 진짜로 움직이기 싫어서였다. 그러자 엘리엇이 허리춤에 손을 올리고 클레어의 앞에 거만한 자세로 섰다.

"그렇게 게으르게 있으면 안 돼! 음, 음……. 게으른 건 햄스터야!"

"나 참."

에리히의 흉내를 내는 얼굴이 똑 닮아서 클레어는 황당하게 웃었다. 제 딴에는 열심히 지적할 말을 생각해 낸 것이겠지만, 그저 귀여울 따름이다.

물론 공작가 도련님의 오만함을 그대로 두고 볼 수는 없는 일이다. 클레어는 모포를 두른 채 슬금슬금 엘리엇 쪽으로 움직였다. 그리고 단숨에 모포를 펼쳐서 엘리엇을 모포 안으로 끌어 들인 뒤 꼭 부둥켜안았다.

"잡아먹었다! 다시 한번 햄스터라고 말해 보시지!"

"아하하!"

엘리엇이 까르르 웃음을 터뜨렸다.

클레어는 보들보들하고 따끈따끈한 아이를 끌어안고 극락처럼 난로 앞에서 굴렀다. 물론 엘리엇은 오래 버티지 못하고 낑낑대며 그녀의 품에서 빠져나가려고 버둥거렸다.

"나 눈싸움!!"

"너 낮잠 자기 전에도 눈싸움했잖아."

"그럼 눈사람 만들래!"

그렇게 말해 놓고, 엘리엇이 머뭇머뭇 고운 분홍색 입술을 달싹거리다가 작은 소리로 말했다.

"……엄마."

클레어는 눈을 깜박깜박했다.

처음부터 엘리엇에게 친엄마의 존재를 지울 생각이 없었고, 추억 이야기를 늘 해 주며 키운 것은 클레어 자신이었다. 엘리엇이 이모라고 부르는 것도 사랑스러웠다.

그러나 이 파괴력은 심장을 단박에 무너뜨렸다.

"이게 누구 새끼야? 내 새끼야?"

클레어는 빨개져서 도망가려는 엘리엇을 끌어안고 마구 뺨을 비볐다. 엘리엇이 숨 막힌다고 바동거렸다. 주석잔 두 개를 들고 거실에 들어온 것은 에리히가 어이없어 하는 얼굴로 말했다.

"엘리엇을 괴롭히지 말고 놔 줘."

"귀여운 걸 어떡해요."

"흐아아!"

엘리엇이 울상이 되었다가 클레어가 손을 풀어 주자 재빨리 모포 밖으로 달아나 에리히의 다리 뒤로 숨었다. 에리히는 그녀에게 잔을 건네주며 물었다.

"그렇게 추운가?"

"아뇨. 이러고 있으면 딱 기분 좋은 온도잖아요."

모포를 뒤집어쓰고 불 앞에 달라붙어 본 적이 없는 에리히로서는 전혀 이해할 수 없는 감각이었다.

"이모가, 약속 안 지켜."

엘리엇이 하소연하며 에리히의 소맷자락을 잡고 흔들었다. 에리히가 무표정인 채 고개를 숙여 엘리엇의 귀에 뭔가를 속삭였다. 그러자 엘리엇이 눈을 반짝 빛내며 외쳤다.

"진짜?"

"가서 마사에게 이야기해라."

"네!"

엘리엇이 신나서 도도도 뛰어나갔다. 클레어는 의심스럽게 에리히를 올려다보았다. 에리히는 여전히 표정 없는 채였다.

"무슨 소릴 한 거예요? 설마, 또 뭐 사 준다고 한 거 아니죠?"

"아니야."

에리히가 그렇게 말하고 소파에 여유 있는 태도로 앉아서 잔을 홀짝거렸다. 클레어는 역시 의심스럽다고 생각하면서 자신도 받은 잔에 입술을 댔다. 따끈따끈한 뱅쇼였다.

"으음."

"왜?"

"수상한데."

"뭐가?"

"그냥, 이것저것 다."

"네 삿된 마음을 남한테 투영하지 마."

그렇게 말하니 할 말이 없었다.

곧 엘리엇이 동글동글해진 모습으로 아장아장 돌아왔다. 오리털을 넣어 누빈 민소매 코트 위에 털외투를 입고, 그 위에 머플러를 둘렀다. 발에는 두꺼운 부츠를 신고, 머리에도 털모자를 귀까지 푹 씌웠다. 밖에 나갈 만반의 준비를 갖춘 차림새였다.

"아……."

역시 눈사람을 만들러 가야 하는 운명인가. 혹시 에리히가 놀아 주기로 한 건가. 그래도 자신도 나가야 할 것이다.

클레어가 미처 체념을 마치기 전에 에리히가 일어서서 그녀를 모포째로 안아 올렸다.

"꺄!"

예상치 못한 기습이라 클레어는 당황하며 그의 가슴에 매달렸다. 에리히는 그대로 성큼성큼 걸음을 옮겼다. 엘리엇이 타박타박 발로 리듬을 탔다.

"이히힛."

"잠깐! 내려 줘요! 알았어, 눈사람 만들러 갈 거야. 만들 거니까!"

"엄마 껀 여기!"

엘리엇이 신나서 팔을 쭉 뻗었다. 에리히가 잠깐 걸음을 멈추고 엘리엇이 클레어의 목에 얼기설기 머플러를 두를 수 있도록 몸을 굽혀 주었다. 그다음은 모자와 두꺼운 신발이었다.

"놔줘요, 무슨 짓을 하려는 거예요?!"

"약속을 어기면 눈사람이 되는 거야!"

"뭐?"

에리히는 거실에서 방 하나만 건너가면 있는 유리방으로 들어갔다.

에리히의 조모가 한때 이곳에서 거주했고, 그때 온실로 만든 공간이다. 그러나 바덴 성 자체가 오래 비어 있었던 탓에 온실도 치워 버렸다. 굳이 관심을 갖는 사람도 없는데 유지하기에는 비싼 시설이기 때문이다.

하지만 이번에 주인 내외가 방문하기로 결정했을 때, 성의 관리인은 이 온실의 새로운 용도를 찾아냈다. 어린 도련님의 안전한 놀이터다.

어제부터 열어 놓은 천창으로 들어온 눈이 아무도 건드리지 않은 채 폭신하게 쌓여 있었다. 에리히가 그대로 클레어를 눈밭에 던져 넣었다.

"꺅!"

깜짝 놀라 클레어가 비명을 질렀다. 그녀가 푹 빠진 눈밭에 사람의 모양이 생겼다.

"나도! 나도!"

에리히가 엘리엇을 안아 올려 가볍게 클레어의 옆에 던져 주었다. 엘리엇이 '부부앙!' 하고 소리를 내며 날아서 클레어의 옆에 떨어졌다.

엘리엇이 팔다리를 파닥거렸다. 눈밭에 조그만 요정의 흔적이 남았다. 클레어는 눈투성이가 된 채 그 광경을 지켜보고 어이없는 얼굴을 했다.

"둘이 뭘 작당하나 했더니, 이거였어요?"

"약속을 어기고 눈사람을 만들어 주지 않았으니, 눈사람이 되어서 보상하는 게 옳지."

그 말에 엘리엇이 즐거운 듯이 까르르 웃었다.

"요즘 계속 나만 따돌리고 둘이서만 즐겁게 놀고 있지 않아요?"

"네가 안 움직이는 게 문제 아닌가?"

"둘이 친해지라고 그런 거죠."

"방금 나와 엘리엇이 널 따돌렸다고 말하지 않았나?"

할 말이 없어져서 클레어는 입을 다물었다. 솔직하게 인정할 수밖에 없었다. 에리히가 잘 놀아 주니까 좀 소홀했던 게 사실이었다. 하지만.

"난 남방인이에요. 눈 장난은 좀 봐줘요."

"추운가?"

고작 셔츠와 베스트에 슬랙스 차림인 에리히가 놀란 듯이 물었다. 반면, 클레어는 두툼한 솜옷에 오리털을 넣어 누빈 민소매 코트까지 걸치고 있었다.

객관적으로 그렇게 추운 장소는 아니었다. 산에 바람이 부딪쳐 눈이 내리는 곳이지, 그렇게 엄청나게 얼어붙는 동장군의 나라가 아니다. 더군다나 이 장소는 원래 온실로 쓰이던 곳이라 바람도 별로 들지 않았다.

"감기 걸릴 정도는 아니에요."

클레어는 두 손을 내밀자 에리히가 그녀를 일으켜 주기 위해 그 손을 잡았다. 때를 놓치지 않고 그녀는 몸무게를 실어 가며 그를 힘껏 잡아당겼다.

"……."

에리히는 미동도 하지 않았다. 무표정이었지만, 클레어는 그의 얼굴에서 더 힘내 보라는 오만을 읽을 수 있었다.

"이익!"

어금니를 악물고 온 힘을 다해 당겼지만, 오히려 그녀의 몸이 눈밭에서 쑥 끌려 올라왔다.

"하. 진짜. 좀 속아 주지."

"욕조에 같이 들어가는 걸 노리고 한 짓이라면, 지금이라도 기꺼이."

"누가 그런 소릴 해요!"

클레어는 그의 등짝을 찰싹 때렸다. 엘리엇이 온 얼굴에 눈을 묻히고 발간 뺨으로 그녀의 옷자락을 흔들었다.

"이모! 이모, 나 눈사람!"

"알았다, 알았어."

클레어가 한숨을 내쉬고 엘리엇과 함께 눈을 굴리기 시작했다.

엘리엇은 눈사람을 세 개나 만들고, 거기에 각각 엄마 눈사람, 아빠 눈사람, 아기 눈사람이라는 이름을 붙이고서야 만족했다. 그리고 엄마 눈사람에게는 클레어의 머플러를, 아기 눈사람에게는 자기 모자를 씌웠다.

"우웅."

그리고 따로 풀어 낼 수 있는 게 없는 에리히를 보고 한참을 고민했다. 무얼 달라고 해야 좋을지 알 수 없었기 때문이다. 에리히는 베스트의 단추를 떼어 엘리엇의 손에 쥐여 주었다.

"히히."

엘리엇이 신나게 웃고 달려가 아빠 눈사람의 몸에 단추를 심었다.


바덴 성의 성주 대리인 구스타프 슈바르츠는 흐뭇한 미소를 머금은 채 계단을 올랐다.

이곳은 클라우제너 본성에서도, 교통의 요충지인 잘츠기터와도 거리가 있었다. 한때는 작은 남작령의 성으로 기능했으나 지금은 이미 외진 곳의 오래된 건물에 불과했다.

딱히 볼만한 것도 없고, 주요 시설도 없었다. 클라우제너 전역을 활성화시키고 있는 산업 발전과도 거리가 멀었다. 하지만 온천이 있다. 바덴 성의 예산이 아직까지 유지되고 있는 것은 그것 때문이었다.

'부부의 여행지로서는 좋은 곳이지. 암.'

그는 자부심을 가지고 혼자 고개를 끄덕거렸다.

사실 에리히가 갑작스럽게 방문하겠다는 전갈을 넣었을 때는 놀랐었다. 솔직히 젊은 부부가 신혼여행지로 삼을 만한 곳은 아니었기 때문이다. 좀 더 호화롭고, 사치스러운 장소로 가는 것이 보통일 것이다.

그는 가 본 적이 없지만, 저기 어디 남쪽 해안가에는 사방에 과일이 가득 달린 나무가 있어 그 자리에서 조개와 가재를 구워 와인과 함께 먹고 마시며 즐긴다고 들었다. 북쪽 도시를 택하더라도, 잘츠기터만 하더라도 모피와 보석이 가득하고 즐길 거리가 많을 텐데 말이다.

'클라우제너로 와 주신다는 것만으로도 좋은 분이라고 생각했는데, 참 소탈한 여주인이셔.'

물론 클레어는 온천물에 몸 담그고 뒹구는 것을 낙원으로 여겼다. 삼시 세끼 밥이 맛있다면 더 바랄 게 없었다. 그래서 애초의 계획을 틀어 에리히가 온천을 말하자마자 반색했다.

'혹시 거기 광천수도 있을까요? 아니, 없으면 안 된다는 게 아니라 있으면 좋겠다는 거예요. 뜨거운 거 말고.'

있었다.

그 말을 들은 클레어는 손뼉을 딱 치며 말했다.

'거기서 3년만 쉬어요.'

에리히 입장에서 말하자면, 누가 또 방해하는 것을 원천 차단하고 싶었다. 잘츠기터에 머물러 있으면 클라우제너의 모든 가신은 물론이고 외부인까지 몰려들어 북적거릴 것이 아닌가.

그들을 상대하는 것도, 고귀한 자로 태어났으니 당연히 해야 하는 의무였다. 접견하고 어려움을 보살펴 주어야 한다. 하지만 정도가 있다. 적어도 요한 크로지크나 루덴도르프 후작가의 아들놈이 찾아오는 일은 막아야 했다.

그는 비서진에게도, 잘츠기터 시장에게도, 구스타프에게도 자신의 행선지를 알리지 말라고 엄중하게 말했다. 물론 그런다고 진짜로 숨겨지는 것은 아니었다. 구스타프는 책상 위로 쏟아지는 편지들을 보며 흐뭇하게 웃었다.

그리고 그중에 공작 부부가 꼭 직접 봐야 할 것만 골라서 가지고 가는 중이었다.

"송이송이 하얀 눈을……. 앗! 성주 아저씨다!"

사과처럼 익은 뺨을 한 엘리엇이 바닥의 석재를 하나씩 폴짝폴짝 뛰어넘으며 노래를 부르고 있다가 구스타프를 발견하고 달려왔다.

"도련님. 눈싸움은 재밌게 하셨습니까?"

"눈사람 만들었어요! 이만큼!"

엘리엇이 두 팔을 벌리고 신나게 말했다. 구스타프는 함박 웃음을 머금었다. 클라우제너의 가신치고 엘리엇에게 반하지 않는 사람은 아무도 없었다. 에리히가 다 자란 상태로 차가운 벽 속에서 성큼성큼 걸어 나왔을 거라고 착각하는 젊은 가신들 조차도 마찬가지였다.

게다가 구스타프는 에리히가 이 나이 또래일 때를 기억하는 사람 중 하나였다. 각별히 어른스럽고 기품 넘치던 소년도 그 나름대로 귀여웠으나, 이 사랑스러운 도련님은 요정처럼 어여 뻤다.

"춥진 않으셨고요?"

"하나도 안 추웠어요! 있잖아요, 아저씨, 엄마가 저녁밥은 연탄구이랬는데 그게 뭐예요?"

"오, 안 그래도 여쭈러 가려고 했는데 벌써 결정하셨군요."

역시 소박한 분이다. 이곳에서는 석탄류가 몹시 저렴했으 므로, 화로를 앞에 두고 간단히 무얼 구워 먹는 건 흔한 일 이었고, 그만큼 저렴했다. 하지만 에리히의 식탁에 그런 음 식이 올라갈 일은 없었다. 하물며 직접 굽는 일 같은 건 더 더욱.

"소시지랑 아주 맛있는 고기를 준비해 드리겠습니다."

"소시지!"

엘리엇이 엉덩이를 흔들며 춤을 추었다. 구스타프는 그 귀 여움에 가슴을 움켜쥐었다.

"그러면 전 공작님께 가 보겠습니다. 전해 드려야 할 편지가 있어서요."

"네! 아, 아저씨!"

막 자리를 뜨려는 구스타프를 엘리엇이 황급히 불러 세웠다. 그리고 빨개진 얼굴로 말했다.

"엄마한테는 비밀이에요."

"무얼, 말씀입니까?"

"내가 엄마라고 부른 거요."

그러더니 두 손으로 얼굴을 가리고 짤따란 다리로 열심히 달려서 그 자리에서 도망쳤다.

그 모습을 지켜보고 있던 보모가 구스타프에게 살짝 고개를 숙여 인사하고는 엘리엇의 뒤를 따라 종종걸음으로 사라졌다. 그녀의 입가에도 구스타프와 비슷한 미소가 걸려 있었다.

"하아아아, 이게 사는 거지……."

클레어는 늘어진 채 길게 쾌감 가득한 신음을 토해 냈다.

차가운 날씨, 열린 천창으로 한 송이씩 떨어지는 눈을 얼굴로 받으며 몸은 목까지 뜨끈뜨끈한 온천물에 담그고 있다가 나와서, 뽀송뽀송한 순면 가운을 걸치고 차가운 탄산수를 마시는 것.

그녀가 후끈후끈 달아오른 뺨을 하고 행복해하는 것을 에리히가 묘한 시선으로 쳐다보았다. 클레어는 고개를 갸웃거렸다.

"왜요?"

"나는 네가 클라우제너로 오자고 했을 때, 분명히 일하러 오는 걸 거라고 생각했는데."

"아니, 누가 신혼여행지에서 일을 해요?"

"겸사겸사라고 생각했지. 델포드와 위빙 상단의 공장이 남쪽에 몰려 있는 걸 생각하면, 연락망을 생각했을 때 아무래도 여기까지 올 기회는 드물지 않겠나?"

"오려면 못 올 것까진 없죠. 편지 속달 비용이 좀 들긴 하겠지만. 근데 여기까지 와서 무슨 일?"

"다이아몬드 광산 시찰."

"음. 그건 제 일이 아니라 요한 경에게 맡겼죠. 이미 궤도에 올랐으니, 케이시와 크로지크 백작이 알아서 잘할 거예요."

"북부의 포목상 순회."

"으음, 여기까지 왔으니 직영점이랑 도매상들에게는 한 번씩 얼굴 보여 주고 가야겠죠?"

"투자처 물색."

"안 해요. 이 지역에선 뭘 발굴해도 전부 당신 몫이잖아요."

"이런, 클레어. 네가 여기서 발명가들을 쓸어 간 걸 알고 있는데."

널브러져 있던 클레어가 발딱 몸을 일으켰다. 그리고 에리히에게 다가가 그 손에 들려 있던 차가운 술잔을 빼앗아 내려

놓고 무릎 위에 올라앉았다.

"난 우리가 그때 인연 끊은 사이인 줄 알았는데, 다 보고 있었어요?"

"내 영지에서 하는 일을……."

말이 끝나기 전에 클레어의 손이 그의 뺨을 가볍게 만지며 턱을 들어 올려 입술을 가까이 가져갔다. 맞닿기 직전에 에리히가 입술을 조금 내밀었다. 클레어가 킥 웃으며 내뱉는 숨결이 그의 입술에 닿았다.

"당신도 은근 여우 같은 면이 있다니까."

하지만 그 말이 미처 끝나기도 전에 에리히 쪽에서 입술을 겹쳤다. 그의 손이 클레어의 젖은 머리카락 사이로 비집고 들어갔다. 깜짝 놀란 클레어가 다리를 움츠리며 엉덩이를 들썩였다.

에리히가 그녀의 허리를 잡아 제 몸 위에 고정시켰을 때, 노크 소리가 들려왔다.

"후."

방해받은 에리히가 불편한 한숨을 내쉬었다. 그러나 구스타프라고 말하는 목소리가 들려와 어쩔 수 없이 클레어를 내려놓고 입실을 허가했다.

"급한 일인가?"

"아, 급한 일은 아닙니다. 빅토리아 대공 전하와 무어 공작 각하께서 보내신 편지가 있어서 가지고 왔습니다."

부부의 시간을 방해한 구스타프가 죄송스러운 얼굴을 했다.

외부 연락을 받지 않겠다고 했지만, 이런 것까지 무시할 수는 없는 법이다.

그것 말고도 편지가 몇 장 더 있었다. 에리히는 편지 다발을 받아 보낸 이의 이름을 훑었다. 크로지크 노백작의 명의로 보낸 것은 아마 요한이 보낸 것일 터다. 로저 카슨이 보낸 것은 위빙 상단의 통상 보고서일 테고. 케이시 모리스가 보낸 것도……

역시 남자가 너무 많다. 그렇지만 그것을 버리면 클레어의 업무를 방해하는 꼴이라 그러지도 못하고, 그는 편지 다발을 따로 빼서 대강 테이블 위에 던져 놓았다.

『헤르만 루덴도르프.』

이건 버려도 되겠지. 결정한 순간, 클레어의 손이 뻗어 와서 편지를 빼앗았다.

"당신한테 낭독하라고 할 테니까 염려 말고 이리 줘요."

에리히는 살짝 인상을 썼다.

"뭔가 오해하고 있는 것 같은데, 나는 딱히……"

"질투하는 거 맞잖아요. 쓸데없이."

클레어가 태연자약하게 그렇게 말하고 그 편지를 테이블 위에 던져진 다발 위에 얹었다.

구스타프가 미소를 머금었다. 약혼 파티와 결혼식에 참석한 가신 중에도 진짜 연애결혼이다 아니다 갑론을박이 있었는데,

꼭 이 모습을 보여 주고 싶었다.

"이 이상 방해하지 않고 하나만 여쭙고 가겠습니다. 도련님께서 말씀하시길, 마님께서 저녁에 연탄구이를 드시겠다고 하셨다고요."

"아, 생각난 김에 말한 거였는데 마침 잘됐네요! 방에 들일 수 있는 작은 화로에 석쇠를 얹으려고 하는데요."

"뭐?"

에리히가 눈살을 찌푸렸을 때였다. 부츠를 신은 발이 석조 복도를 밟고 다급히 달려오는 소리가 들렸다.

구스타프가 놀라서 먼저 밖으로 나가서 맞이했다. 전령이었다.

"발터 마이어가 각하께 보낸 급보를 가지고 왔습니다."

"안으로 들여. 무슨 일인가?"

전령은 흘끔 클레어의 눈치를 보았다. 갓 결혼해서 온 새 마님 앞에서 이런 이야기를 해도 되나 의아했던 것이다. 말하라고 에리히가 가볍게 손짓했다. 전령이 메고 있던 가방에서 발터의 편지를 꺼내 에리히에게 공손히 건네며 말로도 설명했다.

"콜베르크 광산에서 발파 사고가 있었습니다."

"사람이 매몰되었나?"

에리히한테까지 보고가 올라왔다면 그랬을 가능성이 컸다. 인명 피해가 경미하거나 추가 조치에 큰 노력이 들어가지 않는다면 일일이 보고하지 않았으니까.

"아닙니다. 광산 안이 아니라 숙소에서 발생한 일입니다. 발파용 폭약을 빼돌린 광부가 그 앞에서 궐련에 불을 그었다고 합니다."

전령이 말했다.

# 폭약 사고

에리히와 클레어는 곧바로 바덴 성을 출발했다. 엘리엇이 실망한 얼굴을 했지만, 아이를 데려갈 수는 없었다. 그렇다고 사고가 났는데 태연하게 신혼여행을 마저 즐길 수도 없었다.

둘은 잘츠기터에 들렀다가 거기에서부터 콜베르크 광산으로 향하는 기차를 탔다. 평소에는 운행하지 않을 시간이었으나, 에리히는 다소 무리해서라도 기차를 움직이도록 했다.

콜베르크시와 광산을 관리하는 발터 마이어는 공작 내외의 왕림에 황송하여 어찌할 바를 몰랐다.

"여기까지 오실 줄은 몰랐습니다."

"수도에 있을 때라면 모를까, 바로 올 수 있는 곳에 있었으니 당연히 내가 와야지."

에리히가 그렇게 말했다. 발터는 클레어에게 더욱 깊이 고개를 숙였다.

"죄송합니다, 공작 부인. 신혼여행 중이신데."

"괜찮아요. 사고가 나든 말든 저만 쳐다보고 있는 남자라면 밤중에 몰래 혁명의 붉은 깃발로 찔러 줬을 테니까."

무슨 말인지 알아듣지 못한 발터가 눈을 깜박거렸다.

"상황은 어떻지?"

"숙소가 전파되었습니다. 다행히 화재는 크지 않아서 금방 진압되었습니다."

"사상자는?"

"적습니다. 낮 시간이라 숙소가 거의 비어 있었습니다. 사고를 친 당사자를 제외하고 숙소에 있던 것은, 쉬고 있던 사람 서넛이 전부입니다. 사망은 본인을 포함해 두 명, 경상이 두 명입니다."

"실종은?"

"점호에 나타나지 않은 자가 셋 있습니다. 이 중 둘은 휴가 기간이었기 때문에 번화가로 내려갔을 거라고 생각됩니다."

그러면서 그가 사고 현장으로 안내했다. 숙소는 폭삭 내려앉아 있었다. 클레어는 깜짝 놀랐다.

"광산에서 쓰는 폭약이면 폭탄하고 다르지 않아요? 바위 같은 걸 부수는 데 쓰는 거잖아요?"

지금의 기술 수준이 완전한 안정성을 담보할 만큼은 아니겠지만, 갱이 무너지면 가장 큰 금전적 손해를 보는 것이 광산주인 만큼 개발을 소홀히 했을 리가 없었다.

돈보다 솔직한 것은 없다. 이렇게 숙소를 통으로 전파시키는 폭약을 광산 안에서 쓸 수 있을 리가 없지 않은가? 발터가 난처한 얼굴로 말했다.

"수량이 상당했던 것 같습니다. 적어도 열 상자 이상입니다."

에리히의 시선이 발터에게 닿았다. 특별히 꾸중의 말이 함께 하지도 않았으나, 새파란 시선이 얼음장 같아 발터는 두려움으로 고개를 더욱 숙이며 사죄했다.

"죄송합니다. 제 관리 소홀입니다."

쓰다 남은 상자 같은 것이 하나쯤 있었던 거라면, 게으름을 부린 것이라고 할 수 있다. 그러나 열 상자라면 틀림없이 일부러 빼돌린 것이다. 확실한 것만 열 상자지, 장부와 창고를 다시 맞춰 보면 그 이상일 수도 있었다.

아마 다른 곳에 은밀히 팔아 치웠을 것이다. 콜베르크 광산에서 사용하는 화약은 클라우제너 소유의 공장에서 오로지 자체 소비용으로만 나오는 것이고, 품질이 아주 좋았다.

"점호에 없었던 그 세 사람, 빨리 찾아. 혹시 모르니 현장 수색도 계속하고."

"예."

다행히도 갱 안에서 쓰기 위해 조명을 충실하게 갖추고 있었다. 공작의 명이 떨어지자 가스등과 촛불에 모조리 불을 밝히고, 대기하고 있던 광부들이 무너진 숙소의 자재를 치워 내기 위해 달려들었다.

에리히가 현장 작업을 지휘하고 감독관과 이야기를 나누는 동안, 클레어는 먼저 사무실 쪽으로 안내되었다. 한시가 급한 수색 작업에 외부인인 자신이 할 수 있는 일이 있을 리 만무했다. 오히려 공작 부인을 힐긋거리느라고 집중하지 않는 사람만 늘어났을 뿐이다. 클레어는 그 사실을 인정하고 먼저 자리를 떴다.

"뵈, 뵙게 되어 영광입니다, 델포드 남작님."

사고 수습으로 바쁜 어른들 대신 발터 마이어의 아들이 그녀를 안내해 주었다. 이제 겨우 열두어 살로 보이는, 밤톨처럼 귀여운 소년이었다. 제 몫을 하겠다고 바짝 긴장하여 끼긱거리는 모습이 귀엽기도 하고 안쓰럽기도 해서, 클레어는 미소를 지으며 말을 걸었다.

"마이어 군은 평소에도 아버지의 일을 많이 돕나요?"

"노력하고 있습니다. 공작가의 일을 자주자주 눈에 담아 두어야 공부할 때 무엇이 중요한지 이해할 수 있다고 아버지가 말했습니다."

"아하. 맞는 말이죠."

클레어가 보기에는 너무 어린 나이였으나 열다섯 살에는 제 밥벌이할 일을 찾아야 하는 세상이니, 틀린 말도 아니었다. 그녀의 공장에 있는 장인들도 어린 자녀들을 데리고 다니면서 일을 가르쳤다.

'가신도 도제식 수업이구나.'

델포드에는 가신이 거의 없었기에 생각해 본 적이 없었다.

"사무실은 이곳입니다. 편안히 계시면, 곧 차를 준비해서 오겠습니다, 남작님."

"고마워요. 흠, 그런데, 마이어 군은 나를 남작님이라고 부르는군요."

좀 의아해서 물은 것이었다.

클라우제너에서 그녀는 공작 부인이었다. 모두가 그렇게 불렀고, 클레어도 자연스럽게 받아들였다. 사실 공작 부인의 작위가 남작보다 높다는 것을 고려하면, 남작이라고 부르는 것이 오히려 상대를 격하시키는 것으로 느껴질 수도 있다.

델포드 안에서나, 혹은 남작님이라는 호칭을 거의 사장님 대용으로 사용하고 있다시피 한 위빙 상단 관계자가 아니라면, 아마 이제 델포드 남작님이라는 호칭을 부르는 사람은 별로 없을 것이다. 그러니 발터의 아들이 그녀를 남작님이라고 부르는 것은 클라우제너의 가신들 사이에서 이 결혼에 반대하는 자들이 있다는 의미일지도 모른다.

하지만 마이어는 수줍은 얼굴을 하고 몸 둘 바를 몰라 했다.

"그렇게 불리는 걸 옳게 여기실 거라고 생각했습니다."

"그래요?"

"예. 아렌 사람들은 모두 남작님을 귀하게 여기고 있으니까요."

클레어는 흥미를 느끼고 마이어를 바라보았다.

"누가 그런 말을 하던가요?"

"네? 네, 아."

마이어가 당황하며 더듬거렸다.

"아렌에서 온 광부들에게서 들었습니다. 제가 혹 뭔가 실수를 했다면, 용서해 주십시오, 공작 부인."

"아니에요. 마이어 군은 나이가 어려 보이는데, 아렌 사람을 만나 본 적이 있을 것 같지 않아서 궁금해서 물어봤어요. 광부들 중에 아렌에서 온 사람이 많은가 봐요."

"네. 꽤 많습니다. 셋에 하나는 아렌 사람입니다."

"그렇군요. 벌써 그렇게 되었군요."

마이어는 클레어의 말뜻을 이해하지 못했다. 그러나 클레어는 굳이 설명하지 않고 혼자 생각에 잠겨 들었다.


에리히가 사무실로 들어온 것은 약 두 시간 후였다. 클레어는 소파에 앉아 차를 마시며 문서를 읽고 있다가, 그가 몰고 들어온 먼지와 재 냄새에 고개를 들었다.

"어떻게 됐어요?"

"점호에 없었던 세 사람 중 두 명은 찾았어. 시내로 나갔었다더군. 하나는 찾는 중이고."

"그나마 다행이네요."

"나머지는 현장팀장에게 맡길 거야. 사실 내가 남아 있다고 해서 직접 뭘 할 수 있는 건 아니지."

"각하께서 와 주지 않으셨다면 사태 수습이 이렇게 빨리 진행되지는 않았을 겁니다. 콜베르크 시장과 협력하는 것도 시간이 걸렸을 거고요."

뒤따라 들어와 있던 발터가 고개를 숙였다. 에리히가 무표정하게 대꾸했다.

"당연히 해야 하는 일이지. 내게 인사하는 것보다, 사태가 재발되지 않도록 확실히 단속하게."

"예."

그 말속에는 책임을 따로 묻지 않겠다는 의미가 들어 있었기 때문에, 발터는 황송하다는 듯 고개를 숙여 감사의 뜻을 표했다.

에리히가 물러가도 좋다고 고갯짓했다. 발터는 이제부터 폭약 반출 문제에 대해 조사해야 했다. 실무자들의 보고가 올라올 때까지 에리히가 직접 할 일은 없었다. 그는 클레어의 손에 들려 있는 문서를 보고 물었다.

"뭘 보고 있어?"

"안전 수칙이요."

남의 사무실에서 아무 서류나 들출 수는 없고, 그냥 기다리자니 무료하여 집은 게 이것이었다.

이 매뉴얼에 따르면, 폭약을 다루는 것은 전문팀의 역할이었고, 일정 이상의 경험을 쌓지 않으면 폭약에 직접 손댈 수 없었다. 3인 1조로 움직이고, 지적, 확인, 환호, 응답이 도입되었다. 폭약 관리는 팀장의 손으로 직접 이루어졌으며, 사용된 폭약 상자에 날짜와 사용량을 기록하여 반납하게 했다. 매일 반입과 반출을 또 별도로 출납원이 기록했다.

이렇게 되면, 폭약팀은 아무나 쓸 수 없다. 반드시 신원이 확실한 사람만이 팀의 일원이 되어 경험을 쌓은 다음, 숙련된 상태로 실무에 투입된다.

클레어는 놀랐다. 이 방식은 지금 시대에서는 상상할 수 없을 정도로 현대적이었다. 단순히 노련한 광부들이 자체적으로 지키는 룰을 성문화한 수준이 아니었다.

안전 수칙이라는 건 한 사람이 하루아침에 완벽한 매뉴얼로 만들 수 있는 게 아니었다. 상상만으로 모든 경우의 수를 파악하고 대응책을 낼 수 없기 때문이다. 그러니 사고가 터진 다음에 보완하는 것이 반복되면서 확립된다.

오로지 클레어 자신만 빼고.

그녀도 어차피 전문적인 지식이 있어서 그런 이야기를 했던 것은 아니었다. 그러나 상식 수준의 안전 수칙과 그저 기억에만 남아 있는 재해 대책도 이 시대에는 아직 발견되지 않은 것이 많았다. 그 사실을 클레어는 아카데미에 가서야 깨달았다.

애초부터 경영 수업에 들어갔던 것은 댄스나 승마보다 날로 먹기 쉬울 것 같아서였다. 그녀가 상식이라고 생각한 것이 모두 근대의 발명품이라는 사실을 깨닫는 결과가 되긴 했지만 말이다.

"이런 걸 도입했을 줄은 몰랐어요. 나한테는 탁상공론이다, 사고 실험이다, 그랬잖아요."

"무의미한 탁상공론이라고 한 적은 없어."

에리히가 무덤덤하게 대꾸했다.

"실험적이라는 게 쓸모없다는 것과 동의어는 아니지. 네 견

해가 무용하다고 생각한 적은 한 번도 없어."

클레어가 손바닥으로 얼굴을 덮었다. 별것도 아닌 말인데, 에리히가 한 번도 자신을 잊은 적이 없다는 것을 깨달을 때마다 얼굴이 화끈거렸다. 하지만 절대 그걸 들킬 순 없었다.

네게 마음이 없다고 말해도 전혀 듣지 않았던 이 오만한 남자의 콧대를 더 세워 줄까 보냐. 그래서 클레어는 삐죽 올라가려는 입꼬리를 끌어 내리며 마치 보고를 들을 때처럼 물었다.

"가신들이 낭비가 된다고 반대하지 않았어요?"

"조금씩 시도해 보고 효용이 없다 싶으면 그만두면 될 일이었지. 인명 피해를 막을 수 있는 가능성이 있는데, 하지 않을 이유가 없으니까."

"수익성이 떨어지잖아요."

"너는 나를 광산주나 지주 따위로 생각하는 건가?"

에리히가 클레어를 노려보았다. '아니면 뭔데?' 싶어서 클레어도 그를 마주 쳐다보았다.

"법적으로 행정권과 사법권을 모두 내각에 이양했다고 해도, 나는 클라우제너의 영주야. 내게는 영지민을 보호해야 할 책임이 있지."

"……."

"클라우제너의 슬하에 있는 사람이라면 꼭 영지민이 아니라도 마찬가지고."

클레어는 침묵했다. 안전 대책을 이렇게 귀족적인 마인드 때문에 수립했다니.

이유가 무엇이든 좋은 일이다. 더군다나 광산 같은 가혹하고 위험한 환경이 나아지는 것은 정말로 좋은 일이었지만, 역시.

"당신은 민주주의의 적이에요."

클레어가 눈에 힘을 주었다. 역시 그녀는 모든 일이 온건한 화해로 마무리 지어지는 것보다 싫은 놈을 망하게 만드는 게 좋았다. 왕과 대귀족의 목은 단두대에 걸어야 제맛인데.

이제는 자신도 자본가이니 머릿속으로 생각만 하는 말이긴 했다.

에리히는 그녀의 말을 들은 척도 하지 않았다.

"고작해야 그런 이야기를 하려고 두 시간이나 그 문서를 들고 끙끙댄 것은 아니겠지?"

"아니에요. 심심한데 아무것이나 꺼내면 안 될 것 같아서 그랬어요. 이건 사무실 방문자한테 보라는 듯이 놓여 있길래요."

클레어는 매뉴얼을 내려놓고 물었다.

"그런데, 이 정도까지 관리하고 있는데도 폭약을 빼돌리는 게 가능했단 말이에요?"

"유감스럽게도 그렇군. 폭약팀장과 출납원이 공모했어."

"창고에 재고 수량을 세는 사람은 없었어요? 감사는?"

에리히의 얼굴이 점점 일그러졌다. 클레어는 소파에 눕듯이 파묻고 있던 몸을 일으켰다.

"발터 마이어는 믿을 만한 사람인가요?"

"……그래."

에리히의 대답이 한 박자 느리게 나왔다.

"만일에 발터가 주범이라면, 고작 폭약 따위를 빼돌릴 리도 없겠지만, 설령 사고가 났어도 훨씬 더 교묘하게 숨길 수 있었을 거야."

"하긴, 횡령이라면 폭약 같은 위험 물질을 빼돌리느니 그냥 장부를 조작하는 게 낫겠죠. 다른 목적일 가능성은 없을까요?"

"테러에 쓰일까 봐 우려하는 거라면, 그러지 않아도 돼. 철도 폭파 같은 걸 노리는 자라면 여기보다 훨씬 쉽게 더 강한 화약을 구할 수 있는 곳이 많으니까."

"하긴."

이곳에서 폭약을 관리하는 것은 갱도에서 함부로 쓰다가 사고가 날 것을 우려했기 때문이다. 단순히 폭약 자체가 필요한 거라면 제조 공장이나, 이곳보다 훨씬 관리가 소홀한 곳에서 구하는 게 좋을 것이다.

그렇다는 건, 역시 이미 콜베르크 광산에 몸담은 자가 기회가 되었기에 횡령한 거라고 생각하는 게 옳을 것이다.

"이해가 안 되는 게 또 하나 있어요. 폭약을 다루는 자라면 불이 위험하다는 것도 알고 있었을 텐데, 폭약 상자를 앞에 놓고 궐련에 불을 붙였다는 게 이해가 안 돼요."

"음."

"술에 만취한 상태였을까요? 아니면……."

에리히가 클레어의 말을 끝까지 듣지도 않고 고개를 끄덕였다. 그녀가 무슨 생각을 떠올렸는지 환히 알 수 있었다.

"만취 상태였다면 목격자가 알고 있겠지만, 그런 보고는 듣지 못했어. 연잎 궐련일 수도 있겠군."

"만일에 그렇다면, 굳이 폭약을 횡령한 것도 이해돼요. 마약에는 빚이 따라오는 법이니까."

에리히가 고개를 끄덕였다. 클레어가 말했다.

"우리 며칠 여기 머무르죠. 관련자의 재정 상황을 살펴보고 싶어요. 감사 결과도 알고 싶고요."

"바덴에 가서도 보고서는 받아 볼 수 있어."

"머무르는 동안, 이곳에 있는 아렌 출신 광부들을 만나 보려고요. 마침 숙소가 무너졌으니, 동향 사람으로서 보살펴 준다는 핑계를 댈 수 있을 거예요."

에리히의 눈썹이 꿈틀거렸다. 클레어는 몸을 일으켜 그의 앞으로 갔다. 그리고 허벅지 위에 무릎을 올리며 에리히의 미간을 문질렀다.

"나라고 뭐, 일이 하고 싶어서 그러겠어요? 하지만 왠지 감이 안 좋아요."

"어떤 면에서?"

"연잎 궐련은 황후가 퍼뜨리고 있는 거예요. 클라우제너가 공격 대상이 아니라는 보장이 어디 있겠어요?"

"그냥 사고일 확률이 높아. 물론 관리 소홀 문제는 작은 것이 아니지만, 네가 그렇게까지 할 일이 아니지."

"불안한 걸 눈감고 넘어가는 것보다는 사고라는 걸 확인하는 쪽이 낫죠. 사실 마이어 군에게 아렌 출신 광부들 이야기를 들었을 때 조금 신경도 쓰였거든요."

클레어의 손이 그의 눈썹을 쓰다듬었다. 에리히가 눈가를 찡그리며 그녀를 올려다보았다.

"이건, 미인계를 쓰는 건가?"

"미인계는 미인이 쓰는 거고요. 이건, 조르기? 떼쓰기?"

클레어는 웃음보가 터질 것 같았지만 애써 참았다. 에리히가 그녀의 손등에 손을 올리며 말했다.

"같은 말인 것 같은데."

"아무튼 그래서, 여기 머물러요. 안 돼요?"

"엘리엇한테 설명은 네가 해."

그 순간 클레어의 손이 굳었다.

에리히는 승리감을 느꼈다. 그는 자신의 얼굴을 어루만지고 있던 클레어의 손목을 움켜쥐고 다른 팔로는 그녀의 허리를 휘감으며 일어섰다.

휙.

순식간에 시선의 높낮이가 뒤바뀌었다. 책상에 눕혀진 클레어가 눈을 깜박거렸다. 에리히는 그녀의 손을 깍지 끼어 책상에 누른 채 내려다보았다. 클레어의 허벅지 안쪽에 그의 몸이 닿았다.

"자, 잠깐, 이건 엘리엇한테 설명하는 것과 상관없잖아요."

"상관없지. 기회가 보였는데 그냥 흘려보낼 수 없었을 뿐이야."

"무슨 기회요!"

"널 책상 위에서 짓누를 기회."

에리히가 짐짓 여유로운 태도로 물었다.

"숨이 가빠졌어, 클레어. 기대하고 있나?"

"여기 마이어 씨 사무실이에요."

클레어의 얼굴부터 목덜미까지 불타듯이 화르륵 붉어졌다.

"미쳤느냐고는 안 하는군."

"에리히!"

"괜찮아. 아무도 안 와. 서류는 나중에 내가 정리하도록 하지."

"……!!"

그의 입술이 클레어의 입술을 벌려 깊게 맞물어 왔다. 클레어의 팔이 다급히 그의 등에 감겼다. 다리가 떨리면서도 에리히의 다리에 엉키고 툭, 구두가 바닥을 뒹굴었다.

막사로 지어진 임시 숙소가 술렁거렸다. 공작 부인이 방문했다는 뜻이다. 보지 않아도 알 수 있을 만큼 확연히 공기가 달라져서, 자콥은 불편한 기분으로 몸을 일으켰다.

콜베르크 광산은 현재 휴업 중이었다. 숙소가 무너졌다는 이유로 공작은 광부들을 일단 집으로 돌려보냈다. 급료는 평상시의 절반을 줄 테니 한 달 동안 쉬라는 말에 대다수 광부가 기뻐했다. 그리고 기차를 타고 광산을 떠났다.

광부 절반 이상이 콜베르크시에 가족의 집이 있었다. 그게 아니면 그리 멀지 않은 곳에 고향이 있었다. 대부분이 클라우제너 영지 출신이기 때문이다. 한 달의 황금 같은 휴가를 가족과 함께 보내게 된 것이다.

자콥은 이해할 수 없었다.

'돌아왔을 때 자리가 남아 있다는 보장이 어디 있어서?'

꼭 다시 불러 준다는 말 같은 걸 진심으로 믿는단 말인가? 물론 발터 마이어는 놀라운 호구긴 했다. 공작의 운영 원칙은 종교적 선심에서 나오는 것인가 싶을 정도로 기이했다.

하지만 이런 기회가 생겼다면, 당연히 체질을 바꿔야 했다. 자콥 자신이라면 이 광산의 수익성을 족히 지금의 두세 배로 끌어올릴 수 있었다. 저들을 모조리 잘라 버리고, 자신처럼 아렌의 계주들을 부르면 된다. 어디 다른 영지처럼 열 살 아이를 갱도에 밀어 넣으라는 것도 아니지 않은가.

'아렌에만 한 번 다녀올 수 있다면, 지금의 두 배로 벌 수 있는데⋯⋯!'

하지만 아렌은 너무 멀었다. 게다가 계원들을 방치할 수는 없었다.

막사에 남은 것은 모두 아렌 출신의 광부들이고, 자콥의 계원들이었다. 아렌까지 다녀올 수는 없다는 말에 발터는 한숨을 내쉬며 천막으로 임시 막사를 세워 주었다.

추웠지만 불평하는 자는 없었다. 계원들은 자콥이 명령할 때와 연잎 퀄련을 입에 물고 있을 때가 아니면 벌레처럼 드러누워 꿈틀대고 있을 뿐이니까. 불평하는 건 자콥과 그 심복뿐이었다.

'빌어먹을. 공작 부인이 대체 왜!'

그는 마음속으로 저주를 퍼부었다. 공작 부인이 자꾸 이 숙소에 드나들지 않았다면, 계원들은 내버려 두고 자신은 콜베르크시의 고급 호텔에서 휴식을 즐겼을 텐데.

하지만 그렇게 티 나게 굴 순 없었다. 게다가 올 때마다 공작 부인은 귀찮게 굴었다. 이번에도 그랬다.

"막사 창이랑 입구를 걷으세요. 석탄 화로를 환기도 시키지 않고 피우고 있으면 큰일 나요."

목소리가 들리기 무섭게 찬 바람이 밀려들었다. 아편에 절어 드러누워 있던 남자들이 어찌할 바를 모르며 갑자기 몸가짐을 바르게 하기 시작했다.

클레어가 작게 콜록콜록 기침을 했다. 막사 안은 너구리 굴이 따로 없었다. 안에서 화로를 피운 것도 피운 것이지만, 연잎 궐련을 태운 연기까지 가라앉아 있다. 클레어는 절대 그 안으로 들어갈 생각이 없었다.

"모두 잠시 나와 주세요. 바람을 쐬지 않으면 몸이 상해요."

이대로 놔뒀다가는 일산화탄소 중독으로 죽을 판이다. 광부들이 꿈틀꿈틀 움직였다.

제일 먼저 나온 남자가 헤벌쭉 웃으면서 고개를 숙였다.

"마님."

"기침은 좀 어때요, 빅터 씨? 감독관이 따뜻한 물을 제때 주던가요?"

"예."

빅터가 둔중한 태도로 대답하고 다시 이를 드러내며 웃었다.

"고맙습니다, 마님."

"몸이 재산이니까요. 단기간이라도 여관에 묵으면 좋을 텐데요."

클레어가 막 말했을 때 또 다른 광부가 허리를 굽혔다.

"마님, 어서 오십시오."

"길버트 씨, 어제 제가 저쪽 창문 환기 좀 잘 부탁드린다고 길버트 씨에게 특별히 이야기했던 것 같은데, 약속 안 지켰죠."

"헤……. 헤헤."

"도망치면 안 돼요, 길버트 씨. 아, 피터 씨, 상처 좀 봐요."

"괘, 괜찮습니다."

피터라고 불린 남자가 재빨리 도망갔다. 클레어는 그를 잡아 달라고 저쪽에 있는 광부들에게 손을 흔들어 보였다. 피터는 스무 걸음도 도망가지 못하고 붙들려 왔다.

그녀는 팔짱을 끼고 피터를 노려보았다.

"신발을 벗으세요."

"아프지 않습니다."

"아프지 않은 게 아니라 연잎 궐련 때문에 통증을 못 느끼는 거예요."

다른 광부들이 피터의 신발을 벗겼다. 그의 발은 어떻게 신발 안에 들어가 있었느냐 싶을 만큼 퉁퉁 부어 있었다.

"붕대도 제때 안 갈았죠? 내가 저녁마다 와야 할까요?"

"아, 아닙니다."

"누가 뜨거운 물 좀 가져다줘요."

"제, 제가 직접 할 수 있습니다."

"피터 씨는 믿을 수가 없으니까. 너무 걱정시키지 마세요."

클레어가 말했다. 마치 자기가 그 말을 들은 것처럼 광부들이 몸 둘 바를 몰라 했다.

광부들의 숙소에 사고 좀 났다고 공작 부부가 달려왔다는 것부터 놀랄 만한 일이었다. 그런데 고귀하고 아름다운 공작 부인께서 자신들을 신경 써 주신다.

그런 경험은 처음이었다. 이들은 대부분 자신의 고향에서도 특별히 기댈 곳 없이 작은 땅을 부쳐 먹고 살던 농부나 품팔이꾼이었다. 영주님은 있었지만, 모두 저 하늘 위에 사는 사람 같았다. 그것은 고향에서나 이곳에서나 마찬가지였다.

직접 채찍을 휘두르는 마름이나 감독관은 공포의 대상이었다. 그것이 귀족의 뜻에 의한 것이라고 생각하면, 귀족은 외경의 대상일 수는 있어도 경애할 수는 없었다.

하지만 클레어는 그들의 이름을 일일이 기억하고 불러 주었다. 전날 무슨 일이 있었는지, 무슨 도움이 필요한지도 정확하게 알고 돌봐 주었다. 마치 구름 아래로 흰 손이 내려온 것 같았다. 믿을 수가 없었다.

하지만 동향이라는 연대감은 아편으로 둔중해진 그들의 뇌리에 유의미한 감정을 불러일으켰다. 같은 아렌인이라서 도와준다. 그것은 이해하기 쉽고 마음에 와닿는 것이었다.

"마님 추우실 텐데……."

몇 사람이 감히 먼저 다가갈 수가 없어서 움찔거리면서도 그녀가 궁금해서 거리를 두고 바람을 몸으로 막으며 섰다.

"내가 뭘요?"

"끄아아악!"

클레어는 피터의 발에 기어이 소독약을 부어 비명을 지르게 한 다음 붕대를 감아 주고 일어섰다.

'다들 너무 호감을 가져 주니까 미안하네…….'

이들이 생각하는 것처럼 천사처럼 자비로운 마음을 가지고 있어서 그러는 게 아니다. 그저 육체노동이라고 해서 천시하는 마음을 가진 적이 없을 뿐이다.

아편 중독자라고 생각하면 거부감이 드는 것이 사실이었으나, 정작 이렇게 직접 이야기를 해 보자 오히려 자신의 공장에 출장을 나갔을 때와 크게 다르지 않았다. 경계를 낮춰서 정보를 들으려는 목적이 있었지만, 이렇게 여러 사람과 이야기를 하다 보니 마음이 짠했다.

"개빈 씨, 편지 쓸 내용은 생각하셨죠?"

"아, 그게……."

"더 생각하셔도 돼요. 나는 여기 며칠 더 있을 거고, 그게 아니라도 편지를 대신 써 줄 사람 정도는 불러 줄게요."

클레어는 고향으로 편지를 보내고 싶은 사람이 있으면 대필

해 주겠다고 말했다. 자연스럽게 과거를 알아낼 작정으로 한 이야기였지만, 점점 꼭 해 주고 싶은 일이 되었다.

대필가를 한 명 고용해 두면 좋을 것이다. 꼭 아렌인만이 아니라 다른 광부들도 대필가가 필요할 때가 있을 테니까.

개빈이 뒷머리를 긁적였다. 붉게 충혈된 눈꼬리가 축축해져 있었다.

"감사합니다. 감사합니다만, 저 같은 게 편지를 써도 제 자식들은 반가워하지 않을 겁니다. 빚더미에 눌려서 야반도주한 아비 따위……."

"그래서 여기까지 오셨잖아요. 빚은 조만간 다 갚으실 수 있을 거예요. 돈을 좀 모은 다음에 돌아가시면 반겨 줄 거예요."

개빈이 몸을 움찔 떨었다. 개빈만이 아니었다. 그 말을 들은 사람 여럿이 시선을 이리저리 돌렸다. 클레어는 살짝 이맛살을 찌푸렸다.

광부는 위험하지만, 그만큼 보수가 좋은 직종이다. 그중에서도 콜베르크 광산의 임금은 다른 데보다 높게 책정된 편이었다.

에리히는 클레어의 안전 수칙을 받아들였고, 운영도 그랬다. 어린애를 고용하고 하루에 열다섯 시간씩 일을 시켜 죽어 나가게 하는 것보다 숙련공을 키워 사업 전체를 성장시키는 쪽이 낫다는 것에 동의했고, 실제로도 효과를 봤던 것이다.

그러니 빚을 갚지 못할 리가 없다. 가난한 사람이 질 수 있는 빚은 액수가 뻔한 법이다.

"잠깐. 개빈 씨, 지금 얼마 받고 있어요? 빚은 얼마 남았어요?"

개빈은 대장장이 출신으로, 연장을 수리할 수도 있는 고급 인재였다. 적어도 몇천 골드는 받고 있을 것이다. 그걸로도 감당할 수 없는 빚이라면, 터무니없는 고리대일 것이다.

'아니면, 이자가 돈을 빼먹었거나.'

클레어는 내밀어지는 탕파를 보며 생각했다. 자콥이었다.

"공작 부인, 추우실 텐데 이것을 쓰시지요."

깨끗한 무명천으로 둘린 것을 보니 신경 써서 따로 만들어 온 모양이었다. 클레어는 빙긋 웃으며 그것을 받았다.

"고마워요."

"그리고…… 그렇게 너무 예민한 문제를 함부로 질문하시는 게 아닙니다."

맞는 말이었다. 그러나 클레어는 그 말에서 익숙하고 불쾌한 냄새를 감지했다. 상대가 젊은 여자라고 생각하고 무시하는 뉘앙스였다.

그녀의 주위에 모여 있었던 다른 광부들이 모두 시선을 외면하고 흩어졌다. 클레어는 고개를 기울이고 자콥을 바라보았다.

"만일에 개빈 씨가 터무니없는 고리대금에라도 잡혀 있다면, 도와주고 싶었을 뿐이에요. 자콥 씨는 내가 개빈 씨를 돕는 게 싫은가요?"

"그런 말씀이 아니라……."

"아니면 뭐죠? 내게 그런 능력이 없다고 말하고 싶어요?"

그녀는 웃음을 머금고 물었다. 자콥이 움찔했다.

이게 무슨 개똥 같은 일인가. 자선을 하고 싶으면 구빈원에라도 찾아갈 일이지, 왜 거래처 상대로 이러느냔 말이다. 하지만 곧이곧대로 그렇게 말할 순 없었다.

"아니, 예민한 부분이니까 공작 부인께서 가벼운 마음으로 말씀하실 일이 아니라는 의미였습니다."

"그럼 가벼운 마음이 아니면 되겠군요."

클레어는 그렇게 대꾸했다. 마침 잘되었다. 이렇게 말해 준 덕분에 대놓고 자콥의 계원들과 돈 이야기를 할 수 있게 되었다. 아렌 출신 광부들이 전원 가입되어 있는 그 계는 단순한 친목 조직이 아니었다.

'처음부터 다 함께 찾아와서 단체로 계약했다고 했지.'

대표인 자콥이 임금을 협상하고, 한꺼번에 지급받아 계의 운영에 소용되는 비용을 제한 후에 계원들에게 나누어 준다. 장부는 매우 단순하여 허점을 찾기 어려웠다. 그래서 오히려 믿기지 않았다.

자콥은 회계사가 아니고 상단에서 오래 일한 사람도 아니며, 스프레드시트는커녕 계산기도 없다. 그런데 수천 줄의 장부를 구멍 없이 작성했다고? 그럴 리가 없지 않은가.

'마이어 씨는 아렌 출신 광부들끼리 일종의 길드를 형성한 거라고 생각했다지만, 아무리 봐도 수상해.'

자콥은 단순히 계의 리더가 아니라 주인이었다.

계원들은 모두 상태가 좋지 않았다. 대다수 중독자였고, 그 중에는 심각한 수준인 자도 꽤 많았다. 자콥이 연잎 궐련을 생필품처럼 보급하니 당연한 일이기도 했다.

'마약이면 꽤 비쌀 텐데, 장부에 숫자를 기입하지도 않고 계속 나눠 주고 있어.'

그게 말이 되는 이야기인가? 물리적으로 불가능하다. 게다가 자콥과 자콥의 심복 몇 사람만은 정상이었다.

에리히와도 이미 일치된 결론을 냈다.


'적어도 현재 시점에서 그자가 광부들을 통제하기 위해 연잎 궐련을 쓰고 있는 건 확실한 것 같군.'

'지급되는 급료를 궐련 대금으로 회수하고 있는 건 확실해요. 광산에서 유일한 공급책이니, 계원들이 불만을 품지 못하는 것도 당연하지요.'


문제는, 자콥의 윗선이다.

슈나이더 백작 부인이나 스테판 하인즈처럼 목적이 있어서 황후가 클라우제너 영지에 심은 폭탄인지, 아니면 진짜로 우연히 공급 라인을 얻은 소매상인지 분간할 수 없었다.

하지만 수상하다고 무작정 위협해서 심문할 수는 없었다. 만일에 전자라면, 황후와 충돌하게 된다. 오페라 극장 때는 의도치 않게 생긴 일이었지만, 이번에까지 그럴 수는 없었다. 신중해져야 했다.

그래서 클레어는 빙그레 웃으며 모두가 들으란 듯이 말했다.

"내가 위빙 상단의 주인이라는 건 들어 봤지요? 원하는 사람이 있다면, 날 찾아오세요. 버는 돈과 쓰는 돈, 빚 갚는 법에 대해서 상담해 줄게요."

돈의 움직임은 거의 대부분의 것을 해명해 줄 수 있다. 장부를 직접 볼 수 없어도, 계원들의 재정 상태를 보는 것만으로도 운영을 대충 짐작할 수 있을 것이다.

클레어가 하려는 일의 파급 효과를 깨달은 자콥의 안색이 검붉은색으로 변했다.


효과가 바로 나타나지는 않았다. 그로부터 사흘이 지나도록 클레어를 찾아오는 사람이 아무도 없었다.

"친분이 생길 정도는 아니라도 마음을 꽤 풀어 놨다고 생각했는데, 쉽지 않네요."

클레어는 한숨을 내쉬었다.

신용은 클라우제너 공작 부인에 위빙 상단 주인이라는 것만으로도 충분히 쌓였다고 생각한다. 그런데도 찾아오지 않는 것은 역시 믿을 수 없어서일 것이다. 능력이 아니라 마음을.

정말로 자신에게 유리한 방향으로 같이 고민해 주리라는 믿음이 그렇게 쉽게 생길 리 없다.

'하긴, 나 같아도 사장님 부인이 와서 자기한테 재무 설계 받으라고 하면 이 사람 보험 팔이인가 할 텐데.'

증거를 얻고 싶은 것도 사실이지만, 떠나기 전에 한 명이라도 돕고 싶은 것도 진심이었다.

"너를 신뢰하고 안 하고가 문제가 아니라, 자콥이라는 그놈이 두려운 거야. 차라리 자콥을 먼저 잡아들이는 게 어때?"

"그자가 진짜 머리인지 어떤지 알 수 없잖아요. 만일에 나라면, 대표로는 바지 사장을 내세우고 심복 부하인 척할 거예요."

"그건 너고."

에리히가 짧게 대꾸했다. 클레어가 의아한 얼굴로 그를 쳐다보았다.

"보통은 우두머리 자리, 남한테 그렇게 쉽게 안 내줘. 심지어 범죄자가? 그럴 리 없지."

"뭐 엄청난 범죄단의 수장이면 모르겠는데, 기껏해야 계주잖아요. 마약상으로 빨아먹는 돈은 그것과 별개고요."

"돈만 있으면 된다고 생각하는 것도 너지."

할 말이 없어서 클레어는 잠깐 입을 다물었다가 머리를 긁적였다.

"아니, 내가 뭐, 유난히 돈 좋아하는 게 맞긴 한데."

"그놈이 머리야."

"……"

클레어가 살짝 눈살을 찌푸리고 에리히를 쳐다보았다.

"내가 모르는 무슨 단서라도 찾았어요?"

"그놈만 날 똑바로 쳐다보니까."

에리히가 대꾸했다. 클레어는 황당해서 되물었다.

"뭐라고요? 그게 근거예요?"

"제가 권력자라고 생각하는 놈이 아니라면 그러지 않아."

"흑막이 따로 있는데도 자기가 우두머리라고 생각하는 걸수도 있잖아요."

"그러면 그 흑막 놈은 내 앞에서 절대 고개를 들지 않고 숙이고 있을 텐데, 그런 놈도 보이지 않고."

"아."

납득이 갈 것 같아서 분했다.

"어쨌든 놈과 놈의 심복들을 지켜보라고 말해 뒀어. 움직이면 꼬리가 잡히겠지."

"도망치면 잡아도 되겠군요. 황후의 끄나풀이면 쉽게 도망가지 않을 거예요."

에리히가 고개를 끄덕였다.

도망갔을 때 후환이 있다면 쉽게 도망가지 못한다. 황후가 가혹한 사람이라는 것은 그녀의 아랫사람들이 제일 잘 알고 있을 거다.

반대로, 도망간다면 하잘것없는 피라미라는 뜻이다. 이 클라우제너에서 자신의 손아귀를 벗어날 수 있을지도 모른다고 생각한다는 의미였으니까. 그건 놈이 아무것도 모른다는 뜻이었다.

클레어가 뾰로통하게 말했다.

"그런데, 내가 미끼예요?"

"놈을 불안하게 만들 생각으로 자꾸 찌른 것 아닌가?"

"다른 광부들에게 신뢰를 얻으려고 한다고 했잖아요."

에리히가 어깨를 으쓱했다. 그 말이 그 말이긴 했다.

클레어가 빙글빙글 사무실을 몇 바퀴 돌다가 에리히의 무릎에 털썩 앉았다. 에리히는 그녀의 앞머리를 가볍게 쓸어 올리며 물었다.

"왜?"

"할 일 없으면 목이나 좀 주물러 봐요."

"하."

에리히가 어이없다는 듯이 헛웃음을 쳤으나 순순히 클레어의 목덜미에 손을 올렸다.

"으악!"

힘찬 악력이 목덜미를 레몬처럼 쥐어짜는 바람에 클레어는 비명을 지르고 말았다. 그녀가 벌떡 일어서려는데 에리히가 허리를 안아 주저앉혔다. 클레어는 다급히 외쳤다.

"아니, 이제 됐어요!"

"목이 아프다면서."

"악!"

이번에는 승모근에 손가락 세 개가 파고들었다. 클레어는 다시 비명을 지르며 도망가려고 했지만, 에리히가 그녀의 몸을 붙들어 눌렀다.

"아악! 살살 해요, 좀!"

"원한 건 너야."

"악!"

자리를 바꾸어 딱딱한 승모근을 모조리 조지고 난 다음에야 에리히는 손을 풀어 주었다. 클레어는 헉헉거리면서 그 자리에서 축 늘어졌다. 쥐어짜이는 순간은 진짜 아팠지만, 순식간에 몸에서 기력이 빠지면서 이완되었다.

"그런 목소리로 수상한 대사 좀 치지 말라고요."

"내가 뭘."

에리히가 무표정으로 대꾸했다. 클레어는 손가락 하나 까딱하지 않고 그의 몸 위에 늘어진 채 긴 한숨만 내쉬었다. 아팠지만, 시원했다.

"하아……."

"편해 보이는군."

클레어가 고개를 뒤로 젖혀 그를 올려다보았다.

"내 어깨 좀 주물러 준 게 그렇게 불만이에요?"

에리히가 키스로 값을 치르게 할까 말까 고민하고 있을 때였다.

"앗!"

노크하지 않고 문을 열었던 마이어의 아들이 깜짝 놀라 콩 문을 닫았다. 클레어는 발딱 일어서서 그쪽으로 달려갔다. 에리히가 인내심을 발휘하며 주먹을 한번 쥐었다 폈다.

"죄송합니다!"

클레어가 문을 열자마자 소년이 뺨을 붉히고 얼른 고개를 숙였다.

"아, 아냐, 아냐. 방해한 거 아니야. 그냥 게으름 부리고 있었어."

"그, 그렇지만, 아버지가 두 분은 신혼이시니까 방해하면 안 된다고……. 노, 노크도 안 했고."

"원래 발터 씨 사무실이라서 그랬을 거잖니. 그리고."

클레어는 복도 저만치에서 곧이라도 달아날 듯한 자세로 구부정하게 서 있는 광부를 보았다. 그는 잭이라는 이름으로, 삼십 대 중반이었다.

그녀는 소년에게 다정하게 말했다.

"중요한 일이 있을 때는 괜찮아."

"네."

소년이 겨우 안심한 듯 웃었다. 소년의 등을 두드려 보내고, 클레어는 잭에게 미소 지어 보였다.

"이쪽으로 오세요, 잭 씨. 혹시 이 사무실이 불편하다면, 자리를 옮길까요?"

"아, 아닙니다. 여기에서……. 그……. 남의 눈에 띄기가……."

잭이 식은땀에 젖은 이마를 닦으며 어눌하게 말했다. 클레어는 그가 불편해하는 것을 깨닫고 옆방 문을 열었다.

"들어와요."

"여, 여기는 귀, 귀빈 응접실인데……."

"손님은 다 귀빈이죠. 들어오세요. 괜찮아요. 자콥 씨에게 들키지 않을 거예요."

잭이 주춤거리는 걸음으로 응접실 안으로 들어왔다.


자콥은 그때 침대에 누워 있었다. 소등 시간이 거의 다 되었다. 밖에 켜진 가스등이 깜박거리면서 천막 너머로 흐린 빛이 넘어 들어왔다. 문득 몸을 일으켜 침대에 드러누운 머릿수를 셌지만, 아직 궐련을 피우는 놈들이 전부 들어오지 않았다.

'찜찜해.'

계원 대부분에게는 자기 의지라고 할 만한 것이 없다. 자콥이 그들을 이 광산에 취업시킨 것이 3년 전, 여기 있는 자들은 대개 그보다 2, 3년 전부터 연잎 궐련에 손을 댔다.

자콥은 내성이라는 개념을 몰랐으나, 경험상 점점 더 강한 약을 찾게 된다는 것은 알고 있었다. 그는 제 딴엔 나름 신경 써서 소중한 계원들을 관리했다. 하나하나가 수만 골드 이상의 값어치를 갖고 있는데 쉽게 잃어서야 될 일인가.

다람쥐 쳇바퀴 도는 듯한 광산의 일상이 도움이 되었다. 계원들은 낮 동안 시키는 대로 반복적인 노동을 하고, 저녁이 되면 자콥이 배급한 연잎 궐련을 피우며 행복한 시간을 보낸 다음 잠이 들었다.

하지만 이번 폭발 사건 때문에 모든 게 어그러졌다.

'빌어먹을 빌 새끼, 진짜 죽여 버렸어야 했어.'

사고를 치고 이미 죽어 버린 놈이지만, 더 먼저 제 손으로 죽이지 못한 것이 분했다. 발터 마이어만이라면 어떻게든 구슬렸을 텐데. 그 사건 때문에 갑자기 공작이 찾아오고, 공작 부인이 나대더니, 둘이 뭉개고 앉아 돌아갈 생각을 안 한다. 신혼여행 중이라더니, 이깟 광산에 대체 무슨 볼거리가 있다고. 보나 마나 공작 부인이라는 계집이 이 뇌가 녹은 놈들에게 마님 마님 소리를 듣는 게 좋아서 그러는 거라고 자콥은 이를 갈았다.

"형님, 형님."

고향 동생이자 제일 믿음직한 부하인 올리버가 그의 등을 콕콕 찔렀다. 돌아보자, 작은 보따리를 하나 싸서 짊어지고 있었다.

"……오늘 가냐?"

올리버가 도망치겠다는 이야기를 한 것은 며칠 전이었다.

'전 아무래도 불길합니다, 형님. 솔직히 증거가 있느니 마니 하는 게 다 무슨 소용입니까? 공작이 수틀려서 다 니네 탓이라며 뒤집으면 어떡하게요?'

'공작이 수틀리면 우리가 야반도주한다고 해결되겠냐? 어떻게든 찾아내겠지.'

'이름을 바꾸고 한동안 어디 저 멀리 땅끝까지 가 있으면 돼요.'

결국 올리버와 그는 각자 알아서 갈 길 가자는 것으로 그 대화를 끝냈다.

하지만 자콥도 계속 생각은 하고 있었다. 증거가 없고, 공작이 언제까지 이런 사소한 일에 신경 쓰겠냐 하는 것과, 이대로 황금 알을 낳는 거위를 두고 도망칠 수는 없다는 생각이 뒤엉켰다.

자신은 왜 하필 클라우제너 공작령으로 왔을까? 파펜하임이나 슈페 같은 곳으로 갔다면, 이런 걱정은 하지 않았을 것이다. 그곳의 영주들은 자콥이 제공하는 값싼 노동력을 흔쾌히 받았을 테니까. 그 한 놈 한 놈이 얼마를 받든, 뇌가 녹았든 안 녹았든 관심도 없을 것이다.

굳이 이곳으로 온 것은 클라우제너 공작령의 임금이 가장 높고, 진짜 값싼 소년 광부들과 경쟁하지 않아도 되기 때문이었지만, 자콥은 그런 세부적인 사항까지는 이미 깨끗이 잊었다. 올리버가 낮은 소리로 말했다.

"잭이 안 보입니다."

"아직 궐련 피우고 있나 보지."

"챙겨 놓고 가려고 했는데, 진짜로 안 보여요. 형님, 제 생각엔 그놈이 아무래도 공작 부인에게 갔을 거 같습니다."

"그 겁 많고 멍청한 놈이 그럴 리가 없어!"

"그놈이 사흘 전부터 갑자기 지 여동생 얘기 했던 거 생각 안 나십니까? 3년이나 아무 말 없었는데?"

"흡."

올리버의 말이 그럴듯해서 자콥은 숨을 들이켰다.

"같이 가십시다, 형님. 돈은 벌 만큼 벌었잖습니까?"

"야, 근데 우리가 도망치면 오히려 수상하게 생각하는 거 아 닐까?"

"오늘 밤 안에 산을 내려가서 역마차를 타야 합니다. 형님은 공작 부인이 와도 그냥 드러누워 계신 적도 많잖습니까? 잘하 면 하루 이틀쯤은 안 들킬 겁니다."

그 말도 옳았다.

자콥은 재빨리 일어나 옷을 여러 겹 겹쳐 입고 보따리를 쌌다. 소등 시간이 한참 지나 무척 어두웠다. 올리버가 등 불을 준비했지만, 이것만으로 산을 내려갈 수 있을지 염려 되었다.

숲은 어두웠지만, 그래도 아직은 등불을 켤 수 없다. 조금 더 멀리 벗어난 다음에야 불을 붙일 수 있을 것이다. 두 사람이 살금살금 걸어 광산의 권역을 벗어나려던 때였다.

"애런 자콥."

"헉!"

질겁한 자콥이 품에서 단도를 꺼내며 뒤를 돌아보았다. 공 작의 호위였다.

"허윽."

어떡하지. 죽여야 하나? 죽일 수 있나?

그는 한때 고향에서 힘깨나 쓰는 어깨패였고, 올리버도 그 랬다. 그것만으로도 사람들을 어르고 협박하기에는 부족함 이 없었다. 아편 중독자인 계원들 상대로는 말할 것도 없다.

그러나 공작의 호위를 상대로 그런 싸움 실력이 통할 리가 없었다.

"형님."

올리버가 그의 등을 슬쩍 찔렀다. 둘이 동시에 덤빌까? 그런다고 단숨에 해치우고 도망갈 수는 없을 것이다. 그렇다고 그냥 도망가자니 추격이 두려웠다.

올리버와 자콥이 각자 단도를 움켜쥐고 자세를 잡았을 때였다.

저벅.

라이플을 든 경비대원들이 숲 쪽에서 둘을 포위하듯이 나타났다. 자콥의 이름을 부른 공작의 호위가 위협적인 목소리로 말했다.

"칼을 조용히 땅바닥에 내려놓아라. 각하께서 가능하면 널 살려서 데려오기를 원하신다."

그건 죽여도 상관없다는 뜻이다. 겁에 질린 자콥이 먼저 단도를 바닥에 던졌다. 그다음 올리버가 천천히 무릎을 꿇으며 칼을 내려놓았다.

퍽!

경비대원이 자콥의 손을 꺾어 잡으며 바닥에 무릎 꿇렸다.

에리히는 별반 표정의 변화도 없이 소식을 기다리고 있었다. 클레어는 그럴 수 없었다.

그녀에게 도움을 구하러 온 잭의 말에 따르면, 사정은 이랬다.

잭이 살던 마을에 연잎 궐련이 퍼진 것은 4, 5년 전이다. 유랑 극단을 따라다니는 약장수들이 만병통치약이라면서 판 게 시작이었던 것 같다.

지병이 있던 잭의 어머니가 그것을 쓰고 효과를 보았다. 그때부터 잭의 가족은 어지간한 병과 통증에는 전부 그것을 썼다. 가격이 좀 비쌌지만, 두고 쓰는 상비약이 되었다. 그리고 어느 순간부터는 아픈 곳도 없는데 온 가족이 그것을 입에 물고 있었다.

그리고 빚이 쌓이기 시작했다. 가족들은 서로 이제 절대 사지 말자고 약속했지만, 아무도 그것을 지키지 못했다.


'팔러 씨가, 그, 팔러 씨는 약장수인데……. 저랑 여동생에게, 일자리를 소개해 준다고, 해서…….'


잭의 말은 지리멸렬하여 알아듣기 힘들었다. 그러나 클레어는 인내심 있게 질문한 끝에 이야기를 전부 맞춰 냈다. 잭과 여동생은 일자리를 소개해 준다는 말을 듣고 팔러를 통해 각자 자콥과 또 다른 사람을 만났다.

자콥은 팔러에게 목돈을 주었다. 잭의 급료를 선금으로, 먼저 빚을 갚는 것이라고 하여 그런 줄 알았다. 하지만 3년이 지난 지금 잭은 자신의 빚이 얼마 남았는지, 원래 급료가 얼마였는지도 알지 못했다.

'저, 저는 돈 같은 건⋯⋯. 전부, 제, 제 잘못이니까요. 그냥 동생만, 찾고 싶습니다.'

벌을 받지나 않을까 겁에 질린 채 덜덜 떨면서 잭은 그렇게 호소했다. 그것만 봐도 그가 실질적으로 평소에 무슨 취급을 받았는지는 분명했다.

클레어가 그 이야기를 전부 듣고 기가 막혀서 '허, 하' 하는 소리만 내는 동안 에리히가 결론을 냈다.

"노예주 노릇을 한 거군. 팔려라는 놈이 거간꾼이고."

"장부는 전부 거짓일 거예요. 뭐 그럴 줄 알았지만."

이중장부를 써서 돈을 더 떼먹었다는 수준이 아니라, 아예 진짜 장부가 존재하지도 않을 것이다. 혼자 돈을 다 먹는데, 위험하게 장부를 뭐 하러 남기겠는가?

"폭약팀장도 자콥의 계원이었죠? 대우는 남들보다 좋았겠지만, 급료는 아마 거의 없었을 거예요."

빚 때문에 그랬으리라는 추측은 처음부터 했다. 그러나 위험성만 높고 벌이에 비해 그렇게 크지도 않은 금액이라, 이해하기 어려웠다. 밝혀진 바에 따르면 심지어 공범인 출납원 몫이 더 많았다.

하지만 이제는 알겠다.

급료 자체가 없고, 고립된 광산이라 달리 부업을 구할 곳도 없으니 잔돈푼이라도 아쉬웠으리라.

사람을 시켜 잭을 데리고 나가 다른 방에서 쉬게 하는 동안 밖에서 가스등이 켜지면서 환해졌다.

"잡은 모양이군."

"기어이 도망을 친 거네요."

클레어가 허벅지에 내려놓았던 손으로 무심코 주먹을 꽉 쥐었다.

"애런 자콥은 황후의 끄나풀이 아니었군요. 그렇다는 건, 딱히 클라우제너를 노려서 공격한 것도 아닐 거라는 뜻이고요."

"클레어."

"황후가 손쓰지 않아도, 동향 사람을 끌어다 아편을 먹이면서 노예로 부리는 자가 있는 거네요. 그게 일종의 사업으로 기능할 정도로 성행하고 있는 거고요."

"……."

"아마 원래 중독자가 아니었어도, 도시에 일자리를 소개해 준다고 속여서 데리고 나와 중독시켜 통제하거나."

에리히가 그녀의 머리를 끌어당겨 관자놀이에 입술을 눌렀다.

"진짜, 기분 최악이네."

클레어가 그의 어깨에 털썩 머리를 기대며 중얼거리고, 손가락으로 눈가를 한번 쓸어 냈다. 딱히 눈물이 난 것은 아니지만, 괜히 그러고 싶었다.

그녀가 에리히를 올려다보며 말했다.

"아마 자콥 같은 놈이 여기에만 있는 게 아닐 거예요."

"그렇겠지. 확인해 보도록 할게."

어쩔 수가 없었다.

급료를 높이고 휴식 시간을 주는 것은 운영 방침으로 지시할 수 있다. 그러나 그의 대리인들이 클레어처럼 굳이 고용인의 생활까지 들여다보리라는 생각은 들지 않는다.

이렇게 계를 만들어 한 명이 급료를 받아 가면, 혹 폭동을 일으킬까 봐 염려하는 자가 있을지 몰라도 이게 노예단이라는 사실을 알아채지는 못할 것이다.

"저도 공단 직원 전부 확인해 보라고 해야겠어요. 목화밭이랑 밀밭이랑……. 아는 영지에도요."

어쩌면 농장에서 품꾼을 고용할 때도 이런 식으로 끼어들지 모른다. 위빙 상단에 원재료를 공급하는 목화밭은 대부분이 대농장이었고, 노동력이 상상 이상으로 많이 들었다.

에리히가 그녀의 손등을 가만히 쓰다듬었다.

"네 밑에 있는 사람들은 괜찮을 거야. 아렌에 노동력을 남길 작정이라면, 굳이 그런 수를 쓰지 않았을 테니까."

"황후가 명령한 게 아니라 자생한 노예단이잖아요. 돈이 되면 제 공단에도 들어와 있을 거예요."

클레어는 다시 눈을 감고 목을 쭉 젖혀 소파에 기대며 한숨을 내쉬었다. 에리히의 손이 살짝 그녀의 귓가로 들어와 목 근육을 눌렀다.

클레어는 무심코 약간 미소를 머금었다. 아까 해 달라고 해서 이러는 모양이다. 기분을 풀어 주려고. 안마가 아니라 그 사

394

실 때문에 기분이 나아졌다.

그녀는 고개를 숙여 그 손에 머리를 기댔다. 그리고 중얼거리듯이 말했다.

"토마스 보르얀스의 아지트에서 발견했던 그 장부 있잖아요. 그것의 진짜 의미를 이제야 알았네요."

"음."

"아렌 귀족을 망쳐서 정치적인 이득을 얻는 게 다가 아니었어요."

아렌 지역을 광범위하게 망가뜨리고, 산업 인프라는 일방적으로 로멜에 집중 투자한다. 격차가 벌어질수록 아렌 지역의 토지와 농민은 몰락하여 로멜에 종속된다. 마침내는 로멜까지 끌어와 값싼 노동력으로 쓴다.

1차적으로 자기 권리를 주장하여 이것을 막을 아렌 귀족도 동시에 망가뜨렸다. 모든 것은 불법이 아니었으며, 은밀했고, 악취 나는 음모로 뒤덮여 있다.

클레어는 그런 역사를 알고 있었다. 다만 여기서는 실행하는 방식이 군대와 폭력이 아니라 마약이었을 뿐이다.

그것도 클레어가 아는 역사다.

"자콥을 만나 봐야겠어요."

"굳이 네가 직접 심문할 필요 없어. 내가 네 추측을 확인만 해 오도록 하지."

"고마워요. 하지만 심문 때문은 아니에요."

클레어는 에리히에게 기대고 있던 몸을 쭉 펴서 일어났다.

"루덴도르프 후작을 파산시키는 데 놈을 이용해야겠어요."

그리고 형형하게 눈을 빛내며 말했다.

《내 아이가 분명해》 3권에서 계속